KB239218

카사노바의 귀향·꿈의 노벨레

이 도서의 국립중앙도서관 출판시도서목록(CIP)은 서지정보유통지원시스템 홈페이지(http://seoji.nl.go.kr)와
국가자료공동목록시스템(http://www.nl.go.kr/kolisnet)에서 이용하실 수 있습니다.
(CIP제어번호: CIP2010004097)

세계문학전집
057

Arthur Schnitzler : Casanovas Heimfahrt · Traumnovelle

카사노바의 귀향 · 꿈의 노벨레

아르투어 슈니츨러 소설

모명숙 옮김

문학동네

일러두기

1. 주석은 모두 옮긴이주이다.
2. 독일어 표기는 외래어 표기법에 준했으나, 일부는 옮긴이의 의견에 따라 현지 발음
   이나 관용에 따랐다.
   예) 호프만슈탈 → 호프만스탈

차례

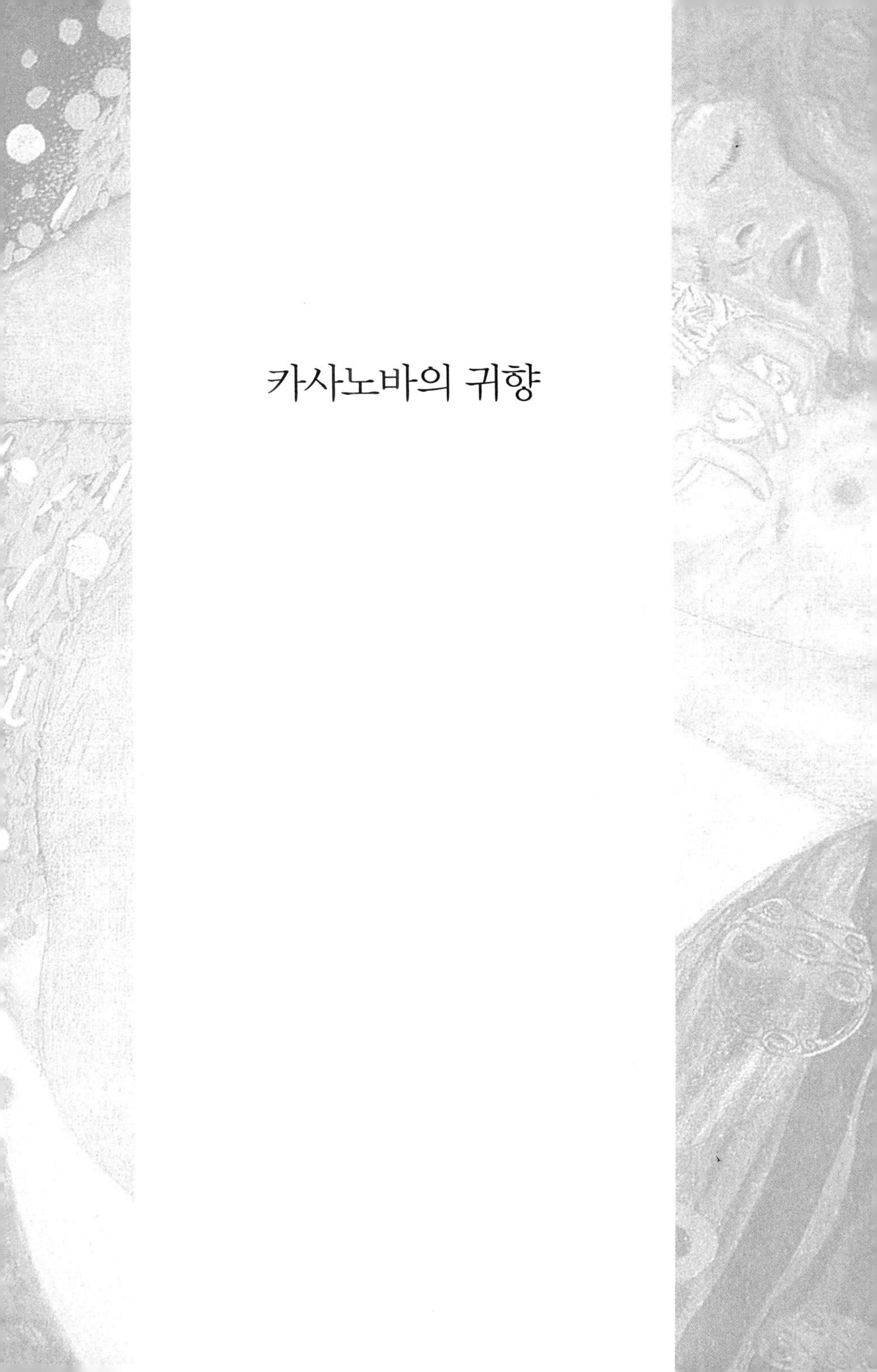

카사노바의 귀향

카사노바가 더이상 청춘의 모험욕 때문이 아니라 노년이 다가오고 있다는 불안 때문에 세상을 쏘다닌 지 이미 오래된, 쉰세 살 때였다. 그는 고향 베네치아에 대한 향수가 마음속에 사무치게 넘쳐나, 공중을 높이 날다 죽기 위해 서서히 하강하는 새처럼 고향 주위를 원을 그리듯 가까이, 점점 가까이 멈돌기 시작했다. 그는 고향에서 추방당한 후 최근 10년 동안 벌써 여러 번 대평의회에 귀향을 청원하는 글을 올렸다. 예전에는 타의 추종을 불허했던 이런 글을 쓸 때, 반항과 고집, 때로는 일 자체에서 느끼는 짜릿한 만족감에 붓을 맡기고 써내려갔다. 그랬던 그가 얼마 전부터 비굴한 느낌마저 들 정도로 애원하는 어조로 애타는 그리움과 진심 어린 후회를 점점 역력히 드러내는 것 같았다. 말이 나온 김에 하는 말이지만, 베네치아 대평의회 의원들은 그가 예전에 저질렀던 악행들 중 대개는 그의 쾌활한 천성에 기인하는 방자함과 논쟁벽과 거짓말보다 오히려 자유사상을 가장 용서할 수 없는 것이라 여겼다. 그가 저지른 이런 과오들이 서서히 잊히기 시작하고 베네치아 옥사에서 멋지게 도망친 이야기가 그의 이름과 결부된 온갖 험담을 압도하기 시작하자 그는 청원이 받아들여지리라 더욱 확신했다. 통치하는 궁정들, 귀족들의 성, 시민들의 식탁과 악명 높은 인사들의 집에서 그는 그 이야기로 수도 없이 흥을 돋우었던 것이다. 그리고 때마침 영향력 있는 인사들이 그가 두 달 전부터 머물러 있는 만토바에 편지를 보내 내적으로든 외적으로든 광채가 서서히 꺼져가는 이 모험가에게 운명이 조만간 유리한 방향으로 결정날 거라는 희망을 주었다.

수중의 돈이 정말로 빠듯해진 카사노바는 더 좋았던 시절에 한 번 묵은 적 있는 수수하지만 아늑한 여관에서 사면통지를 기다리기로 마음먹었다. 그러고는―완전히 끊지는 못한 비교적 덜 정신적인 소일거리들을 생각해내지 못하고―주로 신성모독자 볼테르에 대한 반박문을 작성하는 것으로 시간을 때웠다. 그는 이 반박문이 출판되면 베네치아로 돌아가자마자 호의적인 사람들 사이에서 자신의 입지와 명망이 파괴할 수 없을 만큼 확고히 다져질 거라고 생각했다.

어느 날 아침 시내 외곽을 산책하던 그는 이 프랑스 무신론자를 몹시 비난하는 어느 문장을 마무리하려고 고심하던 중에, 갑자기 육체적인 고통마저 느껴지는 이상한 불안에 사로잡혔다. 그가 싫어하면서도 익숙해져버린 석 달 동안의 생활은 이러했다. 아침에는 성문 앞을 산책하다가 시골로 나가고, 저녁에는 자칭 페로티 남작과 부스럼 자국이 있는 그의 애인 곁에서 잠시 카드놀이를 하고, 더는 젊지 않지만 정열적인 여관 여주인의 다정한 애무를 받고, 볼테르의 작품들을 파고들고, 자기가 보기에 지금까지는 그다지 나쁘지 않았던 그 특유의 대담한 답변을 쓰는 데 매달렸다. 그에게는 이 모든 것이 이날 늦여름 아침의 온화하고 달콤한 공기 속에서는 똑같이 무의미하고 성가셨다. 그는 누구를 향해서인지, 무엇에 대해서인지도 제대로 모른 채 혼잣말로 욕설을 중얼거렸다. 그리고 외딴 곳의 보이지 않는 시선들이 비웃으며 자신을 쏘아보기라도 하는 듯, 칼자루를 움켜쥐고 적의에 찬 눈길로 사방을 보더니, 갑자기 시내를 향해 발걸음을 되돌렸다. 지금 당장 출발 준비를 할 작정이었다. 애타게 그리운 고향에 몇 마일만이라도 가까워진다면 상태가 곧 더 좋아지리라고 믿어 의심치 않았기 때문이다. 그는 해가 지기 전 동쪽으로 출발하는 급행 우편마차의 자리를 제때 확보하려고 발걸음을 서둘렀다. 할 일도 거의 마쳤다. 페로티 남작 집에 작별 방문은 하지 않아도 되고, 여행용 소지품을 모두 챙기는 데는 반시간이면 충분했다. 그는 약간 해진 겉옷 두 벌을 가져갈까 생각했는데, 그중 더 해진 옷은 몸에 걸쳐입고 있었다. 그리고 예전에는 상태가 좋았지만 여러 번 꿰맨 속옷도 떠올랐다. 이것들 외에 작은 상자 몇 개, 금줄이 달린 시계, 책 몇 권 등이 그의 소지품 전부였다. 상류층 남자로서 꼭 필요한 것은 물론 불필요한 것까지 충분히 갖추고, 하인―물론 대체로 사기꾼이었다―도 한 명 거느린 채 화려한 여행용 마차를 타고 여러 나라를 돌아다니던 지난날이 떠올랐다. 무기력한 분노 때문에 눈물이 났다. 손에 채찍을 든 젊은 아낙네가 작은 마차를 몰고 그의 곁을 지나갔다. 마차 안에는 술 취한 남편이 자루들과 잡다한 가재도구들 사이에서 코를 골며 누워 있었다. 그녀는 일그러진 얼굴의 카사노바가 알아듣기 힘든 말을 잇새로 웅얼거리며 꽃이 진 마로니에나무들 아래 군용 도로에서 긴 다리로 성큼성큼 다가오자, 처음에는 호기심을 갖고 비웃듯 그의 얼굴을 바라보았다. 하지만 번쩍 빛나는 성난 눈길과 마주치자 깜짝 놀란 눈을 하더니, 마침내 길을 가다가 그를 돌아볼 때는 기분 좋게 음탕한 표정이 되었다. 온화함과 상냥함보다는 분노와 증오가 청춘의 상징으로 더 오래 작용할 수 있음을 잘 아는 카사노바는, 그 젊은 아낙네와 그가 좋아하는 짓을 저지르려면 마차를 멈춰 세우고 대담하게 한 번 소리쳐 부르기만 하면 되리라는 것을 즉각 알아차렸다. 이런 생각에 기분이 잠깐 좋아지긴 했지만, 이렇게 사소한 모험을 하려고 단 몇 분일지라도 늑장부리며 애쓸 가치는 없어 보였다. 그래서 그는 농가용 작은 마차와 그 안에 탄 사람들이 지방도로의 먼지와 안개 속을 지나가게 내버려두었다.

나무들의 그림자는 높이 떠오르는 태양의 뜨거운 열기를 식혀주지 못했다. 카사노바는 발걸음을 조금씩 늦출 수밖에 없음을 깨달았다. 길거리의 먼지가 겉옷과 신발에 너무 자옥이 쌓여서 이제는 낡았는지도 못 알아볼 지경이었다. 옷과 행동거지로 보면 카사노바는 정녕 자기 마차를 그냥 집에 두고 온 지체 높은 나리로 여겨질 만했다. 어느덧 눈앞에 성문의 아치가 펼쳐졌다. 그가 묵고 있는 여관에서 아주 가까운 곳이었다. 그때 그의 맞은편에서 둔중한 시골풍의 마차가 덜커덕거리며 다가왔다. 마차 안에는 살이 쪄서 굼뜨고 옷을 잘 차려입은 새파란 젊은이가 앉아 있었다. 그는 두 손을 배 위에 포개어놓고 실눈을 뜬 채 막 잠이 들려는 참이었다. 우연히 카사노바를 스쳐지나간 그 남자의 눈길이 그때 갑자기 생기 있게 빛나기 시작했다. 그와 동시에 그의 모습 전체가 들뜬 흥분 상태에 빠지는 것처럼 보였다. 그는 벌떡 일어났다가 곧 주저앉더니 다시 일어나, 마차를 멈추게 하려고 마부의 등을 한 번 두드렸다. 그러고는 카사노바의 모습을 놓치지 않으려고 굴러가는 마차에서 몸을 돌리더니, 마침내 두 손을 흔들며 가늘고 낭랑한 목소리로 허공에 세 번이나 그의 이름을 불렀다. 카사노바는 목소리를 듣고야 그 남자를 알아보고, 멈춰 선 마차 가까이 가서 그가 내민 두 손을 맞잡고 미소를 지으며 말했다.

"이럴 수가, 올리보, 자네인가?"

"네, 접니다, 카사노바 선생님. 저를 알아보시겠어요?"

"내가 왜 못 알아보겠나? 자네 결혼식 이후 몸이 좀 불기는 한 것 같지만 말일세. 그때 자네를 마지막으로 보았지. 나 역시 15년 동안 적잖이 변했을 걸세. 몸이 불지는 않았더라도 말일세."

"거의 변하지 않으셨어요." 올리보가 소리쳤다. "카사노바 선생님, 전혀 변하지 않으신 것 같아요! 게다가 16년이에요, 며칠 전에 16년이 되었어요! 그리고 짐작하시겠지만, 저희는 바로 그날 선생님 이야기를 꽤 오래 했어요. 아말리아와 제가……"

"정말로," 카사노바가 진심으로 말했다. "자네들 두 사람이 아직도 나를 가끔 생각한단 말인가?"

올리보의 눈이 눈물로 젖었다. 그는 여전히 카사노바의 두 손을 맞잡고 있었고, 감동해서 손에 힘을 주었다.

"카사노바 선생님, 저희가 선생님께 감사해야 할 일이 얼마나 많은데요! 그런 저희가 은인을 어떻게 잊겠어요? 그리고 저희가 어떻게 —"

"그 이야기는 하지 마세."

카사노바가 말을 중단시켰다.

"아말리아 부인은 어떻게 지내나? 이것을 대체 어떻게 이해해야 하나. 만토바에서 보낸 이 두 달 내내—물론 꽤나 은둔했지만, 그래도 오랜 습관 때문에 산책도 많이 하는데—어떻게 올리보 자네를, 자네들 두 사람을 단 한 번도 만나지 못했을까?"

"카사노바 선생님, 그 이유는 아주 간단합니다. 말이 나온 김에 드리는 말씀인데, 저희는 시내에 살지 않은 지 꽤 오래됐어요. 아말리아와 달리 저는 시내 생활을 결코 참을 수 없었거든요. 카사노바 선생님, 제 체면 좀 세워주세요. 마차에 오르세요. 한 시간이면 저희 집에 도착합니다." 카사노바가 약간 거절하는 태도를 취하자 올리보가 말했다. "안 된다고 말씀하지 마세요. 선생님을 다시 보면 아말리아가 얼마나 행복해하겠어요. 그리고 선생님에게 저희 세 아이를 보여드리면 얼마나 뿌듯하겠어요. 네, 카사노바 선생님. 셋이에요, 전부 딸이에요. 열세 살, 열 살, 여덟 살이에요…… 그러니까 여태 단 한 해도—실례되는 말씀입니다만—카사노바와 무관하게 살지 않았습니다."

그는 선량하게 웃으며, 카사노바에게 그냥 마차 안의 자기 곁으로 올라타라는 표정을 지었다. 그러나 카사노바는 고개를 저었다. 납득할 만한 호기심에 굴복하고 올리보의 간청에 따르고 싶은 유혹을 느꼈지만, 초조함이 다시 그를 강하게 엄습했기 때문이다. 그래서 그는

14

유감이지만 중요한 용무 때문에 오늘 저녁이 되기 전에 만토바를 떠나야 한다고 올리보에게 딱 잘라 말했다. 또 올리보의 집에서 얻을 건 뭐란 말인가? 16년은 긴 시간이었다! 아말리아는 이제 더는 젊지도 아름답지도 않을 게 분명했다. 열세 살 된 어린 딸에게서는 나이 때문에도 그가 특별히 높이 평가받을 일은 없을 것이었다. 그리고 예전에는 대학 공부에 열성이었던 비쩍 마른 젊은이 올리보 씨가 시골 촌뜨기처럼 살쪄서 굼뜬 가장이 되었다며 감탄하는 일이라니. 이런 장난이 여행을 미뤄야 할 정도로 유혹적이지는 않았다. 여행은 그를 베네치아에 10마일 또는 20마일 더 가까이 데려가줄 것이다. 그러나 카사노바의 거절을 당장은 받아들일 생각이 없어 보이는 올리보는 그를 일단 마차에 태워 여관에 데려다주겠다고 고집을 부렸다. 올리보의 이런 호의를 카사노바는 적당한 말로 물리칠 수 없었다. 두 사람은 몇 분 내에 목적지에 닿았다. 30대 중반의 풍만한 여관 여주인은 마차가 들어서자 카사노바에게 눈빛으로 인사했다. 올리보도 그 눈빛을 보고 두 사람의 애정 관계를 즉각 알아챌 수 있었다. 그러나 그녀는 올리보에게는 잘 아는 사람에게 하듯이 악수를 했다. 그녀는—카사노바에게 곧 밝힌 것처럼—올리보의 영지에서 재배되는 포도로 만든 적당한 가격의 달착지근하고 떫은 포도주를 정기적으로 구입하곤 했던 것이다. 올리보는 생갈의 기사*(여관집 여주인이 카사노바를 이렇게 부르며 인사했기 때문에, 올리보도 주저하지 않고 이 호칭을 사용했다)께서 다시 만난 옛 친구의 초대를 오늘, 반드시 오늘 만토바를 떠나야

---

* 카사노바가 자신에게 스스로 지어 붙인 별명.

한다는 사소한 이유를 대면서 거절하시다니 참으로 몰인정하다며 불평했다. 그는 여관집 여주인이 의아해하는 표정을 보고, 그녀가 카사노바의 의도를 그때까지 전혀 몰랐음을 바로 알아챘다. 그래서 카사노바는 예기치 않은 방문으로 친구의 가정에 부담을 주지 않기 위해 여행 계획을 핑계로 삼았을 뿐이라고 설명하고는 그게 적절한 설명이 될 거라고 여겼다. 하지만 정녕 며칠 내로 중요한 저술 작업을 끝내야 한다고, 꼭 그래야 한다고, 그렇게 하는 데 시원하고 조용한 방이 마련된 이 훌륭한 여관보다 적당한 장소를 모르겠다고 했다. 그러자 올리보는 생갈의 기사께서 보잘것없는 자기 집에서 작품을 끝마친다면 그보다 더한 영광은 없을 거라고 단언했다. 시골의 한적함이 그런 작업에 응당 도움이 될 거라는 것이다. 죽은 이복형제의 딸인 자기 조카는 나이에 비해 상당히 박식한 젊은 아가씨인데, 몇 주 전에 책이 가득 담긴 상자를 갖고 도착했기 때문에, 만약 학술 서적과 참고서들이 필요하다면 그런 책들도 부족하지 않을 거라고 했다. 그리고 저녁에 가끔 손님들이 들르긴 하지만 기사님은 신경 쓸 필요가 없다, 하루의 작업과 수고를 뒤로하고 가벼운 잡담이나 약간의 카드놀이가 기사님의 기분 전환에 오히려 도움이 되지 않는다면 모르지만 말이다 하고 말했다. 카사노바는 올리보의 젊은 조카딸에 대해 거의 들은 게 없는데도 이 피조물을 가까이서 살펴보기로 이미 마음먹었다. 그는 겉으로는 여전히 망설이는 척하더니 마침내 올리보의 심한 재촉에 굴복하고 말았다. 하지만 곧바로 하루나 이틀 이상 만토바를 떠나 있을 수는 없다고 명백히 밝혔다. 그리고 상냥한 여관 여주인에게 그사이 자기한테 오는, 대단히 중요할지도 모르는 편지들을 심부름꾼을 통해 즉시 보내달라고 청했다. 일이 올리보가 무척 만족할 만하게 정리되자, 카사노바는 자기 방으로 가서 여행 준비를 마치고 15분 만에 응접실에 들어섰다. 그사이에 올리보는 여주인과 사업상의 대화에 열을 올리고 있었다. 올리보는 자리에서 일어나 포도주 잔을 비웠다. 그러고는 충분히 이해한다는 듯 눈을 깜박거리면서, 그녀에게 기사님을— 내일이나 모레는 아닐지라도— 꼭 잘 모시고 있다가 무사히 데려오겠다고 약속했다. 갑자기 정신이 산만해지고 다급해진 카사노바는 친절한 여주인의 태도가 무척 쌀쌀맞다고 느꼈다. 그녀는 마차의 문짝에서 그의 귀에 대고 작별의 인사말을 속삭였는데, 상냥한 애교가 담긴 말이 전혀 아니었다.

두 남자가 한낮의 뜨거운 햇볕이 내리쬐는 먼지투성이 길을 달려 시골로 가는 동안 올리보는 그동안 살아온 삶에 대해 두서없이 장황하게 이야기했다. 결혼 직후 도시에서 가까운 땅을 조금 사서 소규모 채소장사를 시작했는데, 그다음부터 재산이 조금씩 불어나 농장을 경영하기 시작했어요. 저와 아내의 수완과 하느님의 축복에 힘입어 마침내 크게 성공해, 3년 전에는 빚을 진 마라차니 백작에게서 포도 농원이 딸린 좀 허물어진 낡은 성을 구입할 수 있었지요. 그리고 그 귀족의 땅에 아내와 아이들과 함께 백작처럼은 아니더라도 안락한 살림을 차렸어요. 하지만 이 모든 것은 결국 아내, 아니 장모님이 카사노바 선생님께 받은 금화 150개 덕분이지요. 마법과도 같은 그 도움이 없었다면, 제 운명은 그때나 지금이나 똑같을 거예요. 버릇없는 개구쟁이들에게 읽기와 쓰기를 가르치고 있겠지요. 아마도 저는 노총각이 되고 아말리아는 노처녀가 되었을 거예요…… 카사노바는 올리보가 말하게 내버려두고 거의 귀를 기울이지 않았다. 그는 당시의 모험을 떠올렸다. 그보다 중요한 다른 많은 모험들과 동시에 연루되었던 일이었다. 그가 한 온갖 모험 중에서 가장 사소한 것이어서, 지금껏 마음에도 기억에도 담아둔 적이 없었다. 로마에서 토리노 아니면 파리로—그 자신도 더는 기억나지 않았다—여행하던 중 만토바에 잠시 머물던 어느 날 교회에서 아말리아를 보았다. 울어서 약간 부은, 예쁘고 핼쑥한 그녀의 얼굴이 마음에 든 그는 친절하고 예의바르게 질문했다. 그 당시 모두가 그에게 그랬듯 그녀는 기꺼이 속마음을 털어놓았다. 그래서 그는 궁핍하게 살아가던 그녀가 가난한 학교 선생과 사랑에 빠졌음을 알게 되었다. 남자의 아버지나 그녀의 어머니는 너무도 전망 없는 결합을 단호히 반대했다. 카사노바는 즉시 자신이 이 일을 깨끗이 해결할 수 있다고 천명했다. 그는 우선 아말리아의 어머니를 소개받았다. 서른여섯 살의 아리따운 미망인이었던 그녀는 여전히 구애를 받아도 될 정도여서, 카사노바는 그녀와 금세 친해졌다. 덕분에 아말리아를 대변하는 그의 말은 그녀에게 전부 먹혀들었다. 아말리아의 어머니가 먼저 딸의 결혼을 반대하는 입장을 바꾸자마자, 영락한 상인인 올리보의 아버지 역시 더는 반대할 수 없었다. 특히 신부어머니의 먼 친척이라고 소개된 카사노바가 아량을 베풀어 결혼식 비용은 물론이고 지참금의 일부도 대겠다고 약속했기 때문이다. 그러니아말리아는 다른 높은 세계에서 전령처럼 나타난 이 귀족 후원자에게제 마음이 시키는 대로 감사를 표할 수밖에 없었다. 그녀는 결혼식 전날 저녁 뺨이 달아오른 채 카사노바의 마지막 포옹에서 몸을 빼낼 때, 자기의 행복이 결국 놀라운 이 이방인의 친절과 아량 덕분이라고만 여기는 신랑에게 부정을 저질렀다는 생각이 전혀 들지 않았다. 혹시 올리보는 은인에 대한 아말리아의 유별난 감사 표시를 고백을 통해 알게 되었을까. 그가 그녀의 희생을 당연히 여기고 별다른 질투 없이 받아들였을까. 그 일이 지금까지 그가 모르는 비밀로 남아 있을까. 카사노바는 이런 것을 두고 결코 고민한 적이 없고, 지금도 염려하지 않기는 마찬가지였다.

더위가 점점 심해졌다. 바퀴의 탄력이 떨어지고 방석도 딱딱한 마차는 덜커덩거리며 사정없이 요동쳤다. 올리보는 동행한 카사노바에게 비옥한 땅, 훌륭한 아내, 예의바른 아이들, 농민이든 귀족이든 악의 없이 사귈 수 있는 이웃들 이야기를 하며 가는 목소리로 기분 좋게 수다를 떨었다. 카사노바는 그의 수다가 지루해지기 시작했다. 그는 불편하기만 하고 결국 실망만 안겨줄 이 초대를 자신이 대체 왜 받아들였는지 짜증을 내며 자문했다. 만토바에 있는 시원한 여관방이 그리웠다. 그곳에서는 이 시간이면 방해받지 않고 볼테르를 반박하는 글을 쓸 수 있었을 텐데. 그래서 그는 곧 나타날 다음 음식점에서 내려 아무 탈것이나 빌려 돌아가기로 작정했다. 그때 올리보가 큰 소리로 이봐! 하고 외치고는 그 특유의 태도로 두 손을 흔들더니 카사노바의 팔을 잡고 어떤 마차를 가리켰다. 마차는 그들이 탄 마차 옆에 마치 약속이라도 한 듯이 동시에 멈춰 섰다. 그 마차에서 아주 어린 여자아이 셋이 차례로 뛰어내렸다. 그 바람에 아이들이 앉았던 좁은 널빤지가 높이 튀어오르더니 뒤집혔다.

"제 딸들입니다."

올리보가 자부심이 없지 않은 표정으로 카사노바를 향해 말했다.

카사노바가 앉아 있던 자리에서 곧바로 떠날 것 같은 표정을 짓자 이렇게 덧붙였다.

"경애하는 기사님, 그냥 앉아 계세요. 15분 후면 목적지에 도착할 겁니다. 그 정도는 마차 안의 우리 모두 참고 갈 수 있을 겁니다. 마리아, 나네타, 테레시나, 이분은 생갈의 기사님이시다. 아빠의 오랜 친구분이셔. 더 가까이 와서 이분의 손에 입을 맞추거라. 이분이 안 계셨다면 너희는—"

그는 말을 중단하고 카사노바에게 속삭였다.

"하마터면 제가 바보 같은 말을 할 뻔했어요."

그러고는 말을 고쳐 큰 소리로 말했다.

"이분이 안 계셨다면, 많은 게 달라졌을 거야!"

딸들은 올리보처럼 머리카락과 눈동자가 검었다. 아직 앳된 맏딸 테레시나를 포함하여 모두들 스스럼없으면서도 약간 무례한 듯한 호기심으로 이방인을 빤히 바라보았다. 그리고 막내 마리아는 아빠가 시키는 대로 진지하게 카사노바의 손에 입맞출 준비를 했다. 그러나 카사노바는 그러도록 두지 않았다. 그는 여자아이들의 머리를 차례로 감싸쥐고 양 볼에 입을 맞추었다. 그러는 동안 올리보는 아이들을 태운 작은 마차를 이곳까지 끌고 온 젊은이와 몇 마디 주고받았다. 젊은이는 곧 말에 채찍질을 하고는 지방도로를 따라 만토바 방향으로 갔다.

여자아이들은 웃고 떠들며 장난 섞인 말다툼을 하면서 올리보와 카사노바의 맞은편 뒷좌석에 자리를 잡았다. 아이들은 서로 딱 달라붙어 앉아 한꺼번에 말을 쏟아냈다. 아이들의 아버지도 말을 그치지 않았기 때문에, 카사노바는 다들 대체 무슨 이야기를 하는지 처음에는 알아듣기가 쉽지 않았다. 로렌치 소위라는 이름 하나가 들려왔다. 테레시나의 말에 따르면, 그 소위는 말을 타고 저녁에 잠깐 그들의 집에 들르겠다고 약속하면서 아버지에게 각별히 인사를 전해달라고 부탁했다고 했다. 또한 아이들은 엄마도 처음에는 아빠를 마중 나올 생각이었지만, 날이 너무 더워서 마르콜리나와 함께 그냥 집에 있기로 했다고 전했다. 그런데 집에서 출발할 때 마르콜리나는 여전히 침대에 누워 있었으며, 정원에서 열린 창문으로 장과와 개암을 집어던지지 않았다면 이 시간까지 자고 있을 거라고 했다.

"마르콜리나의 평소 생활 방식이 그런 것은 아닙니다." 올리보가 손님을 향해 말했다. "대부분은 여섯시 아니면 그전부터 정원에 앉아 점심때까지 공부를 합니다. 물론 어제는 손님들이 있었어요. 방문이 보통 때보다 좀 오래 걸렸어요. 가볍게 카드놀이도 했지요. 기사님에게 익숙한 게임은 아니었어요. 저희는 악의 없는 순진한 사람들이어서 서로 돈을 따려고 하지는 않습니다. 그리고 존경할 만한 신부님도 함께 하시곤 하니까, 짐작하시겠지만 기사님께서 카드놀이를 해도 별로 죄가 되지 않습니다."

신부에 대한 이야기가 나오자 여자아이들은 깔깔 웃으며 서로 무슨 이야기를 주고받고는 그전보다 크게 웃었다. 그러나 카사노바는 그저 멍하니 고개를 끄덕였다. 그는 아직 한 번도 본 적 없는 마르콜리나 양을 상상했다. 창 맞은편의 하얀 침대에 누워, 흘러내린 이불 아래 반쯤 벗은 채 잠에 취한 손으로, 방으로 날아 들어오는 장과와 개암을 막는 모습이었다. 그러자 불현듯 어처구니없는 열정이 솟아났다. 그는 마르콜리나가 로렌치 소위의 애인일 거라고 거의 확신했다. 마치 두 사람이 몹시 다정하게 포옹하고 있는 것을 보았다는 듯 말이다. 그는 본 적도 없는 마르콜리나가 죽도록 보고 싶어졌고 누군지도 모르는 로렌치가 미워졌다.

정오의 열기가 가물거리는 가운데 회녹색의 무성한 잎들 위로 사각형의 작은 탑 하나가 눈에 띄었다. 마차는 곧 지방도로에서 샛길로 접어들었다. 왼쪽에는 작은 포도밭이 완만한 경사를 이루었고, 오른쪽에는 고목들이 정원의 담 가장자리 너머로 머리를 숙였다. 마차가 어떤 성문 앞에서 멈추었다. 비바람에 부서진 나무문이 활짝 열려 있었다. 마차에 탄 사람들이 내렸다. 마부는 올리보의 눈짓에 마구간 쪽으로 마차를 몰았다. 마로니에나무들이 늘어선 넓은 길은 작은 성으로 이어졌다. 성은 첫눈에 삭막하고 방치된 것처럼 보였다. 특히 2층에 있는 부서진 창문이 카사노바의 눈에 띄었다. 성 위에는 폭은 넓지만 나지막한 탑 전망대가 볼품없게 자리 잡고 있었다. 전망대를 둘러싸고 있는 담 여기저기가 떨어져나간 것도 눈에 띄었다. 반면 현관문에는 아름다운 조각이 새겨져 있었다. 현관에 들어서자마자 카사노바는 집의 내부가 잘 가꾸어져 있고, 외관을 보고 짐작했던 것보다 상태가 어쨌든 훨씬 양호하다는 것을 알아챘다.

"아말리아!"

올리보가 큰 소리로 외치자 아치형 벽에서 메아리가 쳤다.

"얼른 내려와! 아말리아, 당신을 위해 손님을 모셔왔어. 어떤 손님인지 봐!"

아말리아는 올리보의 말이 채 끝나기도 전에 계단에 모습을 드러냈다. 그러나 밝은 햇빛 속에 있다가 침침한 실내에 들어선 사람들의 눈에 그녀의 모습이 금세 보일 리 없었다. 예리한 눈 덕분에 밤의 어둠 속에서도 잘 볼 수 있는 카사노바가 남편보다 먼저 그녀를 알아보았다. 그는 미소를 지으면서 이렇게 미소 지으면 얼굴이 더 젊어 보인다고 생각했다. 아말리아는 그가 우려한 것과 달리 전혀 뚱뚱해지지 않았다. 오히려 날씬하고 젊어 보였다. 그녀는 그를 바로 알아보았다.

"어머, 놀랍네요. 정말 기뻐요!"

그녀는 조금도 당황한 기색 없이 외치고는 서둘러 계단을 내려와 카사노바에게 인사차 뺨을 내밀었다. 그러자 그는 거리낌 없이 그녀를 애인처럼 껴안았다.

"정말 믿어지지 않는군." 그가 말했다. "아말리아, 마리아와 나네타 그리고 테레시나가 그대의 사랑스러운 딸들이라니? 세월을 생각하면 그게 맞겠지만."

"다른 것은 물론이고," 올리보가 덧붙였다. "기사님, 저 아이들이 아말리아가 낳은 딸들임을 믿으세요!"

"올리보, 당신이 늦은 건," 아말리아가 손님에게 추억에 잠긴 눈길을 보내며 말했다. "기사님을 만났기 때문이겠죠?"

"응, 아말리아. 늦긴 했지만 먹을 건 있겠지?"

"마르콜리나와 나는 진작부터 배가 고팠지만, 당연히 우리끼리만 먹지는 않았어요."

"그럼 이제," 카사노바가 물었다. "조금만 더 기다려주겠소? 내 옷이며 몸에 묻은 먼지를 좀 털고 올 테니."

"제가 당장 방을 보여드릴게요." 올리보가 말했다. "기사님의 마음에 들었으면 합니다. 흡족하셨으면……"

그는 눈을 깜박거리며 나지막이 덧붙였다.

"부족한 게 많더라도 만토바에 있는 기사님의 여관방처럼 흡족하셨으면 합니다."

그는 앞장서서 복도로 이어지는 계단을 올라갔다. 사각형 홀을 빙 둘러싼 복도 끝의 모서리에서 비좁은 계단이 위쪽으로 굽이치듯 이어졌다. 위에 도착한 올리보는 탑에 있는 작은 방의 문을 열고 문턱에 서서, 보잘것없는 손님방이라고 겸손을 떨며 카사노바를 안내했다. 하녀가 여행 가방을 가져다놓고 올리보와 함께 물러났다. 카사노바는 수수하고 필요한 것이 전부 갖춰져 있지만 꽤나 삭막한 공간에 혼자 서 있었다. 폭이 좁고 높다란 아치형 창문 네 개를 통해 멀리 사방으로 햇빛에 빛나는 평지에 초록색 포도밭 언덕, 알록달록한 논밭, 노란 들녘, 하얀 거리, 밝은 집과 작고 어두운 정원들이 펼쳐져 있는 것이 보였다. 카사노바는 경치에 관심을 오래 두지 않고 서둘러 내려갈 준비를 마쳤다. 배고파서라기보다는 마르콜리나를 빨리 보고 싶은 강렬한 호기심 때문이었다. 그는 저녁에 더 멋지게 등장할 요량으로 겉옷조차 갈아입지 않았다.

카사노바가 나무로 벽을 입힌 1층 식당에 들어서자 잘 차려진 식탁 주위에 올리보 부부와 세 딸 외에, 아래로 흘러내리는 칙칙한 회색 옷을 입은 사랑스러운 용모의 아가씨가 앉아 있는 게 보였다. 그녀는 그가 이 집 식구이거나 이미 수백 번 이 집에 와본 손님이라도 되는 양 스스럼없는 눈빛으로 그를 바라보았다. 그가 매혹적인 광채를 뿜어내던 청년 때나 위험한 매력을 풍기던 장년 때는 처음 본 사람 앞에 등장하더라도 반짝 빛나는 눈길들이 그를 반겼다. 그러나 그녀의 눈길에는 그런 반짝임이 나타나지 않았다. 카사노바는 물론 이런 반응을 이미 오래전부터 더는 새롭지 않은 경험으로 받아들일 수밖에 없었다. 하지만 최근까지도 그의 이름이 거론되면, 여자들의 입술에는 대개 뒤늦은 경탄의 표현이나 적어도 살짝 유감 어린 떨림이 나타났다. 그것은 몇 년 일찍 그를 만났으면 얼마나 좋았을까 하는 솔직한 시인이었다. 그런데 지금 올리보가 조카딸에게 그를 생갈의 기사인 카사노바 선생이라고 소개하자, 그녀는 마치 모험이나 비밀이 주는 울림이 전혀 없는, 그 어떤 상관없는 이름이 거론되었을 때처럼 미소를 지었다. 그리고 그가 그녀 옆에 자리를 잡고, 그녀의 손에 입을 맞추고, 그의 눈이 그녀에 대한 열광과 열망의 불꽃을 한꺼번에 쏟아낼 때조차, 그녀는 그렇게 열렬한 경의 표명에 대한 겸손한 반응으로 기대해도 될 법한 약간의 만족스런 표정도 짓지 않았다.

예의를 갖춰 몇 마디를 꺼낸 카사노바는 옆에 앉은 마르콜리나에게 그녀의 학문적인 노력에 대해 들었다며 특히 어떤 학문을 연구하시나요? 하고 물었다. 그녀는 무엇보다도 고등수학을 공부하고 있으며 볼로냐 대학의 저명한 모르가니 교수에게서 기초를 배웠다고 대답했다. 카사노바는 매력적인 젊은 아가씨가 무척 어렵고도 무미건조한 주제에 참으로 이례적인 관심을 보이는 것에 놀라움을 금치 못했다. 그러나 마르콜리나는 자기가 생각하기에 고등수학이야말로 가장 환상적인 학문이며, 모든 학문 중에서 그 본질상 진실로 신적인 학문이라고까지 말할 수 있다고 대답했다. 카사노바가 아주 새로운 이런 견해에 대해 좀더 설명해달라고 공손하게 청하자, 마르콜리나는 겸손하게 거절했다. 그리고 이 자리에 있는 사람들은, 특히 사랑하는 숙부는 철학적인 대화보다, 여행을 많이 다녔고 오랫동안 보지 못했던 친구의 경험담을 더 자세히 듣기를 훨씬 환영할 거라는 견해를 밝혔다. 아말리아가 그녀의 제안을 열렬히 지지했다. 이런 식의 소망에 언제라도 기꺼이 부응할 수 있는 카사노바는 지난 몇 년 동안 주로 외교적인 비밀 임무를 수행했다고 되는대로 말했다. 그 임무 때문에 돌아다닌 비교적 큰 도시들로 마드리드, 파리, 런던, 암스테르담, 페테르부르크 등을 꼽았다. 그는 여러 계층의 남녀와 가졌던 진지하고도 쾌활한 만남과 담화에 대해 이야기했다. 또한 러시아의 예카테리나 여제의 궁전에서 친절하게 영접받은 것을 언급하는 것도 잊지 않았다. 그리고 프리드리히 대제가 그를 포메른 지방의 융커*들을 위한 사관학교의 교사로 임명할 뻔했다고 농담 섞어 이야기했다. 물론 재빨리 달아남으로써 그 위험을 피했다고 했다. 그는 실제로는 몇 년이나 몇십 년 전에 일어난 이러저러한 많은 일을 전부 최근에 일어난 일처럼 말했다. 많은 것을 꾸며대면서도 크고 작은 거짓말들을 하고 있다는 사실조차 제대로 의식하지 못했다. 그리고 자기의 좋은 기분은 물론이고, 사람들이 자기 말을 경청하는 것을 즐겼다. 이렇게 이야기하고 상상의 나래를 펼치는 동안, 그는 자신이 실제로 지금도 복이 터지고 부끄러움을 모르고 희색이 만면한 카사노바인 것 같았다. 영국과 스페인의 옛 친구들한테서 얼마 안 되는 푼돈이나 얻어 쓰는 영락한 가난뱅이가 아니라, 아름다운 여자들과 세상을 돌아다니고, 속세의 제후들과 고

---

* 근대 독일의 보수적인 지주 귀족층을 이르는 말.

위 성직자들에게서 상당한 총애와 특별 대우를 받고, 큰돈을 흥청망청 쓰고 도박으로 날리고 사람들에게 선심을 베풀었던 카사노바 그대로인 것 같았다. 얻어 쓰는 푼돈마저 들어오지 않는 경우가 종종 있어서, 페로티 남작이나 그의 손님들이 주는 보잘것없는 몇 푼에 의지하는 신세인데 말이다. 그를 옥사에 가두었고 그가 도망치자 법적 보호를 거부하며 그를 추방했던 고향에서 가장 미천한 시민으로서, 글쟁이로서, 거지로서, 아무것도 아닌 하찮은 사람으로서 예전의 화려했던 삶을 마무리하는 것을 최고의 목표로 여겼다는 사실조차 잊었다.

마르콜리나 역시 그의 말을 주의 깊게 듣고 있었지만, 책에 나오는 꽤나 재미있는 이야기를 경청할 때와 다름없는 표정이었다. 어떤 한 인간, 한 남자, 이 모든 일뿐만 아니라 그가 아직 이야기하지 못한 다른 많은 일도 몸소 경험한 바로 그 카사노바, 수많은 여자들의 애인과 마주 앉아 있다는 것, 그 사실을 그녀가 알고는 있는지 표정에서 전혀 읽을 수가 없었다. 아말리아의 깜박이는 눈빛은 달랐다. 아말리아에게 카사노바는 예전 그대로였다. 그의 음성은 16년 전처럼 유혹적으로 들렸다. 카사노바 자신도 그가 예전의 모험을 다시 시작하길 원하기만 하면 많이도 필요치 않고 말 한마디면 충분하다고 느꼈다. 그런데 이전의 어떤 여자와도 견줄 수 없을 만큼 마르콜리나를 열망하는 이 순간에 아말리아가 뭐 대수겠는가? 그는 그녀를 감싸고 있는 칙칙한 겉옷 너머로 그녀의 벗은 몸을 떠올렸다. 도도록한 가슴이 그를 향해 활짝 펼쳐졌다. 그리고 그녀가 바닥으로 미끄러진 손수건을 집어 올리려고 몸을 한 번 구부리자, 불붙은 카사노바의 환상이 그녀의 움직임에 음탕한 의미를 부여해 그는 거의 기절할 지경이었다. 카사노바가 이야기하는 도중 자기도 모르게 몇 초 동안 말을 멈추자, 마르콜리나는 그의 시선이 이상하게 흔들리기 시작하는 것을 놓치지 않았다. 그는 그녀의 눈길에서 갑작스러운 의아함, 이의 제기, 불쾌한 기색마저 읽어냈다. 그는 얼른 정신을 차리고 다시 생동감 있게 이야기를 이어가려고 했다. 그때 뚱뚱한 성직자가 나타났고, 집주인은 로시 신부님이 오셨다며 환영했다. 카사노바는 그 성직자를 즉시 알아보았다. 26년 전 베네치아에서 키오자로 가던 상선에서 만난 적이 있는 사람이었다.

"그 당시에는 한쪽 눈에 안대를 하셨죠." 자신의 탁월한 기억력을 자랑할 기회를 그냥 지나치는 법이 드문 카사노바가 말했다. "그리고 노란색 두건을 걸친 촌부가 신부님께 약효가 탁월한 연고를 권했죠. 목이 심하게 쉰 어떤 젊은 약사가 마침 가지고 있던 연고였어요."

신부는 고개를 끄덕이고 기분 좋게 미소 지었다. 그러고는 간사한 표정으로, 마치 비밀이라도 털어놓을 것처럼 카사노바에게 바짝 다가가더니 몹시 큰 소리로 말했다.

"카사노바 선생, 선생은 결혼 피로연에 참석했죠…… 우연히 손님으로 참석했는지, 아니면 신부를 인도하는 대부로 참석했는지는 모르겠어요. 어쨌든 신부는 신랑을 대할 때보다 훨씬 애정 어린 눈으로 선생을 바라보았어요…… 바람이 불기 시작했죠. 거의 폭풍과도 같았어요. 그리고 선생은 무척 대담한 시를 읊기 시작했죠."

"기사님이 그렇게 한 것은," 마르콜리나가 말했다. "다만 폭풍을 잠재우기 위해서였을 거예요."

"그런 신통력이," 카사노바가 대꾸했다. "제게 있다고는 정말이지 생각도 못했어요. 물론 제가 시를 읊기 시작하자 더는 아무도 폭풍을 염려하지 않았다는 사실만큼은 부인하지 않겠어요."

여자아이 셋이 신부에게 접근했다. 아이들이 그러는 데는 이유가 있었다. 그가 엄청 큰 주머니에서 맛있는 사탕을 한 움큼 꺼내 굵은 손가락으로 아이들의 입술 사이에 넣어주었기 때문이다. 그사이에 올리보는 신부에게 카사노바를 다시 어떻게 만났는지 아주 상세히 보고했다. 아말리아는 넋이 나간 듯 귀한 손님의 당당한 갈색 이마를 반짝이는 눈으로 뚫어져라 바라보았다. 아이들이 정원으로 달려나갔다. 마르콜리나는 자리에서 일어나 열린 창문으로 아이들을 바라보았다. 신부는 첼시 후작의 인사를 전했다. 후작은 건강이 허락한다면 오늘 저녁 아내와 함께 친애하는 친구 올리보의 집에 오겠다고 했다.

"그거 잘됐군요." 올리보가 말했다. "그러면 기사님께 경의를 표하는 의미에서 간소하게나마 재미있게 카드놀이를 합시다. 저는 리카르디 형제가 오길 고대하고 있어요. 로렌치도 올 겁니다. 말을 타고 산책하고 있는 그를 아이들이 만났대요."

"로렌치가 아직 여기 있나요?" 신부가 물었다. "자기 연대로 가야 한다는 말을 일주일 전에 했는데요."

"여후작이," 올리보가 웃으며 말했다. "그를 위해 대장한테 휴가를 얻어냈을 겁니다."

"놀랍군요." 카사노바가 이의를 달았다. "지금 만토바의 장교들에게 휴가가 있다니 말입니다."

그리고 그는 계속 말을 꾸며냈다.

"내가 아는 사람 둘은 밤에 자기들 연대와 함께 밀라노 방향으로 출발했는데요. 한 명은 만토바, 다른 한 명은 크레모나 출신입니다."

"전쟁이 일어났나요?"

마르콜리나가 창문 쪽에서 물었다. 그녀는 머리를 돌렸고, 그늘에 가린 그녀의 얼굴 표정은 여전히 알 수 없었다. 하지만 그녀의 음성이 살짝 떨리는 것을 알아챈 사람은 카사노바뿐이었다.

"아무 일도 없을 거예요." 그가 되는대로 말했다. "하지만 스페인 사람들이 위협적인 태도를 취하고 있으니까 각오는 해야 합니다."

"과연 알 수 있을까요?" 올리보가 의미심장하게 이맛살을 찌푸리며 물었다. "우리가 어느 편에 설지 말입니다. 스페인 편인가요, 아니면 프랑스 편인가요?"

"로렌치 소위에게는 마찬가지일 겁니다." 신부가 말했다. "마침내 자신의 용맹을 시험해볼 수만 있다면 말입니다."

"로렌치는 이미 그렇게 했는걸요." 아말리아가 말했다. "3년 전에 파비아 전투에서 싸웠거든요."

그러나 마르콜리나는 입을 다물었다.

카사노바는 충분히 알고 있었다. 그는 마르콜리나 옆으로 가서 정원을 쭉 훑어보았다. 황량하고 드넓은 풀밭 외에는 아무것도 보이지 않았다. 아이들이 놀고 있는 풀밭은 담을 따라 일렬로 빽빽하게 늘어선 키 큰 나무들에 둘러싸여 있었다.

"정말 훌륭한 땅이군." 카사노바가 올리보를 향해 말했다. "더 가까이 가서 보고 싶어지는걸."

"기사님," 올리보가 대꾸했다. "기사님께 제 포도밭과 전답을 보여드리는 것보다 기쁜 일은 없을 거예요. 사실을 말씀드리자면, 아말리아에게 물어보면 아시겠지만, 얼마 안 되는 이 땅을 갖게 된 후 저는 기사님을 언젠가 제 터전에서 손님으로 맞이하는 것보다 간절히 원한 게 없었습니다. 기사님께 초대 편지를 보낼 생각을 열 번은 했을 겁니다. 하지만 편지가 기사님께 전달될지 확신할 수가 있어야지요. 어떤 사람이 기사님을 최근에 리스본에서 보았다고 이야기했다면, 기사님은 그사이에 분명 바르샤바나 빈으로 떠났을 테니까요. 만토바를 떠나려던 기사님을 기적처럼 다시 만나 유혹하다시피 하여 이곳으로 모셔올 수 있게 되었는데—아말리아, 그게 쉽지 않았다오—지금 기사님은 우리 집에—신부님, 이 말을 믿으시겠습니까—그분은 우리 집에 이틀 이상 머물려 하지 않을 정도로 시간을 아끼십니다!"

"기사님은 더 머물라는 권유에 아마 설득당할 겁니다."

마침 복숭아 조각을 기분 좋게 씹어 먹던 신부가 말하고는, 아말리아를 슬쩍 바라보았다. 그 눈길에서 카사노바는 아말리아가 남편보다 신부를 더 깊이 신뢰한다는 것을 알 수 있었다.

"유감이지만 그건 가능하지 않을 듯합니다." 카사노바가 예의를 갖춰 대꾸했다. "제 운명에 관심을 보이는 친구들에게 사실을 숨겨서는 안 될 것 같으니까요. 베네치아의 동료 시민들이 수년 전에 제게 가한 부당한 행위에 대해 좀 늦은 감은 있지만 그만큼 더 명예롭게 보상하려 하고 있어요. 저는 그들의 권고를 더는 거절할 수가 없답니다. 배은망덕하거나 원한을 품은 것처럼 보이지 않고 싶으니까요."

그는 올리보의 입가에 맴도는 호기심 어린 공손한 질문을 살짝 손짓하여 물리치고는 서둘러 말했다.

"자, 올리보, 나는 준비가 되었네. 자네의 작은 왕국을 보여주게."

"좀더 시원한 때를 기다리는 게," 아말리아가 이의를 달았다. "낫지 않을까요? 기사님은 지금 차라리 약간 휴식을 취하시거나 그늘에서 산책하고 싶으시겠죠?"

그녀의 눈에 카사노바를 향해 수줍게 애원하는 빛이 어렸다. 바깥 정원을 산책하는 동안 그녀의 운명이 두번째로 결정되기라도 하는 듯한 표정이었다. 아말리아의 제안에 아무도 토를 달지 않아서 모두 밖으로 나갔다. 마르콜리나는 남들보다 앞서 햇빛을 받으며 풀밭 위를 달려갔다. 그리고 배드민턴을 하는 아이들한테 가서는 곧바로 놀이에 합세했다. 그녀는 여자아이 셋 중 맏이와 키가 비슷했다. 곱슬곱슬한 머리가 풀려 어깨 주위에서 찰랑거리는 모습이 영락없이 어린아이 같았다. 올리보와 신부는 집 가까이에 있는 가로수 길의 돌 벤치에 앉았다. 아말리아는 줄곧 카사노바 옆에서 산책했다. 다른 사람들이 두 사람의 말소리를 들을 수 없는 거리가 되자, 그녀는 다른 말투로 말한 적이 한 번도 없다는 듯 카사노바에게 예전의 말투로 말하기 시작했다.

"카사노바, 당신이 이렇게 다시 왔네요! 이날을 얼마나 고대했는지 몰라요. 이런 날이 오리라는 걸 알고 있었어요."

"내가 여기 온 것은 우연이오."

카사노바가 차갑게 말했다. 아말리아는 미소를 지을 따름이었다.

"당신이 원한다면 우연이라고 부르세요. 당신은 여기 있잖아요! 나는 지난 16년 동안 오늘만을 꿈꾸었어요!"

"내 생각에는," 카사노바가 대꾸했다. "당신은 그 시간 동안 다른 많은 꿈을 꾸었을 테고, 꿈만 꾼 게 아니었을걸."

아말리아가 머리를 흔들었다.

"카사노바, 그렇지 않다는 걸 당신도 알잖아요. 그리고 당신도 나를 잊지 않았어요. 그랬다면, 베네치아로 가려고 그렇게 서두르던 당신이 올리보의 초대를 받아들이지 않았을 테니 말이에요!"

"아말리아, 대체 무슨 생각을 하는 거요? 내가 당신 남편의 눈을 피해 간통이나 하려고 이곳에 왔다는 거요?"

"카사노바, 왜 그렇게 말하세요? 내가 다시 당신 것이 된다면, 그것은 기만도 죄도 아니에요!"

카사노바가 갑자기 크게 웃었다.

"죄가 아니라고? 왜 아니란 말이오? 내가 노인이기 때문이오?"

"당신은 늙지 않았어요. 내게 당신은 결코 늙을 수 없어요. 당신의 품에서 나는 처음으로 황홀함을 맛보았어요. 그래서 나는 내 마지막 환희도 당신과 함께할 거라고 확신해요!"

"당신의 마지막 환희라고?" 카사노바는 감동이 전혀 없지는 않았지만, 아말리아의 말을 빈정거리며 되풀이했다. "내 친구 올리보는 그것에 대해 여러모로 반대할 것 같은데."

"그건," 아말리아가 얼굴을 붉히며 대꾸했다. "그건 의무예요. 만족이었다고 쳐요. 하지만 황홀함은 아니에요…… 결코 그런 적은 없어요."

그들은 가로수 길 끝까지 걸어가지 않았다. 두 사람 다 마르콜리나와 아이들이 놀고 있는 풀밭 가까이 가기를 꺼리는 것 같았다. 두 사람은 약속이라도 한 듯 방향을 바꿔 말도 없이 곧장 집으로 되돌아왔다. 폭이 좁은 벽면의 1층 창문이 열려 있었다. 카사노바는 어둑어둑한 방에서 반쯤 걷힌 커튼을 보았다. 커튼 뒤쪽으로 침대 발치가 보였다. 그 옆의 의자에는 연한 빛깔의 베일 같은 겉옷이 걸려 있었다.

"마르콜리나의 방인가?"

카사노바가 물었다. 아말리아가 고개를 끄덕였다. 그리고 카사노바를 향해 그 어떤 의심도 없는 듯한 쾌활한 표정으로 말했다.

"그녀가 마음에 드나요?"

"아름다우니까."

"아름답고 고결하지요."

카사노바는 그것을 물은 게 아니라는 듯 어깨를 으쓱했다. 그러고는 이렇게 말했다.

"아말리아, 당신이 오늘 나를 처음 보았다면, 그래도 내가 당신 마음에 들까?"

"지금이라고 해서 그 당시와 다르게 보일지 모르겠어요. 내가 보기에 당신은 그 당시와 똑같거든요. 그후로 항상, 꿈속에서도 보았던 모습 그대로예요."

"아말리아, 나를 좀 봐요! 내 이마의 주름을…… 내 목의 주름살을 말이오! 또 여기 눈에서 관자놀이 쪽으로 깊이 팬 곳을! 그리고 여기, 그래요, 여기 안쪽에는 어금니가 하나 없소."

그는 입을 비죽이며 크게 벌렸다.

"그리고 아말리아, 이 손을 봐요! 이 손을 좀 봐요! 손가락은 짐승 발톱 같고…… 손톱에는 작고 노란 반점들이 있소…… 아말리아, 여기 핏줄들은 시퍼렇고 부풀어올라서 영락없는 늙은이 손이오!"

그가 두 손을 그녀에게 보이려고 내밀었다는 듯, 그녀는 그늘진 가로수 길에서 두 손에 차례로 경건하게 입을 맞추었다.

"오늘 밤 당신의 입술에 키스하겠어요."

그녀가 순종하며 다정하게 말했다. 그녀의 어조에 그는 격분했다.

거기서 멀지 않은 풀밭 끄트머리에서, 마르콜리나는 손을 턱에 괴고 시선을 하늘로 향한 채 누워 있었다. 아이들이 주고받는 배드민턴 공들이 그녀 위를 날아다녔다. 그녀는 갑자기 팔을 뻗어 공 하나를 낚아챘다. 그녀는 공을 쥐고 낭랑하게 웃었다. 아이들이 그녀에게 달려들었고, 그녀는 아이들을 막을 수 없었다. 그녀의 곱슬머리가 흩날렸다. 카사노바는 온몸이 짜릿짜릿했다.

"당신은 내 입술에도 내 손에도 키스할 수 없을 거야." 그가 아말리아에게 말했다. "그리고 나를 기다려보았자 부질없을 테고, 내 꿈을 꾸었어도 소용없을 거요. 내가 마르콜리나를 차지하기 전에는 말이오."

"카사노바, 당신 미쳤어요?"

아말리아가 비통하게 소리쳤다.

"피장파장이오."

카사노바가 말했다.

"당신도 미쳤소, 나 같은 늙은이한테서 당신이 젊었을 적 애인을 다시 보았다고 생각하니까. 나도 미쳤지, 마르콜리나를 차지하기로 작정했으니까. 하지만 우리 둘 다 제정신이 들 수 있을 거요. 마르콜리나는 나를 다시 젊게 해줄 거요. 당신을 위해. 그러니 아말리아, 내가 그녀를 차지할 수 있도록 주선해주오."

"카사노바, 당신 제정신이 아니에요. 그건 불가능해요. 마르콜리나는 남자한테 아무 관심이 없어요."

카사노바가 웃음을 터뜨렸다.

"그러면 로렌치 소위는?"

"로렌치가 뭘요?"

"로렌치가 그녀의 애인이오. 나는 알고 있소."

"카사노바, 당신이 잘못 생각하는 거예요. 그가 청혼했지만, 마르콜리나가 거절했어요. 그리고 그는 젊잖아요. 그는 멋져요. 카사노바, 예전의 당신보다 멋진 것 같아요!"

"로렌치가 그녀에게 청혼했다고?"

"내 말을 믿지 못하겠으면 올리보에게 물어보세요."

"상관없소. 그녀가 처녀든 창녀든 결혼한 새색시든 과부든, 그게 나와 무슨 상관이겠어. 나는 그녀를 가질 거요. 나는 그녀를 원해!"

"이봐요, 나는 마르콜리나를 당신에게 넘겨줄 수 없어요."

그는 그 말투에서 그녀가 자신을 탓하고 있다고 느꼈다.

"아말리아, 이제 보게 될 거요." 그가 말했다. "내가 얼마나 비열한 놈이 되었는지 말이오! 10년 전만 해도, 5년 전만 해도 나는 어떤 도움도 중재도 필요로 하지 않았을 거요. 마르콜리나가 그 자체로 미덕의 여신이라 하더라도 말이오. 그런데 지금 나는 당신을 뚜쟁이로 만들려 하고 있소. 내가 부자라면…… 금화 만 두카텐이 있다면…… 하지만 나는 10두카텐도 없소. 아말리아, 나는 거지나 다름없는 빈털터리라오."

"10만 두카텐이 있어도 마르콜리나를 얻지는 못할 거예요. 마르콜리나에게 돈 많은 게 뭐 대수겠어요? 그녀는 책, 하늘, 풀밭, 나비, 아이들과의 장난을 좋아해요…… 그리고 얼마 안 되지만 유산 덕분에 재산이 필요 이상으로 많아요."

"오, 내가 영주라면!" 카사노바가 열변을 토했다. 그는 때때로 진짜 열정에 마음이 흔들릴 때 이렇게 열변을 토하곤 했다. "내게 사람들을 투옥하고 사형에 처할 권력이 있다면…… 하지만 나는 아무것도 아니오. 빈털터리에다 거짓말쟁이라오. 나는 베네치아의 벼슬아치들에게 일자리와 한 조각 빵을 구걸하고, 고향에 가게 해달라고 애걸하고 있소! 왜 이렇게 되었을까? 아말리아, 내가 혐오스럽지 않소?"

"카사노바, 당신을 사랑해요!"

"그렇다면 아말리아, 내가 그녀를 얻도록 주선해주오. 그게 당신에게 달려 있다는 것을 나는 안다오. 그녀에게 당신이 원하는 걸 말해주오. 내가 당신네를 협박했다고 말해요. 내가 당신 집 지붕에 불을 지를 사람이라고 말해줘요. 내가 바보라고, 정신병원에서 뛰쳐나온 위험한 바보지만, 처녀의 포옹이 나를 다시 건강하게 만들어줄 수 있다고 그녀에게 말해주오. 그렇소, 그녀에게 그렇게 말해요."

"그녀는 기적을 믿지 않아요."

"뭐라고? 기적을 믿지 않는다고? 그렇다면 신도 믿지 않겠군. 그럼 더 잘됐소. 나는 밀라노의 대주교에게 평이 좋소! 그녀에게 그것을 말해줘요! 나는 그녀를 망칠 수 있소! 당신들도 망칠 수 있소. 아말리아, 이건 사실이오! 그녀는 무슨 책을 읽지? 그중에는 교회가 금지한 책들도 있을 게 분명해. 그 책들을 볼 수 있게 해주오. 목록을 작성하겠소. 나의 한마디가……"

"카사노바, 입 다물어요! 저기 그녀가 와요. 속마음을 드러내지 마요! 당신 눈을 조심하세요! 카사노바, 결코, 결코. 내가 하는 말을 잘 들어요, 나는 그녀보다 순수한 존재를 한 번도 보지 못했어요. 내가 방금 무슨 말을 들었는지 그녀가 짐작한다면, 그녀는 자신이 더럽혀진 것처럼 여길 거예요. 그리고 당신은 여기 있는 동안 그녀의 눈길을 받지 못할 거예요. 그녀와 말해보세요. 그래요, 그녀와 말해보세요. 그러면 알게 될 거예요. 당신은 내게 사과하게 될 거예요.”

마르콜리나가 아이들과 함께 다가왔다. 아이들은 그녀 곁을 지나쳐 집 안으로 달려들어갔다. 하지만 그녀는 손님에게 예의를 갖추려는 듯 카사노바의 앞에 멈춰 섰다. 그사이 아말리아는 일부러 자리를 피해주었다. 그러자 반쯤 벌어진 창백한 입술에서, 틀어올린 진한 금발로 둘러싸인 매끄러운 이마에서, 매몰차면서 순진무구한 숨결이 그를 향해 불어오는 것 같았다. 그가 여자에게서 이런 느낌을 받는 일은 드물었다. 예전에 닫힌 방 안에서 마주했던 어떤 여자에게서조차 느껴보지 못했다. 일종의 경건함, 어떤 욕망도 없이 헌신하는 마음이 그의 영혼을 사로잡았다. 그는 삼가는 자세로, 지체 높은 사람들에게 기꺼이 표하는, 그녀의 마음에 들 수밖에 없는 공손한 어조로 저녁에 다시 공부할 생각인지 물었다. 그녀는 시골에 오면 도저히 규칙적으로 공부하지 못하겠다고 대꾸했다. 하지만 지금 몰두하고 있는 어떤 수학 문제들은 이제 막 접한지라 쉬는 시간에도 머릿속을 떠나지 않는 것은 어쩔 수 없다고 했다. 풀밭에 누워 하늘을 바라보는 동안에도 말이다. 그런데 그녀의 친절에 고무된 카사노바가 대체 얼마나 수준 높고 성가신 문제냐고 농담조로 물었다. 그러자 그녀가 생갈의 기사님은 저 유명한 카발라*에 탁월하다고들 하는데, 그 문제는 카발라와 조금도 상관없고, 따라서 기사님은 그 문제를 어떻게 풀어야 할지 잘 모를 거라고 약간 조롱조로 대꾸했다. 그녀가 카발라에 대해 너무나 노골적으로 거부감을 표하자 그는 기분이 상했다. 그는 물론 그에게 드물게 일어나는 내적 성찰을 통해, 카발라라고 불리는 숫자들의 독특한 신비함에는 아무런 의미도 정당성도 없다는 것을, 말하자면 카발라는 자연에는 결코 존재하지 않고 사기꾼과 농담꾼들―그는 이 역할들을 번갈아 항상 탁월하게 해냈다―이, 쉽사리 믿는 사람과 세상 물정 모르는 멍청이들을 놀리는 데만 이용하고 있음을 의식하고 있었다. 그럼에도 불구하고 그는 자신의 이런 확신에 반하여 마르콜리나에게 카발라를 전적으로 타당하고 진지한 학문이라고 변호하려고 했다. 이미 그는 성경에서 암시하고 있는 숫자 7의 신적 본질과 자신이 직접 새로운 체계에 따라 배열하는 법을 가르쳤던, 숫자로 구성된 피라미드의 심오한 예언적 의미, 그리고 이 체계를 근거로 자신이 한 예언들이 빈번하게 적중한 것 등에 대해 말했다. 그는 이러한 숫자 피라미드의 배열을 이용해 몇 년 전 암스테르담의 은행가 호페로 하여금 이미 행방불명되었다고 여겨졌던 상선의 보험을 들게 함으로써 금화 10만 굴덴을 벌게 해주지 않았던가? 교활하고 재기발랄한 자기의 이론을 강의할 때 너무 노련했던 카사노바는, 종종 벌어지는 일이기는 하지만 이번에도 자기의 터무니없는 말을 전부 믿기 시작했다. 심지어 카발라가 수학의 한 지류가 아니라 형이상학적 완성이라는 주장으로 말을 끝내려 했다. 지금껏 그의 말을 매우 진지하고 주의 깊게 듣고 있는 것처럼 보였던 마르콜리나가 갑자기 유감 반 장난 반의 눈길로 그를

---

* 숫자와 문자 풀이를 중심으로 한 중세 유대교의 비설(祕說).

쳐다보며 말했다.

"경애하는 카사노바 선생님(그녀는 지금은 의도적으로 그를 '기사님'이라고 부르지 않는 것 같았다), 선생님의 유명한 말재주를 입증할 엄선된 증거를 제게 제시하려는 것 같은데, 그 점에 대해서는 솔직히 선생님께 감사드립니다. 그러나 선생님은 카발라가 수학과 아무 관련이 없을 뿐만 아니라 바로 수학 고유의 본질에 죄를 범하는 것을 의미한다는 것을 당연히 저만큼 잘 알고 계십니다. 수학과 카발라의 관계는, 소피스트들의 종잡을 수 없고 터무니없는 허튼소리와, 플라톤과 아리스토텔레스의 분명하고 수준 높은 이론들의 관계와 같습니다."

"아름답고 박식한 마르콜리나 양," 카사노바가 성급히 대꾸했다. "어쨌든 제 말을 인정해야 할 겁니다. 소피스트들이 그렇게 경멸받아 마땅한 어리석은 패거리라고 여겨서는 절대 안 된다는 걸 말이오. 아가씨의 지나치게 엄격한 판단에 따르면 그렇다고 가정해야 하겠지만. 그러니까 ─ 현재의 예 하나만 들자면 ─ 볼테르 씨의 사유 및 글쓰기 방식 전체를 보면 그를 소피스트의 전형이라고 지칭해도 될 겁니다. 그런데 그의 비범한 재능에 합당한 칭찬을 거부해야겠다고 생각하는 사람은 없습니다. 물론 내가 부인하려고 하지 않는 것처럼 그의 단호한 적수라고 자임하며 이제 그를 반박하는 글을 쓰는 데 열중하고 있는 나도 그런 생각이 들지 않는 건 마찬가지입니다. 그리고 10년 전 페르네를 방문했을 때 볼테르 씨가 좋은 뜻으로 보여준 과도한 친절에 내가 매수되지 않았다는 점을 당장 밝히는 바입니다."

마르콜리나가 미소를 지었다.

"기사님, 기사님께서 금세기의 가장 위대한 인물을 친절하게도 그처럼 관대하게 판단하시니 정말 좋네요."

"위대한, 심지어 가장 위대한 인물이라고요?" 카사노바가 소리쳤다. "그를 그렇게 부르는 것은, 그가 아무리 천재라 해도 신을 부인하는 인간, 바로 무신론자이기 때문에 나는 용납할 수 없을 것 같습니다. 그리고 무신론자는 결코 위대한 인물이 될 수 없습니다."

"기사님, 제 생각으로는 그게 전혀 모순이 아닌 것 같은데요. 하지만 기사님은 특히 볼테르를 무신론자라고 불러도 되는 이유를 입증해야 할 겁니다."

이제 카사노바는 자기의 전문 영역을 다루게 되었다. 그는 볼테르의 저작들, 특히 악명 높은 서사시집 『퓌셀』에 나타나는 볼테르의 무신앙을 입증하기에 적합해 보이는 수많은 구절들을 반박서 1장에 전부 모아놓았다. 그리고 탁월한 기억력 덕분에 그 구절들을 특유의 반론들과 함께 그대로 인용할 수 있었다. 그러나 마르콜리나는 그의 적수였다. 그녀는 지식으로 보나 명민한 사고력으로 보나 그에게 조금도 뒤지지 않았고, 게다가 말재주가 능란하지는 않더라도 실제적인 화술, 특히 표현의 명확함에서는 그를 훨씬 능가했다. 볼테르의 조롱하고 의심하는 버릇, 무신론 등에 대한 증거로 카사노바가 제시하려고 했던 구절들을 마르콜리나는 노련하고도 재치 있게, 이 프랑스인의 학문적이고 문학적인 천재성을 보여줄 뿐만 아니라 진리에 대한 지칠 줄 모르는 뜨거운 탐구를 말해주는 수많은 증거로 해석했다. 그리고 그녀는 의심, 조롱, 무신앙마저도 정말로 대단히 풍부한 지식과 무조건적인 성실성과 대단한 용기와 결부되어 있다면 경건한 체하는 자의 순종보다 하느님의 마음에 더 들 게 틀림없다고 거리낌 없이 말했다. 그런 순종의 배후에는 대체로 사리에 맞게 생각하는 능력의 부족이 숨어 있고, 종종—그런 예는 적지 않은데—비겁함과 위선도 숨어 있다고 했다.

카사노바는 그녀의 말을 경청하며 점점 놀라움을 금치 못했다. 그는 마르콜리나의 생각을 바꿀 수 없다고 느꼈다. 그는 지난 몇 년 동안 흔들렸던 자신의 정신 상태가 신앙이 깊어진 탓이라고 여기는 데 무척 익숙해져 있었다. 그런데 마르콜리나가 이의를 제기하자 그 정신 상태가 완전히 붕괴될 위험에 직면했음을 차차 인식하게 되었다. 그럴수록 마르콜리나의 생각을 바꿀 가능성이 적어진다고 느꼈다. 그는 마르콜리나가 방금 말한 것 같은 견해들은 교회 영역의 질서뿐만 아니라 국가의 토대 역시 상당히 위태롭게 만들기 십상이라는 신중한 일반적 고찰로 말머리를 돌리며 노련하게 정치의 영역으로 넘어갔다. 정치 분야에서라면 경험과 처세술 덕분에 마르콜리나에게 우월함을 과시할 수 있으리라고 예상했기 때문이다. 그녀는 이 분야에서는 사람에 대한 지식과 궁정 및 외교관 활동에 대한 통찰이 부족했다. 그래서 카사노바가 하는 말이 믿을 만한지 의심스러웠지만 일일이 반박하기를 포기할 수밖에 없었다. 그는 그녀가 이 지상의 제후들이나 국가 조직들 자체에 대해서 특별한 존경심을 보이지 않고, 크고 작은 세상사가 이기심과 권력욕으로 인해 그다지 잘 다스려지지 않아서 오히려 혼란에 빠져든다고 확신하고 있음을 그녀의 말을 통해 명확히 알 수 있었다. 카사노바는 이제껏 여자들에게서, 더욱이 채 스무 살도 안 된 젊은 아가씨에게서 이처럼 자유로운 사상을 본 적은 극히 드물었다. 그런 여자를 여태 만나보지 못했던 것이다. 그리고 지금보다 좋았던 지난 시절에 그 자신의 정신이 지금 마르콜리나가 걷고 있는 길을 의식적으로, 그리고 약간은 자기만족이 느껴질 정도로 대담하게 갔음을 기억하자니 비애를 느끼지 않을 수 없었다. 그렇지만 그녀는 자신의 대담함을 도무지 의식하지 못하는 것 같았다. 그녀의 사유와 표현 방식의 독특함에 완전히 사로잡힌 그는 젊고 아름답고 무척이나 탐낼 만한 가치가 있는 존재 옆에서 거닐고 있다는 사실조차 잊을 뻔했다. 집에서 꽤 멀리 떨어져 이제 완전히 그늘진 가로수 길에 그녀와 단둘만 있게 되었는데도 사심을 품지 않는 것이 더욱 놀라웠다. 그때 갑자기 마르콜리나가 막 시작한 말을 중단하고 기쁜 듯이 활기차게 소리쳤다.

"저기 숙부님이 오시네요!"

……그러자 카사노바는 미룬 일을 만회해야 한다는 듯 그녀에게 속삭였다.

"몹시 유감이네요. 마르콜리나, 정말이지 아가씨와 몇 시간 더 이야기를 나누고 싶은데!"

그는 이렇게 말하며 눈에 욕망이 다시 번쩍 타오르는 것을 느꼈다. 그러자 대화하는 동안 온갖 비꼬는 말에도 붙임성 있는 척했던 마르콜리나는 즉각 쌀쌀맞은 태도를 취했다. 그리고 눈길은 한결같은 항의, 정말이지 한결같은 반감을 드러냈다. 그 눈길에 카사노바는 오늘 벌써 한 번 기분이 몹시 상한 적이 있었다. 내가 진짜 그렇게도 싫을까? 그는 마음을 졸이며 이렇게 자문했다. 그러고는 아냐, 하고 스스로 대답했다. 그건 아냐. 하지만 마르콜리나는—그냥 여자가 아냐. 학자이고 철학자이며, 내 생각에는 세계적인 기적이야. 하지만 여자는 아냐. 그러나 그는 동시에 이런 시도들이 다만 자기 자신을 기만하고 위로하고 구하려는 것뿐이고, 부질없다는 것도 알고 있었다. 올리보가 그들 앞에 멈춰 섰다.

"자," 올리보가 마르콜리나에게 말했다. "볼로냐 교수들에게 익숙해졌을 텐데, 그만큼 교양 있게 이야기를 나눌 수 있는 분을 내가 드디어 집으로 모셔왔으니 잘한 일 아닐까?"

"숙부님," 마르콜리나가 대꾸했다. "교수님들 중에서도 감히 볼테르에게 결투를 신청할 만한 사람은 없어요!"

"뭐, 볼테르라고? 기사님이 그분에게 도전한다고?"

올리보가 영문을 몰라 소리쳤다.

"올리보, 자네의 재치 있는 조카가 내가 최근에 몰두하고 있는 반박서에 대해 말하는군. 할 일 없는 한가한 시간의 재미난 소일거리인데 말일세. 예전에는 좀더 쓸모 있는 소일거리가 있었는데."

마르콜리나는 이 말에 개의치 않고 말했다.

"산책하시기에 공기가 쾌적하고 시원할 거예요. 나중에 뵐게요."

그녀는 고개를 끄덕이고 풀밭을 지나 서둘러 집으로 갔다. 카사노바는 그녀의 뒷모습을 바라보고 싶은 마음을 억누르며 물었다.

"아말리아 부인이 우리와 동행할까?"

"경애하는 기사님, 아닙니다." 올리보가 대꾸했다. "집사람은 집에서 신경 쓰고 정리해야 할 일이 너무 많아요. 그리고 지금은 딸들에게 공부를 가르칠 시간이고요."

"정말 유능하고 행실이 반듯한 주부이자 어머니로군! 올리보, 부러워할 만하군!"

"네, 날마다 저 자신에게 그렇게 말하고 있습니다."

대답하는 올리보의 눈이 촉촉해졌다.

그들은 집의 폭 좁은 벽면을 따라 걸었다. 마르콜리나가 거처하는 방의 창문은 전처럼 열려 있었다. 방의 어둑어둑한 바닥에서 베일 같은 밝은색 겉옷이 엿보였다. 넓은 마로니에 길을 지나자 곧 완전히 그늘에 잠긴 길이 나왔다. 그들은 천천히 정원의 담을 따라 위쪽으로 걸어갔다. 담이 오른쪽으로 구부러지는 모퉁이에서 포도밭이 시작되었다. 짙은 남색의 묵직한 포도들이 달린 키 큰 나무줄기들 사이에서 올리보는 손님을 높은 곳으로 안내했다. 그리고 기분 좋게 만족스러운 손짓을 하며 저 아래 꽤나 멀리 위치한 자기 집 쪽을 가리켰다. 카사노바의 눈에는 탑의 방 창가에서 어떤 여자의 형체가 위아래로 어른거리는 게 보이는 것 같았다.

해가 지고 있었다. 하지만 날은 여전히 뜨거웠다. 올리보의 뺨에는 땀방울이 흘러내리는데, 카사노바의 이마에는 땀이 맺히지도 않았다. 점점 아래쪽으로 걷던 그들은 무성한 목초지에 이르렀다. 이 올리브 나무에서 저 올리브나무로 포도나무 넝쿨이 휘감으며 올라가고, 쭉 늘어선 나무들 사이에서 노란 이삭들이 긴 몸을 흔들었다.

"태양의 축복이군." 카사노바가 인정한다는 투로 말했다. "천 가지 형태로 나타나는."

올리보는 이 아름다운 땅을 점점 늘려갔고, 몇 년 동안 운 좋게 풍년이 든 덕에 재산이 불어나 부자가 되었다는 이야기를 아까보다 훨씬 상세히 말해주었다. 그러나 카사노바는 자기 생각에 골몰하느라 올리보의 말을 많이 놓쳐서, 중간중간 공손한 질문으로 자신이 이야기에 집중하고 있음을 입증할 수 없었다. 올리보가 온갖 수다를 떨며 자기 가족과 마침내 마르콜리나의 이야기에 이르자 비로소 카사노바는 귀를 기울였다. 그러나 이미 알고 있었던 것 이상은 듣지 못했다. 즉, 그녀는 올리보의 이복형제의 딸로, 일찍 아내를 여의고 볼로냐에서 의사로 일하던 아버지 집에 살던 어린 시절, 이미 싹을 틔운 총명함으로 주위 사람들을 놀라게 했다. 그사이 사람들은 그녀의 독특함에 익숙해질 틈이 있었다. 몇 년 전 아버지가 세상을 떠난 뒤부터 그녀는 볼로냐 대학의 유명한 교수, 다름 아닌 바로 그 모르가니 교수집에서 생활했다. 그 교수는 대담하게도 제 여제자를 위대한 학자로 만들려고 했다. 그녀는 여름마다 몇 달씩 숙부 집에 머물렀다. 청혼도 몇 번 받았는데, 볼로냐의 상인과 인근의 지주, 마지막으로 로렌치 소위의 청혼을 거절했고, 정말 자신의 존재를 완전히 학문에 바치려는 것처럼 보인다고 했다. 올리보가 이런 이야기를 하는 동안 카사노바는 한없이 커지는 욕망을 느꼈다. 그리고 이 욕망이 어리석고도 가망 없다는 통찰은 그를 거의 절망케 했다. 그들이 들판과 목초지에서 마차가 다니는 길에 막 들어섰을 때, 점점 다가오는 먼지 구름의 회오리 속에서 이름을 부르며 인사하는 소리가 울려퍼졌다. 마차 한 대가 보였다. 마차 안에는 우아하게 차려입은 중년의 남자가 화장을 한 젊고 풍만한 숙녀 옆에 앉아 있었다.

"후작입니다." 올리보가 동행한 카사노바에게 속삭였다. "저희 집에 오는 길입니다."

마차가 멈추었다.

"올리보 씨, 안녕하세요." 후작이 소리쳤다. "생갈의 기사님을 소개해달라고 부탁해도 될까요? 그분을 마주 보면 틀림없이 기쁠 테니까요."

카사노바가 살짝 목례를 하며 말했다.

"제가 그 사람입니다."

"저는 첼시 후작입니다. 여기 여후작은 제 아내고요."

숙녀가 카사노바에게 손가락 끝을 내밀었다. 카사노바는 그녀의 손가락 끝에 입술을 댔다.

"친애하는 올리보 씨," 후작이 말했다. 밀랍같이 노란 그의 얼굴은 쏘아보는 초록빛 눈 위에서 한데 모인 숱 많은 구릿빛 눈썹 때문에 그다지 친절한 인상은 아니었다. "친애하는 올리보 씨, 가는 길이 같겠군요. 댁에 가는 길이니까요. 15분 정도면 도착할 테니까 나도 내려서 댁들과 함께 걸어가렵니다. 여보, 얼마 안 되는 거리니 혼자 가도 괜찮겠지."

후작은 카사노바를 내내 음탕하게 훑어보며 관찰하던 여후작에게 이렇게 말하고는 아내의 답변을 기다리지도 않은 채 마부에게 눈짓했다. 그러자 마부는 이유를 불문하고 여주인을 가능한 한 잽싸게 그곳에서 모셔가는 게 관건인 양, 곧바로 말에 미친 듯이 채찍질을 해댔다. 마차는 곧 먼지 구름 뒤로 사라졌다.

"그러니까 우리 지역 사람들은 이미," 카사노바보다 약간 크고 비정상적으로 마른 후작이 말했다. "생갈의 기사님이 이곳에 도착하셨고, 친구 분인 올리보 씨 댁에 묵으신다는 사실을 알고 있습니다. 그처럼 명성이 자자하시다니, 감개무량하시겠습니다."

"후작님, 정말 고맙습니다." 카사노바가 대꾸했다. "저는 그런 명성을 얻겠다는 희망을 물론 버리지는 않았습니다. 하지만 당장은 그런 것과는 거리가 아주 먼 것 같습니다. 제가 지금 몰두하고 있는 일이 잘돼서 그 목표에 좀더 가까워지면 좋겠습니다."

"여기에서 지름길로 갈 수 있습니다."

올리보가 말하고, 곧장 정원의 담으로 이어지는 들길로 접어들었다.

"일이라고요?" 후작은 모호한 표정을 지으며 카사노바의 말을 반복했다. "기사님, 어떤 종류의 일을 말씀하시는지 여쭤봐도 될까요?"

"후작님께서 물으신다면, 저도 후작님께 여쭤보지 않을 수 없겠네요. 방금 전 어떤 종류의 명성을 말씀하신 건가요?"

그는 이 말을 하면서 쏘아보는 듯한 후작의 눈을 거만하게 바라보았다. 공상소설『이십 일 이야기』도, 세 권짜리『베네치아 정부의 아믈로 의견서에 대한 반박』도 언급할 만한 작가적 명성을 안겨주지 못했음을 아주 잘 알고 있다 하더라도, 그 자신이 다른 누군가에게 추구할 만한 가치가 없다고 여겨지는 것은 문제였기 때문이다. 그래서 그는 후작이 조심조심 떠보며 언급하고 암시하는 모든 것을 일부러 오해하는 척했다. 후작은 카사노바를 숱한 여자들을 유혹하는 바람둥이, 도박꾼, 사업가, 정치적 밀정, 그 밖에 가능한 온갖 모습으로 상상할 수 있었지만, 작가라고는 도무지 상상할 수 없었다.『베네치아 정부의 아믈로 의견서에 대한 반박』이나『이십 일 이야기』에 대해서도 여태 들어보지 못했기에 더욱 그러했다. 마침내 공손하지만 약간 당황한 표정으로 후작이 말했다.

"어쨌든 카사노바는 한 분뿐이죠."

"후작님, 그것도 틀렸습니다." 카사노바가 냉랭하게 대꾸했다. "제

게는 형제자매가 있고, 화가인 남동생의 이름 프란체스코 카사노바는
미술을 아는 사람이라면 모를 리 없습니다."

후작은 이 분야에서도 식견 있는 사람이 아니라는 것이 드러났다.
그래서 그는 화제를 나폴리, 로마, 밀라노, 만토바 등에 살고 있는 친
지들에게로 돌렸다. 카사노바가 그들과 가끔 만났을지도 몰랐기 때문
이었다. 그러면서 후작은 페로티 남작의 이름도 거론했는데, 약간 경
멸적인 어투였다. 카사노바는 남작의 집에서 가볍게 카드놀이를 하곤
했다는 점을 시인하지 않을 수 없었다.

"심심풀이로," 그가 덧붙였다. "잠자리에 들기 전 30분 정도였죠.
하지만 저는 그런 식으로 시간을 때우는 일이 거의 없어요."

"그거 유감이네요." 후작이 말했다. "기사님, 기사님과 겨뤄보는 게
제 필생의 꿈이었음을 감추지 않을 테니 말입니다. 카드놀이뿐만 아
니라, 더 젊은 시절에는 다른 분야에서도 말입니다. 게다가 제가―그
게 언젯적 일일까요?―기사님이 스파*를 떠나던 바로 그날 그 시각
에 그곳에 도착했다는 점을 생각해보세요. 우리 마차가 서로 지나쳤
지요. 레겐스부르크에서도 이와 비슷한 불운을 겪었습니다. 그곳에서
는 기사님이 한 시간 전에 떠난 방에 제가 묵었으니까요."

"진짜 불운이네요." 카사노바가 말했다. 그는 어쨌든 기분이 약간
좋아졌다. "살다보면 때때로 너무 늦게 만나게 되니 말입니다."

"아직 너무 늦지 않았습니다." 후작이 활기 넘치게 소리쳤다. "다른
여러 가지 면에서 제가 진작 패했다는 점을 기꺼이 인정하겠습니다.

---

* 광천수 샘으로 유명한 벨기에의 휴양지.

그것에 개의치도 않습니다. 하지만 경애하는 기사님, 카드놀이라면 우리 둘 다 아마도 그 시절에—"

카사노바가 후작의 말을 끊었다.

"그 시절에는 그럴 겁니다. 하지만 저는 바로 카드놀이 분야에서 후작님 수준의 상대와 겨루는 기쁨을 더는 요구할 수 없습니다. 왜냐하면 제가," 그는 폐위된 제후 같은 어조로 말했다. "경애하는 후작님, 제가 온갖 명성을 누리면서도 오늘날까지 형편이 빈털터리보다 낫지 않기 때문입니다."

후작은 카사노바의 거만한 눈길에 자기도 모르게 눈을 내리깔았다. 그러고는 특별한 장난이라도 하듯 의심스럽게 고개를 저었다. 그러나 대화를 흥미롭게 경청한 올리보는 노련함에서 한 수 위인 비범한 친구의 답변에 동조의 뜻으로 고개를 끄덕이고는, 놀라움 섞인 흥분을 억제할 수 없었다. 그들은 뒤쪽 정원 담에 난 좁은 나무문 앞에 서 있었다. 올리보는 끽끽 소리를 내는 열쇠로 나무문을 열고 후작을 먼저 정원 안으로 들여보내고는 카사노바의 팔을 붙잡고 속삭였다.

"기사님, 제 집에 다시 발을 들여놓기 전에 방금 하신 말씀을 철회하실 수 있을 겁니다. 제가 16년 전에 기사님께 빌렸던 돈이 준비되어 있습니다. 다만 감히 갚지 못했을 뿐입니다…… 아말리아에게 물어보세요…… 셈을 마치고 준비해놓았습니다. 떠나실 때 드리려고—"

카사노바가 그의 말을 부드럽게 중단시켰다.

"올리보, 자네는 채무자가 아니네. 금화 몇 푼은—잘 알겠지만— 결혼 선물이었네. 내가 아말리아 모친의 친구로서 준…… 그런데 대체 왜 그 돈 이야기를 하는 건가? 금화 몇 두카텐이 내게 무슨 소용이겠나? 운명의 기로에 서 있는데 말일세."

그는 일부러 큰 소리로 덧붙여 말했다. 그래서 몇 걸음 내딛다 멈춰 서 있던 후작이 그의 말을 들을 수 있었다. 올리보는 카사노바와 시선을 교환하며 그의 동의를 얻은 다음 후작에게 말했다.

"기사님은 베네치아로 소환되셔서 수일 내 고향으로 떠나십니다."

"더 정확하게 말하자면," 카사노바가 말했다. 그사이 그들은 점차 집에 가까워지고 있었다. "이미 오래전부터 사람들이 나를 부르고 있고, 점점 간곡하게 오라고 하고 있네. 하지만 나는 대평의회 의원 나리들은 생각할 시간적인 여유를 충분히 가졌다고 보네. 이제 그분들이 관용의 마음을 품으시길 바라네."

"기사님," 후작이 말했다. "기사님은 응당 자부심을 가지셔도 됩니다!"

어느덧 가로수 길에서 나와 그늘진 목초지에 들어섰을 때 집 가까이에 모인 몇몇 사람들이 그들을 기다리고 있는 게 보였다. 모두들 일어나 그들을 마중 나왔는데, 마르콜리나와 아말리아 사이에 있던 신부가 앞장섰다. 그들을 뒤따르는 여후작 옆에는 키가 크고 수염이 없는 젊은 장교가 있었다. 은빛의 장식용 줄이 달린 붉은색 제복을 입고 반짝반짝 윤이 나는 기병 장화를 신었다. 로렌치가 틀림없었다. 그가 여후작에게 말을 걸면서 하얗게 분칠한 그녀의 어깨를, 적잖이 알려진 아름다운 물건들의 유명한 견본이나 되듯이 힐끔 바라보는 모습이라니. 더욱이 여후작이 반쯤 감은 눈으로 미소 지으며 그를 쳐다보는 모습은 별로 경험이 없는 사람이 보아도 두 사람의 관계를 의심하지 않을 수 없게 했다. 뿐만 아니라 두 사람은 이 관계를 누군가에게 비밀로 하는 데 전혀 가치를 부여하지 않는다는 것도 의심의 여지가 없었다. 그들은 다가오는 사람들과 마주 보고 서게 되자, 나지막했지만 활기찼던 대화를 중단했다.

올리보는 카사노바와 로렌치를 소개했다. 두 사람은 서로 꺼리는 기색이 역력한 냉랭한 눈길을 잠시 주고받았다. 그런 다음 둘 다 슬쩍 미소 짓더니 악수도 하지 않은 채 몸을 숙여 인사했다. 악수하려면 상대방 쪽으로 한 걸음씩 나아가야 했기 때문이다. 로렌치는 준수하고 호리호리한 용모에 표정이 젊은 나이임에도 눈에 띄게 날카로웠다. 그의 깊은 눈동자 속에서 알 수 없는 그 무엇이 빛을 발하며, 경험 많은 노련한 사람에게 조심하라고 경고하는 듯했다. 카사노바는 아주 잠깐 동안 로렌치가 누구를 연상시키는지 곰곰이 생각했다. 그러고는 여기서 그에게 맞서고 있는 사람이 다름 아닌 30년 정도 젊은 모습의 자신임을 깨달았다. 내가 로렌치의 모습으로 되돌아온 걸까? 하고 그는 자문했다. 그렇다면 나는 그전에 죽었어야 하는데…… 그런 생각이 들자 전율이 일었다. 나는 존재하지 않은 지 오래되었나? 젊고 멋지고 행복했던 카사노바의 모습 중에 과연 아직 무엇이 남아 있는가?

아말리아의 목소리가 들렸다. 그녀는 그의 옆에 있었건만 멀리 떨어져 있었던 것처럼 산책이 마음에 들었느냐고 물었다. 그러자 그는 모두가 들을 수 있을 정도로 큰 소리로, 올리보와 함께 천천히 둘러보았던, 잘 가꾸어진 비옥한 땅에 최고의 찬사를 보냈다. 그러는 사이 하녀가 풀밭에 길쭉한 식탁을 차렸다. 올리보의 큰딸 둘이 하녀를 도와 집 안에서 그릇과 잔, 그 밖에 필요한 것들을 나르며 시시덕거리고 바쁜 체하는 것을 잊지 않았다. 서서히 해가 지고 있었다. 부드러운 산들바람이 정원을 스치고 지나갔다. 마르콜리나는 서둘러 식탁으로 가서 아이들이 하녀와 함께 시작한 일을 마무리하고, 잘못된 점을 바로잡았다. 나머지 사람들은 목초지와 가로수 길을 한가롭게 산책했다. 여후작은 카사노바를 무척 공손하게 대했다. 그녀는 그가 베네치아 옥사에서 도주한 유명한 이야기를 알고 싶어했다. 그녀가 모호하게 미소 지으며 덧붙여 말한 것을 들어보면 그가 훨씬 위험한 모험을 견뎌냈음을 결코 모를 리 없을 텐데 말이다. 그 모험담을 이야기하는 것이 물론 더 위험할 수 있었다. 카사노바는 자신이 진지하고 재미있기도 한 고난을 많이 겪기는 했지만 그 의미와 본질이 위험인 바로 그런 삶을 결코 제대로 알지는 못했다고 대꾸했다. 몇 년 전, 불안한 시절에 몇 달 동안 코르푸 섬에서 군인으로 지냈기는 했지만—운명에 떠밀리지 않은 직업이 그에게 지구상에 있었던가?!—로렌치 소위님에게 임박한 진짜 전쟁에 출정하는 행운은 없었기 때문이라는 것이다. 그래서 부럽다는 생각마저 든다고 했다.

"카사노바 선생님, 저보다 많이 아시네요." 로렌치가 낭랑하고 불손한 목소리로 말했다. "그리고 심지어 저희 대장님보다 많이 아시네요. 제가 방금 휴가를 무기한 연장받았거든요."

"정말이오!" 후작이 화를 참지 못해 소리치고는 조롱조로 덧붙였다. "그리고 로렌치, 우리가, 아니 집사람이 댁의 출정을 진작 확신하고는 다음 주 초에 우리의 친구인 가수 발디를 우리 성에 초대했다는 것을 알아두시오."

"그거 잘됐군요." 로렌치가 동요 없이 대꾸했다. "발디와 저는 사이좋은 친구예요. 우리는 잘 지낼 겁니다. 그렇지 않은가요?"

그가 여후작에게 묻고는 이를 드러내며 웃었다.

"두 분은 그럴 거라고 생각해요."

여후작이 쾌활하게 미소 지으며 말했다. 그녀는 이렇게 말하며 맨 먼저 식탁에 자리를 잡았다. 그녀의 한쪽 옆에는 올리보가, 다른 쪽 옆에는 로렌치가 앉았다. 그들 맞은편에는 아말리아가 후작과 카사노바 사이에 앉았다. 좁은 식탁 끝 카사노바 옆에는 마르콜리나가, 올리보 옆에는 신부가 자리를 잡았다. 점심때처럼 조촐하면서도 몹시 구미가 당기는 식사였다. 집안의 두 큰딸 테레시나와 나네타는 음식을 건네며, 올리보의 언덕에서 재배한 포도로 만든 일급 포도주를 따라 주었다. 후작도 신부도 고맙다고 말하며 소녀들을 장난스럽고 음탕하게 쓰다듬었다. 올리보보다 엄격한 아버지라면 그런 동작은 못 하게 했을 터였다. 아말리아는 아무것도 알아차리지 못한 것 같았다. 그녀는 창백했고, 눈빛은 우울했으며 젊음의 모든 의미를 잃어버려서 늙으려고 작정한 여자처럼 보였다. 이것이 내 능력의 전부란 말인가? 카사노바는 옆에서 그녀를 관찰하며 그렇게 괴로운 생각이 들었다. 아말리아의 얼굴이 그토록 슬퍼 보인 것은 어쩌면 불빛 탓인지도 몰랐다. 집 안에는 넓게 퍼지는 한줄기 빛만이 손님들을 비추고 있었다. 하지만 손님들은 하늘의 어스름 빛으로 만족했다. 나무 꼭대기가 뚜렷한 검은 선이 되어 모든 전망을 차단했다. 카사노바는 여러 해 전 밤에 어느 신비스러운 정원에서 애인을 기다렸던 기억을 떠올렸다.

"무라노 섬."

그는 혼잣말을 중얼거리며 전율했다. 그러고는 큰 소리로 말했다.

"베네치아에서 가까운 어떤 섬에 정원이 있어요. 제가 몇십 년 전에 마지막으로 가보았던 수도원 정원이에요. 거기서 밤중에, 바로 오늘 여기에서처럼 향기가 났어요."

"선생님은 수도승이셨던 적도 있죠?"

여후작이 농담조로 물었다.

"그럴 뻔했죠."

카사노바가 미소 지으며 대꾸하고는 사실대로 이야기했다. 아직 어린 열다섯 살 소년이었을 때 베네치아의 주교한테 낮은 직급의 성직을 수여받았지만, 청소년이 되자 성직자의 옷을 벗는 쪽을 택했다고 했다. 신부는 근처의 수녀원을 거론하며, 아직 그곳을 모른다면 꼭 방문해보라고 간곡히 권했다. 올리보는 열성적으로 동감을 표하며 우중충하고 오래된 건물, 건물 주위의 수려한 경관, 그곳에 이르는 흥미로운 길 등에 대해 찬사를 늘어놓았다. 신부도 거들었다. 수녀원장님인 세라피나 수녀님은 태어날 때부터 공작님이었고 대단히 학식 있는 여성이며, 자기한테 보낸 편지(그 수녀원에 영원한 침묵의 서원이 유지되고 있기 때문에 글로 썼다)에서, 마르콜리나의 박식함에 대해 익히 들어 알기에 직접 만나보고 싶다는 뜻을 피력했다고 했다.

"마르콜리나, 저는," 로렌치가 말했다. 그녀에게 직접 말을 건넨 것은 처음이었다. "아가씨가 공작 수녀원장을 어느 면으로든 본받으려 하지 않기를 바랍니다."

"제가 왜 그러겠어요?" 마르콜리나가 쾌활하게 대꾸했다. "서약하지 않고도 자유를 지킬 수 있어요. 그리고 그게 더 나아요. 서약은 강제니까요."

카사노바는 그녀 곁에 앉아 있었다. 그는 그녀의 발을 살짝 건드리거나 무릎을 그녀의 무릎에 갖다 댈 엄두조차 내지 못했다. 그녀의 눈길에서 혐오의 표정, 불쾌한 기색—그런 표정이었다—을 또 한 번 보게 되는 것만으로도 틀림없이 미친 짓을 하게 될 테니 말이다. 식사가 계속되고 빈 술잔이 늘어나면서 대화가 더욱 활기를 띠었다. 모두 대화를 즐기는 사이, 또다시 멀리서 들려오는 듯한 아말리아의 목소리가 들렸다.

"마르콜리나와 이야기해보았는데요."

"당신이 그녀와—"

갑자기 미칠 듯한 희망이 그의 마음속에 활활 타올랐다.

"카사노바, 진정해요. 당신에 대한 이야기는 하지 않았어요. 순전히 그녀와 그녀의 장래 계획에 대한 이야기였어요. 다시 한 번 말하지만, 그녀는 결코 어떤 남자에게도 예속되지 않을 거예요."

포도주에 상당히 취한 올리보가 갑자기 자리에서 일어났다. 그러고는 술잔을 손에 든 채, 경애하는 벗인 생갈의 기사님이 방문해줘서 누추한 집에 커다란 명예가 되었다고 서툴게 몇 마디 했다.

"친애하는 올리보, 말씀하시는 생갈의 기사님이 어디 계신가요?"

로렌치가 낭랑하고 불손한 목소리로 물었다. 카사노바는 가득 찬 술잔을 뻔뻔스러운 로렌치의 머리에 당장 내던지고 싶은 충동에 사로잡혔다. 그러나 아말리아가 그의 팔을 살짝 건드리며 말했다.

"기사님, 지금까지 수많은 사람들이 기사님을 더 오래되고 유명한 이름 카사노바로만 알고 있어요."

"저는," 로렌치가 귀에 거슬릴 정도로 진지하게 말했다. "프랑스의 왕이 카사노바 선생님께 귀족의 작위를 수여했다는 것을 몰랐습니

56

다.”

“나는 왕이 수고스럽게 작위 수여를 하지 않아도 되게 만들었소.” 카사노바가 조용히 대꾸했다. “한번 설명해볼 테니 로렌치 소위님이 만족하시기를 바라오. 말이 나온 김에 하는 말이지만, 별로 중요하지 않은 자리에서 뉘른베르크의 시장에게 똑같은 설명을 할 영광을 누렸는데, 시장은 전혀 이의를 달지 않았소.”

다른 사람들이 긴장하며 침묵하자 카사노바가 말을 이었다.

“알파벳은 주지하다시피 보편적인 자산입니다. 나는 마음에 드는 알파벳 몇 개를 골라내어 나를 생갈의 기사로 만들었고, 어떤 제후의 은혜를 입지 않고도 스스로 귀족이 되었습니다. 제후들이 내 요구를 들어줄 리 만무하니까요, 나는 자칭 생갈의 기사 카사노바입니다. 로렌치 소위님, 내 이름이 소위님의 동의를 얻지 못한다면 나로서는 유감입니다.”

“생갈, 아주 근사한 이름입니다.”

신부가 이렇게 말하고는 입술로 뒷맛을 다시듯 그 이름을 몇 번 더 반복했다.

“그리고 저의 고귀한 벗이신 카사노바 말고,” 올리보가 소리쳤다. “자신을 아주 당연히 기사라고 불러도 되는 사람은 세상에 없습니다!”

“로렌치, 일단 당신의 명성이,” 후작이 말을 덧붙였다. “생갈의 기사이신 카사노바 선생만큼 널리 알려진 다음 당신도 기사님이라고 불리고 싶어한다면, 우리는 망설이지 않고 그렇게 할 거요.”

카사노바는 사람들이 사방에서 나서서 달갑지 않은 도움을 주는 것에 짜증이 나서 그러지 말라고 사양하고 논쟁을 직접 계속하려고 했다. 그때 아주 단정한 차림의 노신사 두 명이 어두운 정원으로 다가왔다. 올리보는 그들을 진심으로 반기고 소란을 떨며 무척 기뻐했다. 저녁 모임의 명랑한 분위기를 망칠 것 같은 우려할 만한 논쟁을 원만하게 풀기 위해서였다. 새로 도착한 사람들은 리카르디 형제였다. 카사노바가 올리보에게서 들은 바로는, 일찍이 넓은 세상에 나가 온갖 사업을 벌였지만 운이 따라주지 않아 결국 여기서 가까운 고향 마을에 돌아와 누추하고 작은 집에 세 들어 살고 있는 홀아비들이었다. 별나긴 하지만 악의 없는 호인들이었다. 리카르디 형제는 몇 년 전에 파리에서 만난 적 있는 기사님을 다시 뵙게 되어 무척 기쁘다고 말했다. 카사노바는 그들을 기억하지 못했다. 마드리드에서 보았던가?……
"그럴지도 모르겠네요." 카사노바는 이렇게 말했지만, 두 사람을 한 번도 본 적이 없음을 알고 있었다. 둘 중 동생임이 분명한 사람만 말했고, 아흔 살 노인처럼 보이는 다른 사람은 동생이 말할 때 계속 고개를 끄덕이며 멍하니 히죽히죽 웃었다.

사람들이 식탁에서 일어났다. 아이들은 진작에 사라졌다. 로렌치와 여후작은 어스름한 황혼 속에서 풀밭을 산책했고, 마르콜리나와 아말리아는 금세 홀에 모습을 드러냈다. 카드놀이를 하려고 준비하는 것 같았다. 이 모든 것에 무슨 뜻이 있는 걸까? 카사노바는 정원에 홀로 서서 자문했다. 그들은 나를 부자로 여기는 걸까? 내 돈을 긁어내려는 걸까? 이 모든 준비는 물론이고, 후작의 친절과 신부의 열성, 리카르디 형제의 등장 역시 그에게는 어떤 식으로든 미심쩍어 보였다. 로렌치도 음모에 연루된 게 아닐까? 혹시 마르콜리나는? 아말리아까지? 이런 생각이 머릿속을 스쳐지나갔다. 이 모든 것이 내가 베네치아로 돌아가는 것을 어렵게 만들고, 결국 불가능하게 만들려는 적들의 농간일까? 그러나 그는 곧 전혀 터무니없는 생각이라며 자신을 타일렀다. 무엇보다 그에게 더이상 적이 있을 리 없었기 때문이다. 그는 해로울 것 없는 영락한 늙은 멍청이였다. 그가 베네치아로 돌아간다고 해서 대체 누가 걱정이나 한단 말인가? 그리고 집의 열린 창들을 통해 남자들이 탁자 주위에 부지런히 모여드는 게 보이자 온갖 의심이 사라지고, 여기서는 습관적으로 행해지는 가벼운 카드놀이 외에 다른 아무것도 계획되어 있지 않다는 게 분명해졌다. 탁자에는 카드가 준비되어 있고 포도주가 담긴 잔들이 놓여 있었다. 카드놀이에서 새로운 상대는 어쨌든 환영받는 법이었다. 마르콜리나가 카사노바 곁을 스쳐지나가며 행운을 빈다고 말했다.

"여기 함께 있지 않을 건가요? 적어도 카드놀이를 구경이라도 하지 않나요?"

"제가 왜 함께 있어야 하죠? 생갈의 기사님, 안녕히 주무시고 내일 봬요!"

목소리가 밖으로 울려퍼졌다. "로렌치" 하고 부르는 소리가 났다.

"기사님."

"우리가 기다리고 있습니다."

카사노바는 집의 그늘에서 여후작이 로렌치를 풀밭에서 나무의 어둠 쪽으로 끌어당기는 것을 볼 수 있었다. 그곳에서 그녀는 로렌치에게 격정적으로 달려들었다. 하지만 그는 그녀를 거칠게 밀어내고 서둘러 집으로 갔다. 현관에서 카사노바와 마주친 그는 조롱하는 듯한 정중함을 보이며 카사노바에게 길을 비켜주었다. 카사노바는 고맙다는 말도 하지 않았다.

후작이 먼저 판돈을 걸었다. 올리보와 리카르디 형제 그리고 신부는 몇 푼 안 되는 동전을 걸었다. 그런 까닭에 카사노바는—전 재산이 몇 두카텐에 불과한 지금도—카드놀이가 전부 장난처럼 느껴졌다. 후작이 상당한 금액이라도 된다는 듯 의기양양한 표정으로 돈을 쓸어서 다시 나누어줄 때는 더 가소롭게 보였다. 그때까지 끼지 않았던 로렌치가 갑자기 1두카텐을 내놓고 그 판에서 이기고, 다시 두 배가 된 판돈을 걸고 두 번, 세 번 더 따더니 몇 번 약간 잃은 것을 빼고는 계속 이겼다. 그러는 동안 다른 신사들은 역시 푼돈을 걸었다. 그런데 리카르디 형제는 후작이 로렌치 소위처럼 자기들을 배려하지 않는 것처럼 보이자 몹시 불쾌한 표정을 지었다. 형제는 같은 카드를 함께 보며 카드놀이를 했다. 카드를 받는 형의 이마에서 땀방울이 떨어졌다. 그 뒤에 선 동생은 중요하고도 확실한 훈수를 하듯 계속 참견했다. 과묵한 형이 돈을 따는 게 보이면 동생의 눈은 빛났고, 그렇지 않으면 절망적인 표정으로 하늘을 바라보았다. 평소에는 카드놀이에 꽤나 무관심한 신부는 이따금—"행운과 여자는 억지로는 안 된다", "지구는 둥글고 하늘은 넓다"처럼—격언 비슷한 문장으로 흥을 돋우고, 때로는 간교하게 격려하면서 카사노바를 바라보았다. 그러고는 곧장 카사노바 맞은편, 그러니까 남편 옆에 앉아 있는 아말리아를 바라보았다. 옛 연인인 두 사람을 다시 맺어주는 게 중요한 일이라는 듯 말이다. 그러나 카사노바는 마르콜리나가 지금쯤 방에서 천천히 옷을 벗고 있고, 창문이 열려 있다면 그녀의 하얀 피부가 깜깜한 밤에 빛을 내보내고 있으리라는 생각뿐이었다. 마음을 혼란시키는 욕망에 사로잡힌 카사노바는 후작의 옆자리에서 일어나 방을 떠나려고 했다. 그러나 후작은 카사노바의 움직임을 카드놀이를 함께 하기로 결정했다는 뜻으로 여기고 말했다.

"이제 드디어—기사님, 기사님께서 계속 구경꾼으로만 계시지는 않을 거라고 생각했습니다."

그는 카드 한 장을 카사노바 앞에 내놓았다. 카사노바는 수중에 있는 전부인 10두카텐가량—이것이 그가 가진 거의 전부였다—을 걸었다. 그는 돈을 세지도 않고, 지갑에서 탁자로 돈을 떨어뜨리며 한 판에 다 잃기를 바랐다. 그렇다면 그것은 징조, 행운을 기약하는 징조일 것이었다. 조만간 베네치아로 떠나게 될 징조일지, 아니면 옷을 벗은 마르콜리나의 모습을 곧 보게 될 징조일지 정확히는 알지 못했다. 어떤 징조가 좋을지 결정하기도 전에, 후작이 그에게 졌다. 로렌치처럼 카사노바도 두 배가 된 판돈을 고스란히 걸었다. 그리고 소위의 경우처럼 그에게도 행운이 머물렀다. 후작은 나머지 사람들에게 더는 신경 쓰지 않았다. 과묵한 형 리카르디는 기분이 상해서 자리에서 일어났고 동생은 양손을 비벼댔다. 그러더니 두 사람은 함께 홀의 구석에 기가 꺾인 표정으로 서 있었다. 신부와 올리보는 더 순순히 물러났다. 신부는 과자를 먹으며 격언 나부랭이를 되풀이했고, 올리보는 카드들이 떨어지는 것을 흥분한 채 지켜보았다. 결국 후작은 5백 두카텐을 잃었다. 그 돈을 카사노바와 로렌치가 나누어 가졌다. 여후작은 몸을 일으켰고, 홀을 나서기 전에 소위에게 눈짓했다. 아말리아가 그녀를 따라나갔다. 여후작이 엉덩이를 흔드는 모습에 카사노바는 혐오감을 느꼈다. 아말리아는 그녀 옆에서 나이 든 비굴한 여자처럼 살금살금 걸었다. 후작이 현금을 몽땅 잃자, 카사노바는 선을 넘겨받았고 다른 사람들에게 카드놀이를 같이 하자고 고집을 부리는 바람에 후작의 불만을 샀다. 그 말을 듣자마자 리카르디 형제는 흥분된 표정으로 탐욕스럽게 즉각 나섰다. 신부는 그만 되었다며 고개를 저었다. 올리보는 귀한 손님의 바람을 거절하지 못해 같이 할 따름이었다. 로렌치에게 다시 운이 따라주었다. 그는 전부 4백 두카텐을 따자 자리에서 일어나 말했다.

"내일 기꺼이 만회할 기회를 드리겠습니다. 죄송합니다만, 이제 그만 집으로 돌아갔으면 합니다."

"집에 가겠다고!" 몇 두카텐을 다시 따게 된 후작이 비웃으며 소리쳤다. "그거, 나쁘지 않지! 소위님이야 어차피 우리 집에 묵고 있으니까!" 그러고는 다른 사람들을 향해 말했다. "집사람은 먼저 마차를 타고 집으로 갔어요. 로렌치, 즐거운 시간이 되길 바라오!"

"아주 잘 아실 텐데요." 로렌치가 얼굴 표정 하나 바꾸지 않고 대꾸했다. "제가 후작님의 성이 아니라 곧장 만토바로 말을 타고 갈 거라는 사실을요. 후작님이 어제 친절하게도 숙소를 제공해주셨죠."

"가고 싶은 데로 가시오.. 나하고는 상관없는 일이오!"

로렌치는 다른 사람들에게는 매우 정중하게 인사했지만, 후작에게는 마땅히 해야 할 대답도 하지 않고 떠났다. 그것을 보고 카사노바는 몹시 놀랐다. 그는 카드를 내는 족족 이기는 바람에 후작은 금세 수백 두카텐을 빚지게 되었다. 무엇 때문에 계속해야 하지? 카사노바는 처음에 이렇게 자문했다. 하지만 점차 다시 카드놀이의 매력에 사로잡했다. 나쁘지 않군, 하고 그는 생각했다…… 이제 곧 천 두카텐이 될 거야…… 2천도 될 수 있어. 후작은 빚진 돈을 갚을 거야. 돈을 좀 갖고 베네치아에 당당히 입성한다, 그건 그다지 나쁘지 않을 거야. 그런데 왜 베네치아로 가야 하지? 다시 부자가 되면 다시 젊어질 거야. 돈이 전부야. 이제 나는 그녀를 적어도 돈으로는 살 수 있을 거야. 누구를? 나는 다른 여자는 원하지 않아…… 그녀는 알몸으로 창가에 서 있을 거야. 틀림없이…… 결국 기다릴 거야…… 내가 올 거라고 생각할 거야…… 나를 미치게 만들려고 창가에 서 있을 거야. 그리고 내가 거기에 있어. 이런 생각을 하면서도 그는 표정의 변화 없이 후작뿐만 아니라 올리보와 리카르디 형제에게 카드를 계속 나누어주었다. 리카르디 형제에게는 그들이 기대하지도 않은 금화를 때때로 한 푼씩 건네주었다. 그들은 그 돈을 군말 없이 기쁘게 받았다. 밤의 어둠 속에서 요란한 소리가 들려왔다. 거리를 질주하는 말발굽 소리 같았다. 로렌치군, 하고 카사노바는 생각했다……그 소리가 정원의 담에서 메아리치듯 다시 울려퍼지더니 메아리마저 점차 사라졌다. 이제 행운은 카사노바를 등졌다. 후작은 판돈을 많이, 점점 많이 걸었다. 자정 무렵 카사노바는 자신이 그전처럼 가난해졌고, 점점 가난해지고 있음을 알았다. 수중에 있었던 금화 몇 푼마저 잃었다. 그는 카드를 밀어놓고 미소를 지으며 자리에서 일어났다.

"여러분, 고맙습니다."

올리보는 그를 향해 팔을 벌렸다.

"기사님, 카드놀이를 계속하죠…… 150두카텐, 잊으셨나요. 아니죠. 150두카텐이 아니에요! 제 모든 것, 지금 제 전부―전부―전부

다 말입니다!"

그는 저녁 내내 술을 마셔서 잘 돌아가지 않는 혀로 지껄였다. 카사노바는 지나칠 정도로 우아하게 손짓하며 사양했다.

"행운과 여자는 억지로는 안 되는 법이죠."

그가 신부를 향해 몸을 굽히며 말했다. 신부는 만족스러운 표정으로 고개를 끄덕이고 손뼉을 쳤다.

"존경하는 기사님, 그럼 내일 뵙겠습니다." 후작이 말했다. "로렌치 소위에게서 돈을 다시 찾아옵시다."

리카르디 형제는 카드놀이를 계속하자고 우겼다. 후작은 기분이 무척 좋아서 그들에게 선을 내주었다. 그들은 카사노바가 건네준 금화를 꺼냈다. 후작은 2분 만에 그 금화를 땄고, 현금을 보여주지 않으면 그들과는 카드놀이를 계속하지 않겠다고 단호히 거절했다. 그들은 당황해 양손을 비볐다. 형은 어린아이처럼 울기 시작했다. 동생은 형을 진정시키려는 듯 양 볼에 입을 맞추었다. 후작은 마차가 되돌아왔느냐고 물었다. 신부가 그렇다고 말했다. 마차가 30분 전에 문 앞에 도착하는 소리를 들었던 것이다. 후작은 집에 데려다주겠다며 신부와 리카르디 형제에게 같이 마차를 타고 가자고 권했다. 모두들 집을 떠났다.

사람들이 떠나자 올리보는 카사노바의 팔을 잡고 울먹이는 목소리로, 이 집에 있는 모든 것이 당신, 카사노바의 것이니 마음대로 해도 된다는 점을 재차 확인시켜주었다. 두 사람은 마르콜리나의 창을 지나갔다. 창은 닫혀 있었고 격자까지 쳐져 있었다. 안에는 커튼이 내려져 있었다. 이 모든 게 상관없거나 의미도 없었던 시절이 있었지, 하고 카사노바는 생각했다. 두 사람은 집으로 들어갔다. 올리보는 약간 삐걱거리는 계단을 통해 탑의 방까지 기꺼이 손님을 모셨다.

"그럼, 내일," 그가 말했다. "수녀원을 보시게 될 겁니다. 그렇지만 푹 주무세요. 너무 이른 시간에 출발하지는 않을 테니까요. 저희는 어쨌든 전적으로 기사님이 편하신 대로 맞추겠습니다. 안녕히 주무세요."

그는 나가면서 문을 살짝 닫았지만, 계단으로 내려가는 발소리가 집 전체에 쿵쿵 울려퍼졌다.

카사노바는 초 두 개가 희미하게 비추는 방에 홀로 서서, 각기 다른 방향으로 난 창문 네 개를 잇달아 훑어보았다. 푸르스름한 광채를 받은 풍경은 사방 어디를 보나 거의 똑같은 모습이었다. 작은 구릉들이 있는 광활한 평지, 북쪽으로 갈수록 흐릿해지는 산등성이들, 여기저기 흩어진 집과 농가 그리고 비교적 큰 건물들. 그중 약간 높은 건물 한 채에서 불빛이 새어나왔다. 카사노바는 후작의 성일 거라고 추측했다. 비어 있는 넓은 침대 외에 초 두 개가 타고 있는 긴 탁자와 의자 몇 개, 서랍장과 그 위에 금테두리가 된 거울 말고는 아무것도 없는 방은 꼼꼼하게 잘 정돈되어 있었다. 여행 가방은 풀어놓았다. 탁자 위에는 카사노바의 원고가 들어 있는 낡은 가죽 서류 가방이 닫힌 채 놓여 있었다. 원고 작업에 필요해서 가져온 책도 몇 권 있었다. 필기도구도 준비되어 있었다. 그는 조금도 졸립지 않아 서류 가방에서 원고를 꺼내, 촛불 옆에서 마지막으로 쓴 것을 전부 다시 읽었다. 어느 단락 중간에서 멈췄기 때문에, 그 대목을 이어 쓰는 것은 쉬운 일이었다. 그는 펜을 쥐고 급히 몇 문장을 쓰다가 갑자기 다시 멈추었다. 무엇 때문에? 그는 격렬한 내적 깨달음에 잠긴 듯 자문했다. 내가 여기서 쓴 것, 또 쓰게 될 것이 비할 바 없이 훌륭하다는 사실을 안다 해도, 내가 정말로 볼테르를 무찌르고 그의 명성을 누르는 데 성공한다 해도, 그럼에도 불구하고 기꺼이 이 원고들을 몽땅 불태워버릴 각오가 되어 있지 않은가? 이 시간에 마르콜리나를 껴안는 것이 내게 허락만 된다면 말이다. 그렇다. 그런 보상이 주어진다면, 베네치아에 다시는 발을 들여놓지 않겠다는 선서라도 할 각오가 되어 있지 않은가? 사람들이 나를 의기양양하게 다시 데려가고 싶어할지라도 말이다. 베네치아!…… 그는 이 단어를 되풀이했다. 그 소리가 아주 웅장하게 울리더니 어느새 예전처럼 그를 지배했다. 그가 청춘을 보낸 도시가 기억의 온갖 마력에 휩싸여 눈앞에 떠오르고, 한 번도 느껴본 적 없는 듯한 그리움이 사무치도록 고통스럽게 가슴에 부풀어올랐다. 고향에 돌아가기를 포기한다는 것은, 운명이 그에게 요구하는 희생 중 가장 견디기 어려울 것 같았다. 보잘것없이 퇴락한 세상에서, 사랑하는 도시를 언젠가 다시 볼 수 있으리라는 희망도 확신도 없이 더 무엇을 해야 한단 말인가? 방랑과 모험으로 수년, 아니 수십 년을 보내고, 온갖 행복과 불행을 겪고, 온갖 명예와 치욕을 경험하고 승리와 패배를 겪은 후, 그는 마침내 안식처, 고향을 가져야 했다. 그리고 그에게 베네치아 말고 다른 고향이 있는가? 다시 고향을 갖는다는 인식 말고 다른 행운이 있는가? 타향에서 그런 행운을 누리지 못한 지 이미 오래였다. 행운을 잡을 힘이 아직 남아 있긴 했지만, 더이상 꽉 움켜쥐지는 못했다. 남자든 여자든 그는 이제 인간들에게 영향력을 미치지 못했다. 그가 추억을 말할 때만 그의 말, 목소리, 눈빛이 마력을 발휘했다. 그의 현재 모습은 영향을 미치지 못했다. 한창때는 지나갔다! 그리고 이제 그는 평소에 특히 애써 감추려 한 게 무엇인지도 스스로 인정했다. 자신의 저술 활동, 심지어 마지막 희망을 걸었던 볼테르에 대한 반박서조차 널리 영향을 미칠 만큼 성공하지 못하리라는 사실이었다. 성공하기에는 때가 너무 늦기도 했다. 그렇다. 좀더 젊었을 때 그런 일에 진지하게 몰두할 여유와 인내가 있었다면—그 자신도 알고 있을 테지만—그는 이 분야의 첫째가는 시인과 철학자 들과 어깨를 나란히 했을 것이다. 마찬가지로 더 젊었을 적에 인내하고 조심했다면 자산가나 외교관으로서도 최고가 되었을 것이다. 그런데 새로운 연애가 유혹할 때 인내와 신중함은 전부 어디 있었으며, 온갖 장래 계획은 어디로 갔는가? 여자—여자들은 어디에나 있다. 그는 여자들을 위해 매 순간 뭐든지 전부 내던졌다. 신분이 높거나 낮거나, 정열적이거나 냉정하거나, 처녀나 창녀나 가리지 않고 말이다. 새로운 사랑의 보금자리를 위한 하룻밤 동안에는 현세의 온갖 명예와 저세상의 온갖 지복도 그는 늘 관심 밖이었다. 그런 그가 삶에서 뭔가 놓쳤을지 모른다고 후회할까? 이처럼 영원히 추구하지만 결코 찾지 못한다고 해서, 항상 찾기만 한다고 해서, 그러니까 열망에서 욕망으로, 욕망에서 열망으로 이처럼 현세적이고 초현세적으로 도망다닌다고 해서 말이다. 아니다. 그는 전혀 후회하지 않았다. 그는 그 누구 못지않게 자기 인생을 살았다. 그리고 지금도 여전히 자기식대로 살고 있지 않은가? 그의 여정 어디에나 여자들이 있었다. 설령 예전처럼 여자들이 좋아서 미치지는 않더라도 말이다. 아말리아? 원하면 언제든, 그러니까 이 시간에도, 술에 취한 남편의 침대에서 그녀를 가질 수 있다. 그리고 만토바의 여관 여주인—그녀는 미소년에게 반하듯 그에게 반해 깊은 애정과 질투를 보여주지 않았던가? 또 페로티의 애인, 얼굴에 부스럼 자국이 있긴 하지만 몸매가 좋은 여자—그녀는 수많은 밤의 쾌락을 안겨줄 것 같은 카사노바라는 이름에 감격해 애원하지 않았던가? 단 한 번만이라도 사랑의 밤을 베풀어달라고 애걸하지 않았던가? 그런데도 그는 그녀를 자기 멋대로 골라도 되는 사람처럼 물리치지 않았던가? 물론—마르콜리나—마르콜리나 같은 여자들은 더이상 그를 위해 존재하지 않았다. 그녀는 결코 그를 위해 존재하지 않을 것인가? 그런 부류의 여자들도 물론 있었다. 예전에 그런 여자를 만난 적이 있을지도 모른다. 하지만 항상 동시에 다른 여자가, 더 기꺼이 애원하는 여자가 있었기에 단 하루도 쓸데없이 한숨이나 쉬며 시간을 보내지는 않았다. 그리고 로렌치조차 마르콜리나를 어찌해볼 수 없었으니—그녀는 한창 젊었을 때의 카사노바만큼 멋지고 저돌적인 이 인간의 손을 물리쳤기 때문에—그녀는 실제로 그에게 이제껏 지상에서 존재할 수 없으리라 믿었던 비범한 사람, 덕이 있는 고결한 여자로 보일 수 있었다. 이제 그는 방이 떠나가라 호탕한 웃음을 터뜨렸다.

"서투른 놈, 멍청이 같으니!" 그는 혼잣말할 때 종종 그러듯 큰 소리로 외쳤다. "그는 기회를 이용할 줄 몰랐군. 그게 아니면 여후작이 그를 놓아주지 않는 모양이지. 혹시 박식한 여자—철학자 마르콜리나를 얻을 수 없으니 우선 여후작을 취한 걸까?!"

그리고 갑자기 이런 생각이 떠올랐다. 내일은 그녀에게 볼테르를 반박하는 글을 읽어줘야지! 그녀는 내 글을 이해할 만한 유일한 사람이야. 그녀를 설득할 거야…… 그녀는 나에게 경탄할 거야. 그녀라면 당연히……

"카사노바 선생님, 훌륭해요! 노신사님, 선생님의 글은 문체가 탁월해요. 정말이에요…… 선생님이 볼테르를 무찔렀어요…… 천재적인 노인장께서 말이에요!"

그는 이렇게 말하더니 씩씩거리며, 새장에 갇힌 듯 방 안을 이리저리 서성였다. 엄청난 분노가 그를 사로잡았다. 마르콜리나, 볼테르, 자기 자신, 세상 전체에 대한 분노였다. 그는 울부짖지 않으려고 안간힘을 썼다. 결국 옷도 벗지 않은 채 침대에 몸을 던지고는 크게 뜬 눈을 천장의 들보에 고정시키고 누워 있었다. 들보 한가운데 어느 부분에서 촛불에 은색으로 반짝이는 거미집이 보였다. 그러고는 잠들기 전에 카드놀이를 하면 종종 그러듯, 카드의 그림들이 환상적인 속도로 뇌리를 스쳐지나갔다. 마침내 그는 정말 꿈도 꾸지 않는 잠에 빠져들었다. 하지만 잠은 잠시 동안만 지속되었다. 이제 그는 자기를 둘러싼 신비한 정적에 귀를 기울였다. 동쪽과 남쪽으로 난 탑의 방 창문들이 열려 있었다. 정원과 들판에서 부드럽고 달콤한 온갖 냄새가 풍겨왔다. 바깥 풍경에서 뭔지 모를 소리가 들려왔다. 다가오는 새벽이 멀리서 또 가까이서 실어오곤 하던 소리 같았다. 카사노바는 더이상 가만히 누워 있을 수 없었다. 변화에 대한 강렬한 충동이 그를 사로잡아 밖으로 유인했다. 밖에서 새들이 지저귀는 소리가 그를 불러냈다. 아침의 산들바람이 이마를 스쳤다. 카사노바는 조용히 문을 열고 살금살금 계단을 내려갔다. 여러 번 입증된 노련함 덕에, 나무 계단이 그의 발걸음에도 전혀 삐걱거리지 않았다. 그는 돌층계를 통해 1층에 이르렀다. 그리고 식당을 가로질러 정원으로 나갔다. 식당 식탁에는 반쯤 채워진 잔들이 여전히 놓여 있었다. 자갈 위를 걷는 소리가 들리자 즉시 목초지로 발걸음을 옮겼다. 목초지는 이제 새벽의 여명 속에서 꿈결처럼 광활하게 펼쳐졌다. 그는 살그머니 옆쪽 가로수 길로 접어들었다. 그곳에서라면 마르콜리나의 창문이 보일 게 틀림없었다. 창문은 지난밤 그대로 격자가 쳐지고 닫힌데다 커튼이 드리워져 있었다. 그는 집에서 채 쉰 걸음도 가지 않아 돌 벤치에 앉았다. 정원의 담 저편에서 마차 지나가는 소리가 들렸다. 그러고는 다시 고요해졌다. 목초지 바닥에서 부드러운 잿빛 안개가 서서히 올라왔다. 경계가 불분명한, 투명하고 흐릿한 연못이 있는 것 같았다. 카사노바는 젊었을 때 무라노 섬의 수녀원 정원에서 보낸 밤을 다시 떠올렸다. 어쩌면 다른 정원, 다른 밤이었는지도 몰랐다. 어느 날 밤이었는지 그는 더이상 알지 못했다. 아마도 수많은 밤이 그의 기억 속에서 합쳐져 단 하나의 밤이 되었을 것이다. 그가 사랑했던 수많은 여자들도 기억 속에서 단 한 명의 여자가 되어, 수수께끼 같은 형상으로 머릿속을 떠다니는 것 같았다. 결국 그런 하룻밤은 다른 밤과 같지 않았던가? 그리고 한 여자는 다른 여자와 같지 않았던가? 특히 끝났을 때는? '끝났다'라는 단어가 그의 관자놀이에서 계속 쿵쿵 울렸다. 이제부터는 이 단어가 그가 잃어버린 존재의 맥박이라도 되는 것처럼 말이다.

그의 뒤에서 뭔가가 달가닥 소리를 내면서 담을 따라 움직이는 것 같았다. 그저 메아리였을까? 그렇다. 집 쪽에서 소리가 들려왔다. 갑자기 마르콜리나의 창이 열리고, 격자가 풀리고, 커튼이 걷혔다. 방의 어둠에서 어렴풋한 형태가 나타났다. 목까지 잠긴 흰 잠옷을 입고 창턱에 나타난 것은 다름 아닌 마르콜리나였다. 달콤한 아침 공기를 들이마시려는 것 같았다. 카사노바는 재빨리 벤치 아래로 미끄러져 내려가 몸을 숨겼다. 그는 벤치 위로 보이는 가로수 길의 나뭇가지들 사이로 넋 나간 것처럼 마르콜리나를 바라보았다. 그녀의 눈은 생각에 잠긴 듯, 초점도 없이 새벽의 여명에 잠긴 듯 보였다. 몇 초가 지나고 나서야 비로소 잠에 취한 정신을 눈길 하나에 모을 수 있을 정도가 되었다. 그녀는 천천히 좌우를 훑어보았다. 그러고는 몸을 숙여 자갈에서 뭔가를 찾는 것 같더니, 풀린 머리를 위층 창 쪽으로 돌렸다. 그다음에는 보이지 않는 십자가에 못 박힌 것처럼 양손을 창틀 양쪽에 받친 채 잠시 미동도 없이 서 있었다. 갑자기 안에서 불을 밝힌 듯, 카사노바는 그녀의 어렴풋한 이목구비를 그제야 분명히 볼 수 있었다. 그녀의 입 언저리에 한 가닥 미소가 떠돌다 이내 다시 굳었다. 그녀가 팔을 내렸다. 입술은 기도를 속삭이듯 이상야릇하게 움직였다. 눈길은 다시 무엇인가를 천천히 찾으며 정원을 쭉 훑었다. 그러고는 재빨리 고개를 끄덕였다. 바로 그 순간 누군가가 창턱을 획 넘어 밖으로 나갔다. 그때까지 마르콜리나의 발치에 웅크리고 있었던 게 틀림없었다. 로렌치였다. 그는 걷는다기보다는 나는 듯이 자갈 위를 달려 가로수 길로 갔다. 숨을 죽이고 벤치 아래 엎드려 있는 카사노바한테서 채 열 걸음도 떨어지지 않은 곳에서 길을 가로질렀다. 그러고는 담을 따라 난 좁은 풀밭이 있는 가로수 길 저편에서 서둘러 뒤쪽으로 가더니 카사노바의 시야에서 사라졌다. 카사노바는 문의 돌쩌귀들이 삐걱거리는 소리를 들었다. 어제저녁에 올리보와 후작과 함께 정원으로 되돌아온 바로 그 문이 틀림없었다. 그러고는 모든 것이 조용해졌다. 마르콜리나는 내내 미동도 없이 서 있었다. 로렌치가 안전하게 사라진 것을 확인한 그녀는 깊이 안도의 숨을 쉬고 격자와 창문을 닫았다. 커튼은 저절로 풀린 듯 내려갔다. 그리고 모든 것이 예전 그대로였다. 다만, 더는 지체할 이유가 없다는 듯, 집과 정원 위로 태양이 떠오르고 있었다.

카사노바는 손을 앞으로 쭉 내민 채 벤치 아래 그대로 엎드려 있었다. 잠시 후 기어서 가로수 길 가운데로 갔다. 마르콜리나는 물론 다른 사람의 창에서도 보이지 않을 만한 데까지 계속 기어갔다. 등에 통증을 느끼며 몸을 일으켜 세우고 팔다리를 쭉 펴자 드디어 정신이 들었다. 매 맞던 개가 인간으로 되돌아온 것처럼 그제야 비로소 제정신을 찾았다. 매질을 육체적인 고통이 아니라 심한 수치로 느끼도록 저주받은 인간으로 말이다. 창이 열렸을 때 왜 창 쪽으로 가지 않았을까? 그는 자문했다. 그리고 창턱을 넘어 왜 그녀에게로 가지 않았을까? 그녀가 저항할 수 있었을까? 위선자, 거짓말쟁이, 매춘부인 그녀가? 그는 그럴 권리가 있기라도 한 듯 그녀에게 욕지거리를 해댔다. 그녀가 애인한테 정절을 맹세해놓고 배반하기라도 한 것처럼. 그는 그녀에게 직접 해명을 요구하겠다고 다짐했다. 올리보, 아말리아, 후작, 신부, 하녀와 하인 들 앞에서 그녀의 면전에 대고, 그녀는 음탕한 어린 창녀일 뿐 아무것도 아니라고 공공연히 말하겠다고 속으로 다짐했다. 연습이라도 하듯 아주 세세히, 그는 방금 본 것을 미리 이야기해보고, 그녀를 더 심하게 모욕할 온갖 방법을 생각해내는 데서 기쁨을 느꼈다. 그녀가 벌거벗은 채 창가에 서 있었고, 살랑대는 아침 바람을 맞으며 음탕하게 애인의 애무를 받았다고 말할 참이었다. 그는 간신히 분노를 가라앉힌 다음, 방금 알게 된 사실로 어쩌면 좀더 나은 무언가를 시작할 수 있지 않을까 하고 곰곰이 생각했다. 지금 그녀를 손아귀에 쥐고 있지 않은가? 그녀가 자발적으로 보여주지 않는 호의를 이제 협박해서 얻어낼 수 있지 않을까? 하지만 이 비열한 계획은 금세 물거품이 되었다. 카사노바가 그 계획의 비열함을 인식했기 때문이라기보다는, 바로 이번 경우에는 그 계획이 목적과 의미가 없음을 깨달을 수밖에 없었기 때문이다. 아무에게도 해명할 책임이 없는 마르콜리나를 협박한들 그녀가 신경이나 쓰겠는가? 해명한다 할지라도, 그를 중상모략과 공갈협박을 일삼는 자라며 결국 집에서 내쫓을 수 있을 만큼 교활하게 대처할 텐데 말이다. 그리고 그녀가 왠지는 모르지만 자신을 희생해서라도 로렌치와의 비밀 연애를 지킬 용의가 있다 하더라도(그는 자신이 온갖 가능성의 영역 밖에 있는 어떤 것을 고려하고 있음을 물론 알고 있었다), 사랑할 때 행복을 받기보다 주기를 천 배나 더 뜨겁게 갈망하는 그에게는 이렇게 억지로 누리는 기쁨이 형언키 어려운 고통으로 바뀔 수밖에 없지 않겠는가? 그 고통이 그를 미치게 만들고 자멸로 몰고 가지 않겠는가? 그는 별안간 자신이 정원의 문 앞에 있다는 것을 깨달았다. 문은 잠겨 있었다. 로렌치가 복제한 열쇠를 갖고 있는 것이었다. 그런데—이제 떠오른 생각인데—로렌치가 카드놀이판에서 일어났을 때, 말을 타고 그곳을 떠난 사람은 대체 누구였을까? 부름을 받고 대기하던 하인이 분명했다. 그 생각에 카사노바는 자기도 모르게 미소를 지었다…… 마르콜리나와 로렌치, 여성 철학자와 장교, 그들은 잘 어울렸다. 그리고 두 사람의 멀지 않은 앞날에는 멋진 이력이 기다리고 있었다. 마르콜리나의 다음 애인은 누가 될까? 하고 그는 스스로에게 물었다. 볼로냐의 교수일까? 마르콜리나는 그 교수 집에 묵고 있으니까. 오, 이런 바보. 그 교수는 이미 오래전 애인이야…… 누가 더 있을까? 올리보? 신부? 왜 안 되겠어?! 아니면 어제 우리가 탄 마차가 도착했을 때 멍청한 눈으로 정문에 서 있던 젊은 하인일까? 모두 다일 거야! 나는 알아. 하지만 로렌치는 그 사실을 몰라. 그 점에서는 내가 그보다 나아. 그는 속으로는 로렌치가 마르콜리나의 첫 애인이라 믿었고, 심지어 어젯밤이 그녀가 로렌치에게 몸을 맡긴 첫날밤일 거라고 생각했다. 하지만 그 점이 담을 따라 정원을 도는 내내 음흉하고 음탕한 상상의 나래를 펼치는 것을 막지는 못했다. 그는 자신이 열어둔 홀의 문 앞에 다시 서서, 쥐도 새도 모르게 탑의 방으로 되돌아가는 것 외에 당장은 달리 할 게 없음을 깨달았다. 그는 아주 조심스럽게 살금살금 올라가, 전에 앉았던 팔걸이의자에 주저앉았다. 그 앞 탁자에 놓인 원고 낱장들은 그가 돌아오기만을 기다린 것 같았다. 부지중에 눈길이 아까 쓰다 멈춘 문장에 닿았다. 그는 그 문장을 읽었다.

"볼테르는 틀림없이 불멸의 존재가 될 것이다. 볼테르는 이러한 불멸을 그가 남긴 불후의 명작 덕분에 얻었을 것이다. 의심이 그의 영혼을 소진시킨 것처럼, 재치가 그의 가슴을 지치게 만들었다. 그래서—"

그 순간 붉은 아침 해가 쏟아져들어와, 그가 손에 든 원고를 붉게 물들이기 시작했다. 그는 패배한 것처럼 원고를 탁자 위의 다른 원고들 옆에 내려놓았다. 그리고 갑자기 입술이 말라 탁자 위에 놓여 있는 물병에서 물을 한 잔 따랐다. 물은 미지근하고 단맛이 났다. 그는 구역질이 나서 머리를 옆으로 돌렸다. 벽에서, 서랍장 위의 거울에서 창백하고 늙은 어떤 얼굴이 그를 응시하고 있었다. 이마 위로 흘러내린 머리는 흐트러져 있었다. 그는 자학하는 기분으로, 마치 연극 무대에서 멍청한 역할을 해내는 게 중요하다는 듯 입가를 더욱 축 늘어뜨리고, 머리카락은 더 헝클어지도록 헤집고, 거울에 비친 모습을 향해 혀를 내밀었다. 일부러 목쉰 소리를 내서 자기 자신에게 쓸데없는 욕설들을 내뱉더니, 급기야 버릇없는 어린아이처럼 원고 낱장을 불어서 탁자 아래로 떨어뜨렸다. 그러고는 다시 마르콜리나를 욕하기 시작했다. 추잡한 말들을 내뱉고 나면 잇새로 쉿 소리를 냈다. 기쁨이 오래 지속될 거라고 생각해? 너는 너처럼 젊었던 다른 여자들처럼 뚱뚱해지고 쭈글쭈글해지고 늙게 될 거야. 가슴은 축 처지고 머리는 푸석푸석 하얗게 세고 이는 빠지고 냄새는 지독한 늙은 여자가 되어서…… 마침내 죽게 될 거야! 그리고 썩겠지! 그러면 벌레들의 먹이가 되겠지. 그는 마지막 복수를 하려고 마르콜리나를 죽은 사람으로 상상하려 했다. 흰색 수의를 입은 그녀가 뚜껑이 열린 관 속에 누워 있는 모습이 떠올랐다. 그렇지만 그는 그녀에게서 파멸의 그 어떤 징후도 생각할 수 없었다. 오히려 진정 지상의 것이 아닌 듯한 그녀의 아름다움이 그를 다시 미치게 했다. 눈을 감자 상상 속의 관이 첫날밤의 침대로 변했다. 침대에 누운 마르콜리나는 미소 지으며 눈을 깜박였다. 그리고 비웃기라도 하는 것처럼 가느다랗고 창백한 양손으로 흰색 예복을 찢어 부드러운 가슴을 드러냈다. 하지만 그가 그녀를 향해 팔을 뻗고 달려들어 껴안기라도 할까봐, 공상은 녹아 없어졌다. 문을 두드리는 소리가 났다. 그는 몽롱한 잠에서 깨어 벌떡 일어났다. 올리보가 앞에 서 있었다.

"어떻게 벌써부터 책상에 앉아 계신가요?"

"내 습관일세." 카사노바가 즉시 태연하게 대답했다. "이른 아침 시간을 글쓰기에 바치는 게 말일세. 몇 시인가?"

"여덟시입니다." 올리보가 대답했다. "아침 식사는 정원에 준비되어 있습니다. 기사님, 분부만 내리시면 즉각 수녀원으로 출발하겠습니다. 그런데 원고가 바람에 흩어졌네요!"

올리보는 바닥에서 원고를 주워올리기 시작했다. 카사노바는 그를 그냥 내버려두었다. 창가로 가니 하얗게 차려입은 아말리아, 마르콜리나, 세 딸들이 아침 식탁 주위에 모두 모여 있는 것이 보였기 때문이다. 아침 식사는 집의 그늘이 드리워진 풀밭에 차려져 있었다. 그들이 카사노바에게 아침 인사를 외쳤다. 그에게는 마르콜리나만 보였다. 그녀는 그를 향해 해맑은 눈으로 친절하게 미소 짓고, 철 이른 포도가 담긴 접시를 무릎 위에 놓은 채 포도를 한 알씩 입에 넣었다. 온갖 경멸과 분노와 증오가 카사노바의 마음에서 녹아 없어졌다. 그녀를 사랑한다는 사실만 더욱 분명해졌다. 그녀의 모습에 취한 듯, 그는 창가에서 방 안쪽으로 물러났다. 올리보는 여전히 바닥에 무릎을 꿇은 채, 탁자와 서랍장 아래 흐트러진 원고를 줍고 있었다. 카사노바는 올리보가 계속 애쓰는 것을 말리고, 산책 준비를 하겠다며 혼자 있고 싶어했다.

"급하지 않습니다." 올리보가 바지에서 먼지를 떨며 말했다. "점심 때 돌아오는 것은 어렵지 않을 겁니다. 더욱이 후작이 오늘은 오후 일찌감치 카드놀이를 시작하자고 청했습니다. 해가 지기 전에는 꼭 집에 가봐야 하는 모양입니다."

"카드놀이를 언제 시작하든 나는 정말 상관없네." 카사노바가 원고를 정리해 서류 가방에 넣으면서 말했다. "나는 절대 카드놀이에 끼지 않을 걸세."

"그렇게 될 겁니다."

올리보가 평소답지 않은 단호한 태도로 말하며, 금화 한 꾸러미를 탁자에 올려놓았다.

"기사님, 제가 빚진 돈입니다. 늦었지만, 진심으로 감사하는 마음을 담아 드립니다."

카사노바가 사양했다.

"받으셔야 합니다." 올리보가 딱 잘라 말했다. "기사님께서 저를 심히 모욕하실 마음이 없으시다면 말입니다. 게다가 아말리아가 간밤에 꿈을 꾸었습니다. 그 꿈을 아시면 돈을 받지 않을 수 없을 테지만, 꿈 이야기는 아내가 기사님께 직접 해드릴 겁니다."

그리고 그는 황급히 사라졌다. 어찌 되었든 카사노바는 금화를 세어보았다. 150개였다. 정확히 15년 전에―누구에게 주었는지는 잘 모르겠지만―신랑이나 신부 또는 신부의 어머니에게 주었던 액수였다. 가장 이성적인 행동은 그 돈을 챙겨 작별 인사를 하고, 가능하면 마르콜리나를 다시 보지 않고 이 집을 떠나는 거야, 하고 그는 혼잣말을 했다. 그런데 내가 언제 이성적으로 처신했던가? 그리고 그사이에 베네치아에서 소식이 오지 않았을까?…… 만토바 여관의 착한 여주인이 소식이 오는 대로 지체 없이 알려주겠다고 약속했는데……

그동안 하녀가 샘물처럼 차가운 물이 담긴 커다란 항아리를 위로 날라왔고, 카사노바는 몸을 씻었다. 그러자 기분이 무척 상쾌해졌다. 그러고 나서 어제저녁에 갈아입을 시간만 있었다면 입었을 좀더 나은 옷을, 일종의 정장을 걸쳤다. 어쨌든 지금은 어제보다 우아한 차림으로, 그러니까 어느 정도 새로운 모습으로 마르콜리나 앞에 나타날 수 있을 것 같아서 아주 만족스러웠다.

그는 스페인풍의 넓은 은빛 레이스와 자수가 달린 광채 나는 회색 비단 재킷에 노란색 조끼와 엷은 자홍색 바지를 걸쳤다. 그리고 우아하면서도 뻐기지 않는 태도로, 우월감을 드러내기는 하지만 사랑스러운 미소를 입가에 흘리며 불 속에서처럼 꺼지지 않는 젊음의 눈을 반짝이면서 정원에 들어섰다. 실망스럽게도 정원에는 올리보만 있었다. 올리보는 카사노바에게 자기 옆의 식탁에 자리를 잡으라고 권하고, 간소한 아침을 들자고 했다. 카사노바는 우유, 버터, 계란, 흰 빵 등을 먹은 다음, 일찍이 맛본 그 어떤 음식보다 맛있어 보이는 복숭아와 포도도 먹었다. 여자아이 셋이 잔디밭을 뛰어왔다. 카사노바는 아이들 모두에게 키스했다. 열세 살 된 테레시나에게는 어제 신부가 그랬던 것처럼 살짝 애무해주었다. 그런데 그녀의 눈에 번쩍 타오르는 불꽃은 카사노바가 잘 알고 있듯이, 어린아이처럼 순진하게 장난치고 싶은 마음과는 다른, 욕망에 붙은 불꽃이었다. 올리보는 카사노바가 자기 딸들과 잘 지내는 것을 보고 기뻐했다.

"내일 정말 떠나실 건가요?"

그는 조심스러우면서도 정겹게 물었다.

"오늘 저녁에 갈 걸세."

카사노바는 말은 이렇게 했지만 눈은 장난스레 깜박거렸다.

"친애하는 올리보, 알다시피 베네치아 대평의회 의원들이―"

"그들은 기사님을 두고 그럴 자격이 없어요."

올리보가 카사노바의 말을 단호하게 중단시켰다.

"그들을 기다리게 하세요. 저희 집에 모레까지 계세요. 아니, 일주일만요."

카사노바는 천천히 고개를 저었다. 그러면서 어린 테레시나의 두 손을 쥐고, 붙잡아놓으려는 듯 무릎 사이에 꼭 끼고 있었다. 그녀는 유연하게 몸을 빼내며, 더는 전혀 어린아이답지 않은 미소를 지었다. 그때 아말리아와 마르콜리나가 집에서 나왔다. 아말리아는 밝은 색 겉옷 위에 검은색 숄을, 마르콜리나는 흰색 숄을 둘렀다. 올리보는 승낙을 받도록 거들어달라고 두 사람에게 부탁했다.

"그건 불가능하네."

카사노바가 지나치게 힘이 들어간 목소리와 표정으로 말했다. 그러자 아말리아도 마르콜리나도 올리보의 초대에 힘을 더 실어줄 만한 말을 찾지 못했다.

그들이 마로니에 가로수 길을 지나 성문으로 걸어가는 동안, 마르콜리나는 카사노바에게 어젯밤에 원고는 잘 진척되었느냐고 물었다. 방금 올리보 삼촌한테 아침이 훤히 밝을 때까지 깨어 있었다고 들었다는 것이다. 카사노바는 모호하면서도 악의적인 대답으로, 그녀에게 이상한 느낌이 들게 하면서도 본심이 드러나지 않게 대답할 작정이었다. 그러나 모든 성급함이 해가 될 수 있다는 생각에 조롱하는 말을 자제했다. 그리고 그녀와 어제 나눈 대화의 자극 덕분에 몇 군데 고쳤을 뿐이라고 정중하게 대꾸했다. 그들은 격에 맞지 않고 좌석도 편치 않은 점만 빼면 쾌적한 마차에 올라탔다. 카사노바는 마르콜리나 맞은편에, 올리보는 아내 맞은편에 앉았다. 마차는 아주 널찍해서, 이리저리 흔들리는데도 어쩔 수 없이 서로 부딪치는 일은 생기지 않았다. 카사노바는 아말리아에게 꿈 이야기를 해달라고 청했다. 그녀는 그에게 친절한, 거의 자비로운 미소를 지었다. 그녀의 표정에서는 모욕이나 원망의 흔적이 완전히 사라져 있었다. 그녀가 말하기 시작했다.

"카사노바 기사님, 기사님이 거무스름한 말 여섯 필이 끄는 훌륭한 마차를 타고 환한 건물 앞을 지나가는 것을 보았어요. 아니, 마차가 멈추었는데, 저는 그 안에 누가 타고 있는지 몰랐어요. 그때 기사님이 금실로 수놓은 화려한 흰색 정장 차림으로 내렸어요. 지금 걸치신 옷보다 훨씬 화려해 보였어요. (그녀의 표정에는 장난기 섞인 조롱이 담겨 있었다.) 그리고 기사님은 정말 오늘 걸치신 것과 똑같은 가느다란 금줄을 하고 있었어요. 여태껏 기사님께서 하고 계신 것을 정말로 한 번도 본 적이 없는 금줄이었어요! (금시계가 달린 이 줄, 그리고 카사노바가 손으로 갖고 놀고 있는 보석 박힌 금 담뱃갑은 그가 지니고 있던 그나마 몇 푼 되는 마지막 장식품이었다.) 거지처럼 보이는 어떤 노인이 마차의 문을 열었어요. 로렌치였어요. 하지만 카사노바, 기사님은, 기사님은 젊었어요. 아주 젊었어요. 그 당시 제가 알던 기사님보다 훨씬 젊었어요. (그녀는 '그 당시'라고 말하면서, 이 단어를 말함으로써 그녀의 모든 기억이 날개를 퍼덕이며 되살아나는 것에도 개의치 않았다.) 주위 어디에도 사람이 보이지 않는데 기사님은 사방에 인사하며 성문을 지나갔어요. 기사님이 들어가자 문이 거칠게 닫혔어요. 폭풍 때문에 닫힌 것인지, 아니면 로렌치 때문이었는지는 알 수 없었어요. 문이 너무 거칠게 닫히는 바람에, 겁을 먹은 말들이 마차를 끌고 미친 듯이 달아나버렸죠. 그때 옆 골목들에서 비명이 들렸어요.

위험을 피하려는 사람들의 아우성 같았죠. 그 소리는 곧 그쳤어요. 그런데 기사님이 그 집 창가에 나타났어요. 저는 그제야 그곳이 도박장이라는 사실을 알았어요. 기사님은 사방을 내려다보며 인사했어요. 그런데 그곳에는 아무도 없었어요. 그러고 나서 기사님은 어깨 너머 뒤쪽으로 고개를 돌렸어요. 마치 방 안에 계신 기사님 뒤에 누군가 있다는 듯 말이에요. 하지만 저는 그곳에 아무도 없다는 것을 알았어요. 그때 갑자기 기사님이 다른 창가에 계시는 게 보였어요. 더 높은 층이었어요. 그곳에서 똑같은 일이 일어났어요. 그리고 기사님은 다시 더 높은 층에 계셨어요. 그리고 계속 반복되지요. 건물이 끝없이 자라는 것 같았어요. 어디에서건 기사님은 아래쪽을 향해 인사하고, 뒤에 있는 것 같지만 실제로는 없는 사람들과 이야기를 했어요. 로렌치가 기사님의 뒤를 따라서 계속 계단을 뛰어올라갔지만, 기사님을 따라잡지는 못했어요. 기사님은 그에게 적선할 생각조차 하지 않았으니까요……"

"그래서?"

아말리아가 입을 다물자 카사노바가 물었다.

"별의별 일들이 더 벌어진 것 같은데, 까먹었어요."

아말리아가 말했다. 카사노바는 실망했다. 그렸다면, 그런 경우 늘 그래왔던 것처럼 그게 꿈이든 현실이든 이야기를 완성하려고, 이야기에 의미를 부여하려고 했을 테니 말이다. 그래서 그는 약간 불만스럽게 말했다.

"꿈이 모든 것을 바꾸어놓았군. 내가 부자이고 로렌치가 거지인데다 늙은이라니."

"로렌치의 돈이라고 해보았자," 올리보가 말했다. "별로 대단치 않아요. 부친이 제법 부유하긴 하지만, 아들과의 관계가 상당히 좋지 않거든요."

그리고 카사노바가 애써 계속 질문하지 않아도, 소위가 후작 덕분에 사람들과 친분을 맺게 되었음을 알게 되었다. 몇 주 전 어느 날 후작이 소위를 올리보의 집에 데려왔다고 했다. 젊은 장교와 여후작의 관계에 대해서는 카사노바 같은 노련한 사람에게 굳이 정확히 설명할 필요도 없을 거라고 했다. 게다가 남편이 그 점에 대해 이의를 제기하지 않으니, 그 일과 무관한 사람은 마음을 편히 가져도 된다고 했다.

"올리보, 자네 생각처럼 후작이 그 일을 눈감아주고 있는지," 카사노바가 말했다. "나로서는 의심스럽네. 후작이 경멸과 분노가 섞인 태도로 그 젊은이를 대하는 것을 알아차리지 못했나? 나는 이 일이 잘 마무리될 거라고 단정하지 않으려네."

그때까지도 마르콜리나의 표정과 태도에는 동요가 전혀 없었다. 그녀는 로렌치에 관한 이 대화에는 조금도 관심이 없고 경치를 보며 조용히 즐기는 것 같았다. 마차는 꼬불꼬불하고 완만한 오르막길을 따라 올리브나무와 너도밤나무가 있는 숲을 지나갔다. 그리고 말들이 그전보다 훨씬 천천히 걷기 시작하자, 카사노바는 마차에서 내려 마차와 나란히 유유히 걷는 쪽을 택했다. 마르콜리나는 볼로냐의 아름다운 경관에 대해, 그리고 모르가니 교수의 딸들과 함께 하곤 했던 저녁 산책에 대해 말했다. 그녀는 자기와 편지를 주고받는 파리 대학의 유명한 수학자 소그르뉘와 개인적으로 만나기 위해 내년에 프랑스로 여행할 계획이라고도 했다.

"어쩌면," 그녀가 미소 지으며 말했다. "가는 길에 페르네에 들러, 가장 만만치 않은 적수인 생갈의 기사님이 쓴 반박서를 어떻게 생각하는지 볼테르의 입으로 직접 들으면 재미있을 거예요."

카사노바는 마르콜리나의 팔 옆쪽의 마차 손잡이에 손을 올려놓았다. 그녀의 불룩하게 부푼 소매가 손가락에 가볍게 스쳤다. 카사노바가 쌀쌀맞게 대꾸했다.

"볼테르 씨가 아니라 오히려 후세가 내 글을 어떻게 받아들이느냐가 더 중요할 거요. 후세야말로 내 글을 최종적으로 판단할 권리를 가질 테니까요."

"여기서 이야기되는 문제들에 대해," 마르콜리나가 진지하게 말했다. "정말로 최종적인 판단을 내릴 수 있다고 생각하세요?"

"마르콜리나, 이런 질문이 당신 입에서 나오다니 놀랍군요. 그 질문에 담긴 철학적이고도, 그리고 여기서 이런 단어가 적절하다면 종교적인 확신이, 그 자체로 이론의 여지가 전혀 없어 보이지는 않지만 당신의 영혼 속에—영혼이 존재한다고 여기신다면—아주 단단히 자리 잡은 것 같으니 말입니다."

마르콜리나는 카사노바의 신랄한 독설에 개의치 않고, 나무 꼭대기 위로 짙푸르게 펼쳐진 하늘을 조용히 쳐다보며 대꾸했다.

"때때로, 특히 오늘 같은 날에는"—사정을 아는 카사노바는 이 말에서, 깨어난 여심의 깊은 곳에서 나오는 떨리는 기도 소리를 동시에 들었다—"사람들이 철학과 종교라고 부르는 게 그저 말장난에 불과한 것처럼 보여요. 다른 모든 것보다 물론 고상하기는 하지만 또한 더 무의미하기도 한 말장난요. 우리는 무한과 영원을 붙잡지 못할 거예

요. 우리의 길은 출생에서 죽음으로 이어져요. 우리 각자의 가슴에 아
로새겨진 법칙에 따라 살거나, 법칙에 거슬러 사는 것 외에 달리 뭐가
남아 있을까요? 순종과 반항은 똑같이 하느님에게서 나오니까요.”

올리보는 흠칫흠칫 감탄하며 조카딸을 보더니 다시 카사노바를 불
안하게 바라보았다. 카사노바는 마르콜리나가 하느님의 존재를 증명
하는 동시에 부인하고 있다는 것—또는 그녀에게는 하느님과 악마가
같은 존재라는 것—을 명백히 해줄 수 있는 대꾸의 말을 찾았다. 그
러나 그녀의 감정에 맞서 내놓을 수 있는 것이라고는 공허한 낱말들
뿐임을 느꼈다. 그런데 오늘은 그 단어들조차 입 밖에 나오지 않았다.
아말리아는 기이하게 일그러진 그의 표정을 보며 어제의 혼란스러운
위협을 다시 떠올리는 것 같았다. 그녀는 서둘러 이렇게 말했다.

“기사님, 하지만 마르콜리나는 신앙심이 깊어요. 제 말을 믿으세요.”

마르콜리나는 절망적으로 미소 지었다.

“우리 모두 나름대로 그렇지요.”

카사노바가 정중하게 말하고는 앞을 바라보았다.

갑자기 길이 꺾어지더니 수녀원이 나타났다. 높게 두른 담 위로 실
측백나무의 가냘픈 끄트머리가 솟아 있었다. 마차가 다가오는 소리에
정문이 열리고, 하얀 수염을 길게 늘어뜨린 문지기가 경건하게 인사
하며 손님들을 들여보냈다. 탁 트인 아치형 복도 양옆으로 늘어선 기
둥 사이로 잡초가 우거진 암녹색 정원이 보였다. 그들은 복도를 지나
수녀원 본관에 다가갔다. 장식도 없는 옥사 같은 회색 담에서 음울하
고 서늘한 바람이 불어왔다. 올리보는 종에 달린 줄을 잡아당겼다. 종
소리가 날카롭게 울리더니 곧 잠잠해졌다. 베일을 눌러쓴 수녀가 말

없이 문을 열어 손님들을 넓찍하고 삭막한 면회실로 안내했다. 면회실에는 평범한 나무 의자 몇 개가 놓여 있을 뿐이었다. 면회실 뒤쪽은 두꺼운 쇠창살로 막혀 있었다. 창살 너머의 공간은 뭔지 모를 어둠 속에서 희미해졌다. 카사노바는 괴로운 심정으로 예전의 모험을 생각했다. 그 모험은 카사노바에게 가장 경이로운 모험 중 하나로 남았고, 지금과 아주 비슷한 상황에서 시작되었다. 무라노 섬의 두 수녀의 모습이 떠올랐다. 수녀들은 그에 대한 사랑 때문에 그의 여자친구를 자청했고, 둘이 함께 그에게 비할 데 없는 쾌락의 시간을 선사했다. 올리보가 속삭이는 어조로 이곳의 수녀들이 지켜야 하는 엄격한 규율에 대해 말하기 시작했다. 일단 수녀복을 입으면 어떤 남자에게도 맨얼굴을 내보이면 안 되고, 게다가 영원히 침묵해야만 한다는 규율이었다. 이 말을 하는 그의 입가에 슬쩍 미소가 스치더니 곧 다시 굳어졌다.

수녀원장이 어스름 빛에서 불쑥 나타나 수녀들 한가운데에 섰다. 그녀는 말없이 손님들에게 인사했다. 카사노바가 자신도 들여보내주어서 고맙다는 뜻을 표하자, 수녀원장은 베일로 가린 머리를 지극히 공손하게 숙이는 것으로 인사를 대신했다. 마르콜리나는 수녀원장의 손에 입을 맞추려다 포옹을 했다. 그러고 나서 수녀원장은 손짓으로 손님들에게 따라오라고 청하고, 작은 옆방을 지나 통로로 안내했다. 통로는 꽃이 만개한 정원을 네모나게 둘러싸고 있었다. 잡초로 뒤덮인 바깥쪽 정원과 달리, 안쪽 정원은 특별히 세심하게 가꾸어놓았다. 햇빛에 빛나는 여러 가지 풍성한 화단들은 피고 지는 꽃으로 신비한 색깔을 연출했다. 꽃받침이 풍기는 거의 황홀할 정도로 자극적인 향기에, 특별히 신비스러운 향기가 섞여들었다. 카사노바는 그 향기에 비할 만한 것을 떠올릴 수 없었다. 마르콜리나에게 이 향기에 대해 한 마디 하려는 순간, 가슴과 감각을 자극하는 이 신비스러운 향기가 그녀에게서 풍겨나온다는 것을 알아챘다. 그녀가 그때까지 어깨에 두르고 있던 숄을 팔에 걸치자, 드러난 겉옷 부분에서 몸의 향내가 올라와, 원래부터 꽃향기와 비슷했지만 고유한 향기가 있었다는 듯 수많은 꽃들의 향기와 어울렸던 것이다. 여전히 말이 없는 수녀원장은 자그마한 미로를 이리저리 지나듯, 화단들 사이에 있는 꼬불꼬불한 좁은 길을 따라 손님들을 이끌었다. 경쾌하면서도 민첩한 그녀의 걸음걸이를 보면, 다른 사람들에게 정원의 알록달록한 화려함을 보여주는 데서 기쁨을 느끼고 있음을 알 수 있었다. 그녀는 방문객들을 어지럽게 만들 작정인 듯, 경쾌한 윤무를 이끄는 사람처럼 점점 서두르며 앞장서서 걸어갔다. 그런데—카사노바는 혼란스러운 꿈에서 깨어난 기분이었다—그들 모두 다시 면회실로 돌아온 것을 퍼뜩 깨달았다. 격자 창살 저편에서는 어두운 형체들이 어른거렸다. 베일로 가린 여자들이 세 명인지 다섯 명인지 스무 명인지는 아무도 구분할 수 없었을 것이다. 촘촘한 창살 뒤의 여자들은 쫓기는 유령들처럼 이리저리 헤매고 있었다. 밤에 익숙한 카사노바의 눈만이 깊은 어스름 속에서도 사람의 윤곽을 잘 알아볼 수 있었다. 수녀원장은 손님들을 문으로 안내해 잘 가라는 신호를 말없이 건네고는, 그들이 감사 인사를 건넬 짬도 주지 않고 흔적도 없이 사라졌다. 그들이 면회실을 떠나려는 찰나 격자 창살 근처에서 "카사노바" 하고 부르는 여자의 목소리가 울려퍼졌다. 그것은 다름 아닌 그의 이름이었지만, 마치 카사노바가 자기 이름을 한 번도 들어본 적 없다고 생각하는 사람의 말투였다. 한때 사랑했던 여자가, 아니 본 적도 없는 여자가 마지막으로, 어쩌면 처음으로 그의 이름을 내뱉어보려고 신성한 서약을 깨뜨린 게 아닐까. 그 소리에서 예기치 않은 재회의 행복, 돌이킬 수 없는 상실의 고통 또는 비탄이 진동하여 오래전에 지녔던 뜨거운 열망을 부질없이 뒤늦게 이뤄준 게 아닐까. 카사노바는 그 소리의 뜻을 해석할 수가 없었다. 그는 이것 하나만은 알았다. 애정이 그토록 자주 그 이름을 속삭이고, 열정이 그토록 자주 그 이름을 더듬더듬 말하고, 행복이 그토록 자주 그 이름을 환호했건만, 그 이름이 오늘 처음으로 사랑의 울림으로 넘쳐나 그의 가슴에 닿았다는 것이었다. 그런데 바로 그런 이유로 다른 모든 호기심이 불순하고 무의미하게 보였다. 그가 결코 풀지 못할 비밀을 뒤로하고 문이 닫혔다. 사람들이 서로 눈빛을 주고받으며 금세 사라진 그 외침을 자기도 들었다고 소심하게 슬쩍 암시하지 않았다면, 모두 그 소리를 환청이라고 믿었을 것이다. 회랑을 지나 정문으로 걸어가는 동안 아무도 말 한마디 하지 않았기 때문이다. 그러나 카사노바는 엄청난 이별이라도 한 듯 고개를 숙인 채 맨 뒤에서 따라갔다.

카사노바가 정문에 서 있던 문지기에게 적선을 베풀었다. 손님들은 마차에 올라탔고, 마차는 지체 없이 집으로 향했다. 올리보는 당황하고 아말리아는 감격한 것처럼 보였지만, 마르콜리나는 전혀 반응이 없었다. 카사노바가 보기에, 그녀는 분명히 의도적으로 아말리아와 집안일에 대한 이야기를 시작하려고 애썼다. 그런데 아내를 대신해서 올리보가 그 이야기에 대꾸해야 했다. 부엌과 지하실에 관한 문제들을 특히 잘 알고 있던 카사노바도 곧 대화에 끼어들었다. 그는 이 분야에서도 지식과 경험이 있었으니 자신의 박학다식을 보여줄 새로운 증거라도 되는 듯 주저할 이유가 없었다. 아말리아도 몽상에서 깨어났다. 거의 동화 같으면서도 마음을 졸이게 했던 모험이 끝나고, 이제 막 거기서 벗어나자 모두들, 특히 카사노바는 현세의 일상적인 분위기에서 무엇보다 편안함을 느끼는 것 같았다. 어느덧 올리보의 집 앞에 마차가 멈추었을 때, 카사노바는 폴란드식 고기만두를 대단히 먹음직스럽게 묘사하는 데 한창 열을 내고 있었다. 올리보의 집에서는 구운 고기와 온갖 양념 냄새가 진작 그들을 부르며 흘러나오고 있었다. 마르콜리나도 사랑스러운 가정주부처럼, 카사노바가 곰살갑다고 느낄 정도로 관심을 보이며 그의 맛깔스러운 묘사에 귀를 기울였다.

그는 자신도 놀랄 만큼 이상하게 침착하고 거의 즐거운 기분으로 사람들과 식탁에 앉아, 농담조로 유쾌하게 마르콜리나의 비위를 맞추었다. 지체 높은 중년 신사가 양갓집에서 곱게 자란 어린 아가씨를 대할 때나 어울릴 법한 태도였다. 그녀는 그의 아첨을 기꺼이 받아들이고, 그의 친절함에 더할 나위 없이 우아하게 응해주었다. 그는 자기 옆에 앉은 교양 있는 여자가 오늘 새벽에 본 바로 그 마르콜리나라고 상상하기가 무척 힘들었다. 그는 오늘 새벽에 젊은 장교가 그녀의 창문에서 도망치는 것을 목격했고, 장교는 도망치기 몇 초 전만 해도 그녀의 팔에 안겨 있었을 게 분명했다. 그것은 아직 아이티를 벗지 못한 여자아이들과 풀밭에서 뒹구는 것을 좋아하는 이 다정다감한 아가씨가—파리에 있는 유명한 소그르뉘와 학문적인 서신 왕래를 지속하고 있음을 받아들이는 것만큼이나 어려웠다. 그는 또한 자신의 상상이 우스꽝스러운데다 맨 그 모양이라며 자신을 나무랐다. 진정 살아 있는 인간 개개인의 영혼 속에는 상이한 여러 요소뿐만 아니라 적대적으로 보이는 요소들까지 아주 평화롭게 공존하고 있음을 이미 누차 경험하지 않았던가? 그 자신이 조금 전까지만 해도 몹시 흥분하고 절망한, 나쁜 짓을 저지를 준비가 되어 있는 남자였다. 그랬던 그가 지금은 다정하고 관대한데다 기꺼이 장난을 치고 싶어하지 않는가? 올리보의 어린 딸들이 깔깔 웃느라 때때로 몸이 흔들릴 정도로 말이다. 몹시 흥분한 뒤에는 항상 허기가 밀려오곤 했다. 견딜 수 없을 만큼 극심한 허기가 밀려오자 그는 자기의 정신 상태가 아직 완전히 정상이 아님을 깨달았다.

그때 하녀가 마지막 요리와 함께 편지를 한 통 가져왔다. 이제 막 만토바에서 온 심부름꾼이 기사님에게 드리라고 했다는 것이다. 올리보는 카사노바의 얼굴이 흥분 때문에 창백해지는 것을 알아차리고, 심부름꾼에게 먹을 것과 마실 것을 주라고 시킨 다음, 자기 손님 카사노바에게 말했다.

"기사님, 신경 쓰지 마시고 편히 읽으세요."

"실례하겠네."

카사노바는 대꾸하고 몸을 살짝 숙여 인사한 다음, 식탁에서 일어나 창가로 가서 무관심한 척하며 편지를 뜯었다. 젊은 시절의 자상한 친구이자 늙은 독신주의자인 브라가디노 씨에게서 온 편지였다. 이제 여든 살이 넘었고 10년 전에 대평의회 의원이 된 그는 베네치아에서 카사노바를 위해 다른 어떤 후원자보다 열심히 변론하는 것 같았다. 좀 떨리는 손으로 쓴 것만 빼면 몹시 우아한 이 편지의 내용은 이러했다.

친애하는 카사노바에게.

바라던 대로 자네의 소망에 대체로 부응할 만한 소식을 드디어 오늘 보낼 수 있게 되어서 기분이 좋네. 대평의회는 어제저녁에 열린 마지막 회의에서 자네가 베네치아로 귀향하는 것을 허용할 용의가 있다고 밝혔을 뿐만 아니라, 심지어 귀향을 가능한 한 서두르기를 바라고 있네. 자네가 수많은 편지에서 표했던 적극적인 감사의 마음을 될 수 있는 대로 빨리 받아들이고 싶어하기 때문이네. 친애하는 카사노바, 자네야 물론 모르겠지만(자네가 없어서 우리로서는 무척 오랫동안 아쉬울 수밖에 없었는데) 우리가 사랑하는 고향의 내부 상황들이 최근 들어 정치적으로나 도덕적으로 우려할 정도가 되었네. 우리의 헌법에 맞서고 있고, 폭력적인 전복마저 획책하는 듯 보이는 비밀단체들이 존속한다네. 더 심하게 말하면 반란단체라고 불러도 무방한 이 단체들에 두드러지게 참여하는 분자들이 있지. 특히 자유사상을 품고 있고 비종교적이며 어느 모로 보나 규율이 없는 분자들이라네. 사적인 장소는 말할 것도 없고 공공장소나 카페에서도 우리가 알고 있는 대단히 무시무시한, 그야말로 반란죄에 해당되는 대화들이 이루어지고 있네. 그러나 죄인들을 현장에서 붙잡거나 범행의 확실한 증거를 댈 수 있는 경우는 극히 드물지. 고문으로 얻어낸 어떤 자백들이 신뢰할 수 없는 것으로 입증되어, 대평의회의 몇몇 의원들이 매우 잔인하고 그래서 종종 잘못된 자백을 이끌어내는 심문 방법을 차라리 앞으로 없애겠다는 데 찬성의 뜻을 표했기 때문이네. 공공질서와 국가의 안녕을 위해 정부 일에 기꺼이 헌신하는 사람들이 부족하지는 않네. 하지만 대부분이 기존 헌법의 열렬한 신봉자들이라고 너무 널리 알려져 있다네. 그래서 그들이 있을 때면 경솔한 표현이나 반역적인 말을 내뱉지 못할 정도라네. 이름을 당장은 밝히고 싶지 않은 의원 한 명이 어제 회의에서 이런 견해를 밝혔네. 도덕적인 원칙이 없는 남자라는 평판과 더욱이 자유사상가라는 평판이 따라붙는 누군가가, 요컨대 카사노바 자네 같은 사람이 베네치아에 다시 모습을 드러내면, 그 즉시 여기서 말한 의심쩍은 패거리가 즉각적인 호감과—자네 측에서 약간 노련하게 한다면—숨김없는 신뢰를 보일 게 틀림없다고 말일세. 내 생각에는 바로 이런 분자들이 필연적으로, 자연법칙의 섭리에 따르듯, 자네 주위에 모여들 걸세. 국가의 안녕을 끊임없이 염려하는 대평의회가 볼 때는 이런 분자들의 위해력을 제거하고 처벌하여 본때를 보여주는 게 가장 중요하다네. 그래서 자네가 귀향하는 즉시 이런 성향이 두드러지는 분자들과 앞에서 짧게 언급한 대로 표나지 않게 접촉할 기회를 찾고, 자네도 같은 성향을 가진 것처럼 그들과 잘 어울리고, 무엇보다 의심쩍거나 달리 주목할 만하게 여겨지는 것을 평의회에 즉각 상세하게 보고할 각오가 되어 있다면—친애하는 카사노바, 그렇다면 우리는 그것을 자네의 애국심을 보여주는 증거일 뿐만 아니라, 자네가 예전의 모든 경향들과 완전히 결별했다는 확실한 표시로도 여길 것이네. 자네는 그런 경향 때문에 당시 베네치아의 옥사에 갇혀, 가혹하기는 했지만 (자네가 편지에서 확언한 것을 우리가 믿어도 된다면) 자네도 지금은 이해하듯 그다지 부당하지는 않았던 처벌을 받아야 했지. 이 일을 위해 자네에게 우선 250리라의 월급을 보장할 용의가 있다고 하네. 특히 중요한 낱낱의 경우에 지불되는 별도의 사례는 물론 차치하고 말일세. 뿐만 아니라 자네가 일을 수행할 때 발생하는 모든 비용(이런저런 사람들 대신 치르는 술값, 여자들에게 주는 소소한 선물 등)도 의심을 품거나 인색하게 굴지 않고 다 보상해줄 걸세. 나는 자네가 우리가 바라는 대로 결정을 내리기 전에 양심의 가책을 애써 떨쳐내야 함을 결코 숨기지 않겠네. 하지만 자네의 정직한 옛 친구로서(나도 한때는 젊었지), 사랑하는 조국의 확고한 존립을 위해 필요한 그 어떤 도움을 주는 것이 결코 불명예스러운 일이 아님을 자네에게 인지시키는 것을 용서해주게. 그 일이 설령 천박하고 애국심 없는 시민에게는 별 가치 없는 일처럼 보이곤 하더라도 말일세. 또한 카사노바, 자네가 경솔한 사람과 범죄자, 조롱하는 사람과 이단자를 구별하는 안목이 탁월한 사람이라는 점도 덧붙이고 싶네. 그래서 재고할 가치가 있는 경우에는 자네 마음대로 관대하게 처리하고, 항상 자네 신념에 비추어 처벌받아 마땅한 사람만을 처벌받게 할 수 있을 걸세. 만약 자네가 대평의회의 관대한 제안을 거절한다면, 자네의 간절한 소원—귀향—을 성취하는 것이 오랫동안, 내가 염려하는 것처럼 예측할 수 없을 정도로 무기한 연기된다는 점을 특히 유념하게. 그리고 여기에서 언급해도 된다면, 여든한 살의 노인인 내가 인간으로서 온갖 것을 헤아려볼 때 자네를 살아생전에 다시 볼 수 있는 기쁨을 포기해야 한다는 점도 고려하게. 자네의 일자리가 이렇듯 납득할 만한 이유로 공개적이기보다는 비밀스러운 성격을 띠기 때문에, 일주일 뒤에 열리는 다음 대평의회의에서 자네의 의사를 보고할 책임이 있으니 내게 직접 답변을 보내주기 바라네. 가능하면 빨리 말일세. 앞에서 암시한 것처럼, 일부 대단히 신뢰할 만한 인사들의 청원이 날마다 도착하기 때문이네. 그들은 조국애 때문에 대평의회의 처분에 기꺼이 따르는 인사들이네. 친애하는 카사노바, 그들 중에는 경험과 지성에서 자네와 겨룰 수 있는 사람이 물론 몇 안 될 걸세. 그리고 자네가 이 모든 것 말고도 자네에 대한 나의 호감을 조금이나마 고려한다면, 나는 자네가 대단히 높고 좋은 뜻을 지닌 부서의 초빙을 기꺼이 따를 것임을 믿어 의심치 않겠네. 그때까지 나는 변치 않는 우정을 간직하고 있는, 자네의 충직한 브라가디노라네.

추신. 자네의 결정이 통고되자마자 여행 경비를 위해 만토바 소재 발로리 은행으로 200리라짜리 어음을 발행할 수 있다면 나는 정말 기쁘겠네.

브라가디노

카사노바는 편지를 진작 다 읽었건만, 자신의 일그러진 얼굴이 죽은 사람처럼 창백해지는 것을 보이고 싶지 않아 편지를 계속 얼굴 앞에 들고 있었다. 그러는 동안 식탁에서는 접시들이 달가닥대고 유리잔들이 쨍그랑대는 소리가 끊임없이 들렸다. 하지만 아무도 말을 하지 않았다. 마침내 아말리아가 조심스럽게 말을 꺼냈다.

"기사님, 음식이 식었어요. 드시지 않을 건가요?"

"아니, 괜찮소."

카사노바가 말하며 다시 얼굴을 드러냈는데, 비범한 위장술 덕분에 태연한 표정을 지을 수 있었다.

"지금 베네치아에서 온 아주 좋은 소식이오. 그러니 당장 이 자리에서 물러나는 것을 용서해주기 바라오."

"기사님, 전적으로 뜻대로 하세요." 올리보가 말했다. "하지만 한 시간 후에 카드놀이가 시작된다는 것을 잊지 마세요."

카사노바는 방으로 가서 의자에 앉았다. 온몸에서 식은땀이 솟아났다. 한기 때문에 이리저리 몸을 움직였다. 욕지기가 목까지 올라와 그 자리에서 질식해 죽을 것만 같았다. 당장은 생각을 분명하게 할 수 없었다. 그는 자제하려고 온 힘을 쏟으면서도, 무엇을 자제하려는 것인지도 말할 수 없었다. 이 집에는 자신의 엄청난 울분을 털어놓을 만한 사람이 아무도 없었기 때문이다. 그래도 그는 자신에게 닥친 이루 말할 수 없는 치욕에 마르콜리나가 어떤 식으로든 연루되어 있으리라는 어렴풋한 생각을 아직은 광기라고 여길 수 있었다. 그가 가까스로 집중하고 처음 든 생각은, 그를 경찰의 밀정으로 고용할 수 있다고 믿은 악당들에게 복수하는 것이었다. 그는 어떻게든 위장해 베네치아로 잠입한 뒤 술책을 써서 한 놈도 빠짐없이—적어도 이 한심한 계획을 꾸민 놈 하나라도 죽여버릴 작정이었다. 그게 브라가디노일까? 왜 아니겠어? 감히 카사노바에게 이런 편지를 쓸 정도로 뻔뻔해진 노인 같으니. 카사노바—옛날 브라가디노가 알던 카사노바!—가 밀정 노릇에 딱이라고 여길 정도로 바보천치가 되었군! 아, 그는 이제 카사노바를 알지 못했다! 다른 곳처럼 베네치아에서도 아무도 카사노바를 알지 못했다. 하지만 그를 다시 알게 되리라. 물론 품행이 방정한 아가씨를 유혹할 만큼 더는 젊고 멋있지 않았고, 옥사에서 몰래 도망쳐 용마루를 타고 잽싸게 움직일 만큼 더는 민첩하고 유연하지도 않았다. 하지만 그는 여전히 그 누구보다 영리했다! 그리고 일단 베네치아에 가기만 하면, 하고 싶은 대로 실행하고 조종할 수 있었다. 결국 그곳에 있는 것만이 중요했다! 그다음에는 어쩌면 누구를 죽일 필요가 전혀 없을지도 모른다. 온갖 종류의 복수가 있다. 보통의 살인보다 기발하고 흉악한 복수 말이다. 대평의회 의원들의 제의를 받아들이는 척하면, 파멸시키고 싶은 바로 그자들을 파멸시키는 것쯤은 누워서 떡 먹기가 될 것이다. 대평의회가 노린, 베네치아 사람들 중에서 확실히 가장 반듯한 편인 사람들을 해치지 않고 말이다. 왜냐고? 이 비열한 정부의 적이라는 이유로, 이단자로 추정된다는 이유로, 그가 25년 전에 고초를 겪었던 곳인 이 베네치아 옥사에 갇히거나 도끼에 목이 잘려 죽어야 한단 말인가? 그는 이 정부를 그들이 미워하는 것보다 백 배는 더, 그리고 보다 타당한 이유로 증오했다. 그는 평생 이단자였고 지금도 그렇다. 그들보다 거룩한 신념도 있다! 그는 스스로 지난 몇 년 동안 불쾌한 희극만 연출했다. 권태와 혐오 때문이었다. 젊은이만 좋아하고 늙은이는 돌보지 않는 하느님을 그가 믿겠는가? 젠장, 자기 마음대로 입장을 바꿔 부(富)를 가난으로, 불행을 행복으로, 환희를 절망으로 바꾸어놓는 하느님을? 당신은 우리를 갖고 장난하는데—우리는 당신에게 기도해야 하나요? 당신을 의심하는 것이, 당신을 모독하지 않고 우리가 할 수 있는 유일한 수단이에요! 존재하지 마요! 당신이 존재한다면 당신을 저주할 수밖에 없을 테니까! 그는 하늘을 향해 주먹을 쥐고 몸을 똑바로 폈다. 미운 이름 하나가 자기도 모르게 입술로 올라왔다. 볼테르! 그렇다. 이제 페르네의 늙은 현자에 대한 반박문을 완성할 수 있을 정도로 그는 정상이었다. 완성한다고? 아니다. 이제야 비로소 그 반박문을 시작할 수 있으리라. 새로운 반박문을! 다른 반박문을! 그 반박문 속 우스꽝스러운 노인은 몸을 사리는 신중함, 결단성 없는 우유부단함, 비굴하게 아부하는 태도 때문에 마땅히 두들겨 맞을 것이다…… 그가 신을 믿지 않는 자라고? 최근에 끊임없이 들리는 말에 따르면, 성직자들과 아주 잘 지내고 교회에도 다니며, 심지어 축제일에는 고백성사를 보러 간다나? 그가 이단자라고? 수다쟁이, 허풍 떠는 겁쟁이—그 외에 아무것도 아니다! 그러나 이제 무서운 청산의 날이 가까웠다. 그날이 지나면 이 대단한 철학자에게는 보잘것없고 익살스러운 글쟁이의 모습 말고는 아무것도 남지 않을 것이다. 얼마나 잘난 체했던가. 이 훌륭한 볼테르 씨가……

"아, 친애하는 카사노바 씨. 나는 당신에게 정말 화가 납니다. 메를랭 씨의 저작들이 나와 무슨 상관입니까? 내가 그 하찮은 글을 읽느라 네 시간이나 허비한 것은 당신 탓입니다."

친애하는 볼테르 씨, 그건 취향 문제랍니다! 『퓌셀』이 잊히고 한참 뒤에도 사람들은 메를랭의 저작을 읽을 테고…… 당신이 한마디 의견도 피력하지 않고 파렴치하게 미소 지으며 내게 돌려준 내 소네트 역시 여전히 인정받을 겁니다. 그런데 이런 일들은 사소합니다. 작가적인 감수성 때문에 커다란 사안을 혼란스럽게 만들지 맙시다. 중요한 것은 철학—신입니다……! 볼테르 씨, 부디 너무 일찍 죽지 마시고, 우리 논쟁을 합시다.

그는 이미 작업을 당장 시작해야겠다고 생각했다. 그때 심부름꾼이 답변을 기다리고 있는 것이 떠올랐다. 그는 나는 듯이 손을 놀려, 늙은 멍청이 브라가디노에게 보내는 편지를 작성했다. 위선적인 겸손과 거짓 열광으로 가득 찬 편지였다. 그는 대평의회의 사면을 감사하는 마음으로 기꺼이 받아들이며, 후견인들, 특히 대단히 존경스럽고 아버지 같은 친구 브라가디노에게 가능한 한 빨리 존경의 마음을 표할 수 있도록 어음을 지급받기를 기대한다고 했다. 막 편지를 봉인하고 있는데 조용히 문을 두드리는 소리가 났다. 열세 살 된 올리보의 맏딸이 들어와, 사람들이 벌써 모두 모여서 기사님이 카드놀이를 하러 오시기를 애타게 기다린다고 전했다. 그녀의 눈이 야릇하게 빛나고 뺨은 붉어졌다. 처녀처럼 숱 많은 푸르스름하고 검은 머리칼이 관자놀이 주위에서 살랑거렸다. 어린애 같은 귀여운 입이 반쯤 벌어져 있었다.

"테레시나, 포도주 마셨니?"

카사노바가 물으며 그녀를 향해 성큼성큼 걸어갔다.

"정말로―기사님은 그것을 바로 알아채시나요?"

그녀는 더욱 붉어진 얼굴로, 당황한 듯 혀로 아랫입술을 살짝 훑었다. 카사노바는 그녀의 어깨를 붙잡아 얼굴에 입김을 내뿜고는 그녀를 끌어당겨 침대에 눕혔다. 그녀는 어쩔 줄 몰라하는 커다란 눈으로 그를 바라보았다. 야릇한 눈빛은 사라졌다. 그녀가 소리를 지르려고 입을 벌리자, 카사노바는 무서운 표정을 지었다. 그러자 그녀는 마비라도 된 듯 모든 것을 그가 원하는 대로 내버려두었다. 그는 그녀에게 다정하면서도 거칠게 키스하고 속삭였다.

"테레시나, 이 일을 신부에게 말하면 안 돼. 고백성사 때도 안 돼. 그리고 나중에 애인이나 신랑감이나 남편이 생긴다면 그들도 알 필요가 없어. 어쨌든 항상 거짓말해야 해. 부모형제도 속여야 해. 이 세상에서 잘 지내려면 말이야. 명심해라.”

이렇게 파렴치하게 말하는데, 테레시나는 그 말을 자기에게 내리는 축복으로 여기는 모양이었다. 그녀는 그의 손을 잡고, 사제의 손에 하듯 경건하게 입을 맞추었다. 그는 큰 소리로 웃음을 터뜨렸다.

“이리 오렴.” 그가 말했다. “이리 오렴, 내 작은 요정. 우리 팔짱을 끼고 아래층 홀에 모습을 나타내자!”

그녀는 좀 얌전을 빼더니 싫지 않은 표정으로 미소를 지었다.

지금이야말로 문밖으로 나갈 때였다. 올리보가 흥분해서 눈썹을 찌푸리며 막 계단을 올라오고 있었기 때문이다. 그래서 카사노바는 어린 딸이 오랫동안 자리를 비우자 후작이나 신부가 세심하지 못한 농담을 해서 올리보가 의심을 품은 모양이라고 바로 짐작했다. 올리보는 카사노바가 장난이라도 하듯 어린 딸과 팔짱을 낀 채 문턱에 서 있는 것을 보자마자 표정이 밝아졌다.

“친애하는 올리보,” 카사노바가 말했다. “기다리게 한 것을 용서하게. 먼저 편지를 마무리해야 했네.”

그는 편지를 증거물처럼 올리보에게 내밀었다.

“편지를 받거라.” 올리보가 테레시나의 약간 엉클어진 머리칼을 바르게 해주면서 말했다. “심부름꾼에게 가져다줘.”

“그리고 여기,” 카사노바가 덧붙였다. “금화 두 개가 있다. 그 남자에게 주어라. 그러면서 편지가 오늘 만토바에서 베네치아로 제대로 발송되도록 서두르고, 여관 여주인에게 내가…… 오늘 저녁에 돌아간다고 전해달라고 해라.”

“오늘 저녁이라고요?” 올리보가 큰 소리로 말했다. “말도 안 됩니다!"

"이제, 두고 보면 알겠지."

카사노바가 몸을 낮추며 말했다.

"그리고 여기, 테레시나, 금화 한 개는 네 몫이야." ……그리고 올리보의 만류에 이렇게 말했다. "테레시나, 네 저금통에 넣어두렴. 네가 손에 들고 있는 편지는 금화 수천 개의 가치가 있단다."

테레시나가 달려나가자 카사노바는 흡족하게 고개를 끄덕였다. 이 어린 소녀의 엄마와 할머니 또한 그의 것이었던 적이 있었으니, 소녀에게 호의의 대가로 아버지 면전에서 돈을 주는 것이 그에게는 아주 특별한 재미가 있었다.

카사노바가 올리보와 함께 홀에 들어섰을 때, 카드놀이는 한창 진행중이었다. 다른 사람들이 힘을 주어 인사말을 건네자 그는 기품 있는 명랑한 태도로 화답하고, 선을 잡은 후작 맞은편에 자리를 잡았다. 창문은 정원을 향해 열려 있었다. 카사노바는 점점 가까워지는 목소리를 들었다. 마르콜리나와 아말리아가 지나가며 슬쩍 홀 안을 들여다보고 사라지더니 더이상 보이지 않았다. 후작이 카드 패를 내는 사이, 로렌치가 몹시 공손하게 카사노바를 향해 말했다.

"기사님, 경의를 표하는 바입니다. 기사님이 저보다 소식에 빠르시네요. 우리 연대가 정말로 내일 저녁 전에 출발합니다."

후작은 깜짝 놀라는 것 같았다.

"로렌치, 그것을 지금에야 우리에게 말하는 거요?"

"별로 중요하지 않을 텐데요!"

"내게는 그다지 중요하지 않소." 후작이 말했다. "하지만 집사람에게는! 그렇게 생각하지 않소?"

그는 듣기 좋지 않은 쉰 목소리로 웃었다.

"게다가 내게도 약간은 중요하오! 어제 4백 두카텐을 댁에게 잃었는데, 결국 그 돈을 되찾을 시간이 없게 되었으니 말이오."

"소위는 우리 돈도 땄소."

동생 리카르디가 말했다. 형은 말없이 어깨 너머로 동생을 쳐다보았다. 동생은 전날과 마찬가지로 형 뒤에 서 있었다.

"행운과 여자는……"

신부가 말을 꺼냈다. 그리고 후작이 신부 대신 말을 끝맺었다.

"원하는 자가 취하리라."

로렌치는 무관심한 듯 자신의 금화들을 앞에 아무렇게나 흩어놓았다.

"이게 다입니다. 후작님, 원하신다면 카드 한 장에 전부 걸겠습니다. 후작님이 돈을 오래 기다릴 필요가 없도록 말입니다."

카사노바는 갑자기 로렌치에게 일종의 연민을 느꼈다. 그 자신도 제대로 설명할 수 없는 감정이었다. 그러나 그는 자신의 예지력을 높이 샀기 때문에, 임박한 첫 전투에서 소위가 전사할 거라는 확신이 들었다. 후작은 판돈이 큰 내기는 하려고 하지 않았다. 로렌치도 고집을 부리지 않았다. 그리하여 카드놀이는 우선 많지 않은 판돈으로 계속되었다. 다른 사람들 또한 전날과 마찬가지로 소박하게 카드놀이를 함께 했다. 그러나 15분이 지나자 어느새 판돈이 커졌다. 그리고 그다음 15분이 지나기도 전에 로렌치는 후작에게 4백 두카텐을 잃었다. 행운은 카사노바에게 관심이 없는 것 같았다. 그는 거의 우스울 만큼 규칙적으로 땄다 잃었다 하더니 다시 땄다. 로렌치는 마지막 남은 금화까지 후작에게 넘어가자 안도의 숨을 쉬고는 자리에서 일어났다.

"여러분, 고맙습니다. 이것이 이제 제게는," 그가 머뭇거렸다. "손님을 환대하는 이 집에서의 마지막 카드놀이로 오래도록 기억될 겁니다. 그리고 친애하는 올리보 씨, 도시로 떠나기 전에 숙녀분들과 작별 인사 하는 것을 허락해주세요. 내일 출정 준비를 위해 해가 지기 전까지는 도착했으면 하거든요."

뻔뻔한 거짓말쟁이, 하고 카사노바는 생각했다. 밤중에는 다시 여기 있을 거면서. 그것도 마르콜리나 곁에 말이야! 그는 다시 분노로 타올랐다.

"뭐라고?" 후작이 기분이 상해서 소리쳤다. "저녁이 되려면 아직 몇 시간 더 남았는데, 카드놀이를 벌써 끝내야 하나? 로렌치, 원한다면 내 마부가 집으로 가서 아내에게 당신이 늦는다고 전할 거요."

"저는 말을 타고 만토바로 갈 겁니다."

로렌치가 초조하게 대꾸했다. 후작은 그 말에 개의치 않고 계속 말했다.

"아직 시간은 충분하오. 몇 개 안 되더라도 금화를 꺼내기나 해요."

그는 로렌치에게 카드 한 장을 내던졌다.

"금화가 한 푼도 더 없습니다."

로렌치가 지친 표정으로 말했다.

"그렇게 말할 건 없소!"

"한 푼도 없습니다."

로렌치는 역겨운 듯 반복해서 말했다.

"그게 어쨌다는 거요?"

후작은 그다지 유쾌하지 않은 기분으로 갑자기 친절하게 큰 소리로 말했다.

"당신한테라면 10두카텐을 빌려줄 수 있소. 꼭 필요하다면 그 이상도 괜찮소."

"그럼, 1두카텐만 빌리죠."

로렌치가 말하고는 카드를 집어들었다. 후작의 패가 로렌치의 패를 이겼다. 로렌치는 이제 당연한 듯 카드놀이를 계속했다. 그리고 곧 후작에게 100두카텐을 빚졌다. 카사노바가 선을 잡았고, 후작이 할 때보다 더 많은 행운이 따랐다. 그사이에 카드놀이는 다시 세 사람이 하는 놀이가 되었다. 오늘은 리카르디 형제도 군말 없이 포기했다. 그들은 올리보와 신부와 함께 경탄하며 바라보는 구경꾼 노릇을 했다. 큰 소리로 말 한마디 주고받지 않았다. 오로지 카드만이 말을 했다. 아주 명확히 말을 했다. 도박꾼의 우연은 돈이 몽땅 카사노바에게 흘러가기를 원했는지, 한 시간이 지나자 그는 로렌치에게서 무려 2천 두카텐이나 땄다. 하지만 그 돈은 전부 후작의 주머니에서 나왔다. 이제 후작은 땡전 한 푼 없이 어찌할 바를 모르고 있었다. 카사노바는 그에게 원하는 만큼 가져가라고 했다. 그러나 후작은 고개를 저었다.

"고맙습니다." 후작이 말했다. "됐습니다. 카드놀이를 그만하겠습니다."

정원에서 아이들이 웃고 떠드는 소리가 들렸다. 카사노바는 테레시나의 목소리를 들었다. 그는 등을 창 쪽으로 향하고 앉아 있으면서 고개를 돌리지 않았다. 그는 자신이 왜 그러는지는 알 수 없었지만 로렌치를 위해 다시 한 번 후작을 설득해 게임을 계속하려고 했다. 후작은 더욱 단호하게 고개를 흔드는 것으로 대꾸했다. 로렌치가 자리에서 일어났다.

"후작님, 실례지만 빌린 돈은 내일 정오까지 후작님의 손에 직접 전해드리겠습니다."

후작이 느닷없이 웃었다.

"로렌치 소위님, 소위님이 그 일을 어떻게 처리할지 궁금하군요. 소위님에게 10두카텐이라도 빌려줄 사람은 만토바나 다른 어디에도 없을 텐데요. 하물며 2천 두카텐이라니. 특히 오늘 말이오. 소위님은 내일 출정하니까요. 그리고 소위님이 돌아온다고 보장할 수도 없는데."

"후작님, 맹세코 내일 아침 여덟시에 돈을 받으실 겁니다."

"소위님의 맹세는," 후작이 싸늘하게 말했다. "내게 2천 두카텐은 커녕 1두카텐의 가치조차 없소."

다른 사람들은 숨을 죽였다. 그런데 로렌치는 겉보기에 심한 동요 없이 이렇게 대답할 뿐이었다.

"후작님, 제 결투 신청에 응하셔야 할 겁니다."

"소위님, 기꺼이." 후작이 대꾸했다. "소위님이 빚진 돈을 갚자마자 말이오."

올리보는 몹시 곤혹스러워하며 약간 더듬더듬 말했다.

"후작님, 그 돈은 제가 보증하겠습니다. 유감이지만 당장 드리기에는 수중에 현금이 충분치 않습니다. 하지만 제 집, 제 토지가 있습니다."

그는 서투른 몸짓으로 주위를 빙 돌며 가리켰다.

"나는 자네의 보증을 받아들이지 않겠네." 후작이 말했다. "자네를 위해서 말일세. 돈을 잃게 될 테니."

카사노바는 모든 시선이 자기 앞에 놓인 금화에 쏠리는 것을 보았다. 내가 로렌치의 보증을 선다면, 하고 그는 생각했다. 내가 로렌치 대신 돈을 지불한다면…… 후작이 그것을 물리칠 수는 없을 거야…… 그게 내 의무나 다름없지 않을까? 그건 물론 후작의 돈이야. 그렇지만 카사노바는 입을 다물었다. 그는 어떤 계획이 희미하게 떠오르는 것을 느꼈다. 분명하게 형태를 갖추는 데 시간이 걸릴 수밖에 없는 계획이었다.

"오늘 밤이 되기 전에 돈을 받게 될 겁니다." 로렌치가 말했다. "한 시간 뒤에 저는 만토바에 있을 겁니다."

"소위님이 탄 말의 목이 부러질 수도 있소." 후작이 대꾸했다. "소위님의 목도 마찬가지요…… 끝내는 일부러라도 그러겠지."

"어쨌든," 신부가 언짢은 표정으로 말했다. "소위님이 마법을 써서 그 돈을 만들어낼 수는 없잖소."

리카르디 형제는 웃다가 곧바로 웃음을 그쳤다.

"후작님이," 올리보가 후작에게 말을 건넸다. "로렌치 소위님이 떠나는 것을 일단은 허락하셔야 한다는 것은 분명합니다."

"담보가 있다면야."

후작이 눈을 번쩍이며 소리쳤다. 자기의 아이디어가 특별히 마음에 든 것 같았다.

"그거 나쁘지 않은 것 같군요."

카사노바가 약간 멍한 표정으로 말했다. 그의 계획이 무르익고 있었기 때문이다. 로렌치가 손가락에서 반지를 빼내 탁자 위에 떨어뜨렸다. 후작이 반지를 집었다.

"천 두카텐은 되겠군."

"그럼, 여기 이것은요?"

로렌치가 또 다른 반지 하나를 후작 앞에 내던졌다. 후작이 고개를 끄덕이며 말했다.

"역시 그 정도는 되겠군."

"후작님, 이제 만족하십니까?"

로렌치가 말하고는 바로 나가려고 했다.

"만족하오." 후작이 싱긋 웃으며 대꾸했다. "이 반지들을 도둑맞았을 때보다는 훨씬 만족하오."

로렌치가 급히 몸을 돌려, 후작을 내리칠 작정으로 탁자 위로 주먹을 쳐들었다. 올리보와 신부가 그의 팔을 단단히 붙잡았다.

"나는 이 보석 두 개가 뭔지 알고 있소." 후작이 자리에서 꿈쩍하지 않은 채 말했다. "아무리 새로 끼워넣었다 하더라도 말이오. 여러분, 보세요. 에메랄드에는 작은 흠이 있습니다. 그렇지 않다면 열 배는 더 가치 있을 겁니다. 루비는 흠이 전혀 없지만 아주 크지는 않습니다. 두 보석은 내가 손수 아내에게 선물했던 보석 세트에서 나왔습니다. 그런데 나로서는 여후작이 로렌치 소위를 위해 이 보석들을 반지로 만들었다고 생각할 리 없지요. 그래서 그들은 그렇게 한 겁니다. 이런 식으로 보석을 전부 도둑맞을 게 분명합니다. 그러니 소위님, 담보는 당분간 충분합니다."

"로렌치!" 올리보가 외쳤다. "방금 여기서 일어난 일에 대해 앞으로 아무에게도 말하지 않겠다고 우리 모두 약속하겠소.”

“그리고 로렌치 씨가 무슨 짓을 저질렀는지도 말이오.” 카사노바가 말했다. “후작님, 후작님은 더한 악당이오.”

“그건 내가 바라는 바요.” 후작이 대꾸했다. “생갈의 기사님, 우리만큼 나이가 들면, 적어도 못된 짓에서는 타의 추종을 불허할 겁니다. 여러분, 안녕히 계세요.”

후작이 일어났다. 아무도 그의 인사에 대꾸하지 않았고, 그는 갔다. 잠시 동안 너무 조용해서 정원에서 들려오는 아이들의 웃음소리가 무척 크게 들렸다. 로렌치의 마음속까지 파고들 만한 말을 지금 또 누가 할 수 있겠는가? 그는 팔을 탁자 위로 들어올린 채 아까 그대로 서 있었다. 유일하게 그대로 앉아 있던 카사노바는, 돌부처처럼 무감각해지긴 했지만 위협적이면서도 고상한 그의 몸짓, 젊은 사내를 온통 입상(立像)으로 변하게 만드는 그 몸짓을 보고 자기도 모르게 미적 만족을 느꼈다. 마침내 올리보가 달래려는 듯한 몸짓으로 로렌치에게 몸을 돌렸다. 리카르디 형제도 로렌치에게 다가갔으며 신부는 말을 걸기로 마음먹은 것 같았다. 그때 느닷없이 지진이 난 것처럼 로렌치의 온몸이 떨려왔다. 거만하고 언짢아하는 동작은 개입하려는 모든 시도를 물리쳤다. 그는 공손하게 머리를 숙여 인사하고는 서두르지 않고 방을 떠났다. 그사이 자기 앞의 금화를 비단천에 긁어모은 카사노바는 그 순간 자리에서 일어나 곧바로 로렌치를 따라갔다. 그는 다른 사람들의 표정을 보지 않고도 모두 똑같은 생각을 하고 있다는 것을 느꼈다. 그들은 자기들이 내내 예상했던 일을 하려고 그가 서두르고 있으며, 딴 돈을 전부 로렌치의 처분에 맡길 거라고 생각하고 있었다.

그는 집에서 정문으로 이어지는 마로니에 가로수 길에서 로렌치를 따라잡고는 쾌활하게 말했다.

"로렌치 소위님, 실례지만 산책을 함께 해도 될까요?"

로렌치는 그를 바라보지도 않고 자기 상황에 어울리지 않는 거만한 어조로 대꾸했다.

"기사님 좋으실 대로요. 하지만 전혀 유쾌한 말동무가 되지 못하면 어쩌나 염려됩니다."

"로렌치 소위님, 아마도 내가 그만큼 더 유쾌한 말동무가 될 겁니다." 카사노바가 말했다. "그리고 동의하신다면, 포도밭 길로 갑시다. 그곳에서라면 방해받지 않고 떠들 수 있을 겁니다."

두 사람은 마차가 다니는 길에서, 카사노바가 전날 정원의 담을 따라 올리보와 함께 걸었던 그 오솔길로 접어들었다.

"내가 소위님이 후작에게 빚진 돈을 소위님에게 내줄 거라고 추측하신다면," 카사노바가 말을 꺼냈다. "맞소. 빌려주는 게 아니오. 나는 그게―용서하시오―대단히 위험한 장사라고 생각하니까요. 빌려준다기보다는―소위님이 어쩌면 내게 보여줄 수 있을 호의에 대한 작은 보상일 것이오."

"계속하세요."

로렌치가 냉정하게 말했다.

"내 생각을 더 말하기 전에," 카사노바가 똑같은 어조로 대꾸했다. "조건을 달지 않을 수 없소. 내가 이 이야기를 계속하느냐 마느냐는 소위님이 그 조건을 받아들이느냐에 달렸소."

"조건을 말씀하시죠."

"내 말을 끊지 않겠다고 약속해주시오. 설령 내 말이 불쾌감이나 불만 또는 격분을 불러일으킨다 하더라도 말이오. 로렌치 소위님, 이야기를 다 들은 후에 내 제안을 받아들일지 말지는 완전히 소위님 자유라오. 그 제안이 별나다는 점을 나도 모르지 않소. 하지만 내가 소위님에게 기대하는 대답은 예 또는 아니요뿐이오. 그리고 어떤 대답이 나오든지 — 어쩌면 둘 다 패자인 신사들끼리 여기에서 협의한 것에 대해서는 결코 아무도 알지 못할 거요."

"기사님의 제안을 들을 준비가 되었습니다."

"그럼, 내 조건을 받아들이는 거요?"

"기사님의 말을 끊지 않겠습니다."

"그럼, 예 또는 아니요 외에 아무 말도 하지 않을 거요?"

"예 또는 아니요 외에 아무 말도 하지 않겠습니다."

"그러면 좋소."

후텁지근한 늦은 오후에 포도나무들 사이로 천천히 언덕을 오르면서 카사노바가 말하기 시작했다.

"이 사안을 논리의 법칙에 따라 다룬다면, 우리는 서로 아주 잘 이해하게 될 거요. 소위님이 후작에게 빚진 돈을 정해진 시간까지 마련할 가망은 전혀 없어요. 소위님이 돈을 갚지 못할 경우, 후작은 소위님을 파멸시키기로 단단히 마음먹었는데, 이 또한 의심의 여지가 없소. 후작은 소위님에 대해 오늘 우리에게 누설한 것보다 많이 알고 있으니(여기에서 카사노바는 필요 이상으로 과감하게 나아갔지만, 아주 안전하지는 않은 이 작은 모험을 더구나 미리 생각해놓은 방법으로 즐겼다) 소위님은 사실상 완전히 이 악당의 손에 놀아나는 거요.

장교로서, 귀족으로서 소위님의 운명은 끝장난 거지요. 이것이 사안의 한 면이오. 하지만 소위님이 빚을 갚고, 소위님 소유가 된 그 반지들을 어떤 식으로든 다시 수중에 넣으면 소위님은 구제되는 거요. 구제된다는 것은, 이미 끝장난 거나 다름없는 존재가 다시 살아난다는 뜻이오. 그것도 소위님이 젊고 멋지고 용감하기 때문에, 영광과 행복과 명성으로 가득한 존재가 된다는 말이오. 이런 전망이 내게는 충분히 멋져 보이는데요. 특히 다른 한편으로는 명예롭지 못하고 치욕적이기까지 한 파멸 외에 아무런 가능성이 보이지 않을 때 말이오. 그런 전망을 위해서라면 개인적으로 본래 있지도 않았던 편견쯤이야 버릴 수 있을 거요. 로렌치, 나는 그걸 알고 있소.”

카사노바는 대답을 예상하고 선수치듯 얼른 말을 이었다.

“예나 지금이나 나처럼 소위님도 편견을 전혀 갖고 있지 않소. 그리고 내가 소위님에게 청하고자 하는 것은 다름 아니라, 내가 소위님과 똑같은 상황이라면 실행할 생각을 한 순간도 못했을 그런 것이오. 설령 내가 운명이 요구하거나 그저 내 기분이 그러고 싶으면 못된 짓, 아니 이 세상의 바보들마저 못된 짓이라고 부르곤 하는 짓을 실제로 서슴없이 해왔다 하더라도 말이오. 그러나 로렌치, 소위님과 마찬가지로 나도 정말 별것 아닌 일에 언제든지 목숨을 걸 각오가 되어 있었소. 그리고 그 덕분에 모든 것이 회복되고 있소. 지금 내 제안이 소위님의 마음에 들지 않는 경우에도 나는 그렇소. 로렌치, 우리는 기질이 같고, 정신적으로는 형제요. 그래서 우리의 영혼은 거짓된 수치심 없이, 아무것도 숨김없이 당당하게 대면할 수 있는 거요. 여기 내 돈—아니, 소위님의 돈 2천 두카텐이 있소. 내가 소위님 대신 마르콜리나와 오늘 밤을 함께 보낼 수 있게 해준다면 말이오. 로렌치, 멈추지 말고 계속 산책합시다."

두 사람은 들판의 나지막한 과일나무 아래로 걸어갔다. 포도송이를 매단 포도덩굴들이 나무를 휘감고 있었다. 카사노바는 멈추지 않고 말했다.

"로렌치, 아직 대답하지 마시오. 내 말이 끝나지 않았으니. 소위님이 마르콜리나를 아내로 삼을 생각이거나 마르콜리나 자신이 그런 희망이나 바람을 품고 있다면, 내 제안이 물론 불법은 아니지만 가망 없고, 따라서 무의미할 거요. 그러나 지난밤이 당신들이 사랑을 나눈 첫날밤이었듯(그는 또한 이러한 자신의 추측을 마치 의심의 여지 없는 확신처럼 말했다) 다가오는 밤도 인간의 온갖 계산에 따르면, 그리고 소위님과 마르콜리나의 예측에 따르더라도 당신들의 마지막 밤이 될 게 분명하오. 아주 먼 훗날까지, 어쩌면 영원히 말이오. 그리고 나는 마르콜리나 자신도 애인의 소망에 따라, 애인을 확실한 파멸로부터 지키기 위해 그를 구해주는 사람에게 주저하지 않고 하룻밤을 허락할 용의가 있을 거라고 절대적으로 확신하오. 그녀 역시 철학자이고, 따라서 우리 두 사람처럼 편견들로부터 자유롭기 때문이오. 하지만 나는 그녀가 이 시련을 이겨낼 거라고 확신하오. 그녀에게 이 시련을 강요하려는 의도는 결코 없소. 의지가 없는 여자, 내적으로 저항하는 여자를 소유하는 것은, 바로 이런 경우 내 기대를 충족시켜주지 못할 테니까요. 나는 내 행운을 사랑하는 자로서뿐만 아니라 사랑받는 자로서 누리고 싶소. 그런 행운이 내게는 결국 목숨을 바쳐도 될 만큼 굉장하게 보인다오. 로렌치, 나를 이해해주시오. 그러니 마르콜리나가 그녀의 황홀한 가슴에 끌어안은 사람이 바로 나임을 짐작조차 해서는 안 돼요. 그녀는 팔에 안은 게 소위님이 아닐 리 없다고 철석같이 믿어야 하오. 이런 속임수를 준비하는 게 소위님의 일이고, 그 속임수를 유지하는 건 내 일이오. 동트기 전에 떠나야 한다는 점을 그녀에게 이해시키는 것이 특별히 어렵지는 않을 거요. 그리고 이날 밤에는 말 없는 애무만으로 기쁘게 해줄 수밖에 없다고 핑계를 대는 데도 당신은 막힘이 없을 거요. 게다가 나는 나중에 발각될 위험을 모두 배제하기 위해, 창밖에서 수상한 소리가 들리는 것처럼 행동하며 만일의 순간에 외투를—이 목적을 달성하려면 소위님이 내게 당연히 빌려주어야 하는 소위님의 외투를—집어들고 창을 넘어 사라지겠소. 영원히 말이오. 나는 오늘 저녁에 출발하는 것으로 되어 있으니까요. 그리고 나서 중요한 서류를 깜빡 잊었다는 구실을 대고 마부에게 도중에 길을 돌리게 한 뒤 뒷문을 통해—로렌치, 복제 열쇠를 내게 맡기시오—정원으로, 자정이면 열려 있을 마르콜리나의 창으로 살금살금 기어갈 거요. 내 옷은 물론이고 신발과 양말도 마차에 벗어놓고 외투만 입겠소. 달아나듯 빠져나갈 때 나나 소위님을 드러낼 어떤 흔적도 남지 않도록 말이오. 소위님은 외투와 2천 두카텐을 내일 새벽 다섯시에 내가 묵고 있는 만토바의 여관에서 받게 될 거요. 그러면 약속 시간이 되기도 전에, 빚진 돈을 후작의 발치에 던져놓을 수 있을 거요. 이 점은 엄숙하게 맹세하겠소. 이제 내 말은 끝났소."

카사노바는 갑자기 걸음을 멈추었다. 해가 뉘엿뉘엿 넘어가고 있었다. 부드러운 미풍이 누런 이삭들을 스쳐지나가고, 붉게 물든 저녁노을이 올리보의 집 탑 위에 걸려 있었다. 로렌치 역시 조용히 서 있었다. 창백한 얼굴은 근육조차 움직이지 않았다. 그는 꿈쩍도 하지 않고 카사노바의 어깨 너머로 먼 곳을 바라보았다. 팔이 아래로 축 늘어졌다. 반면에 모든 것을 각오한 카사노바의 손은 우연이라는 듯 칼의 손잡이를 잡았다. 로렌치는 몇 초 동안 경직된 자세와 침묵을 유지했다. 조용히 생각에 잠긴 것 같았다. 하지만 카사노바는 그를 계속 경계하면서, 왼손으로는 돈을 싼 보자기를 들고, 오른손으로는 칼 손잡이를 쥔 채 말했다.

"소위님은 신사로서 내가 내세운 조건을 채웠소. 그 일이 소위님에게 쉽지 않다는 것을 알고 있소. 우리가 편견들을 갖고 있지 않다 하더라도—우리가 살고 있는 환경이 편견들에 너무 중독되어 있어서 그 영향에서 완전히 벗어날 수 없기 때문이오. 그리고 로렌치, 당신은 15분 전부터 적어도 한 번은 내 목을 조를 뻔했지요. 그래서 나는 다시—내가 고백하게 내버려두시오—잠시 소위님에게 2천 두카텐을 선물할 생각을 했소. 누군가에게—아니 내 친구에게 선물하듯 말이오. 왜냐하면 로렌치, 내가 어떤 인간에게 처음부터 이렇게 영문을 알 수 없는 호감을 느낀 적은 드무니까요. 그러나 내가 이런 관대한 충동에 굴복했다면, 그 직후 깊이 후회했을 거요. 마찬가지로 로렌치 당신도 권총으로 머리를 쏘아 자살하기 직전에는 자신이 비할 데 없이 바보였다는 사실을 절망적으로 깨닫게 되었지요. 단 하룻밤을 위해 매번 새로운 여자들과 보내는 수많은 사랑의 밤을 내팽개쳐버렸으니 말이오. 그 하룻밤 다음에는 이제 어떤 밤도 어떤 낮도 없는데."

로렌치는 여전히 입을 다물고 있었다. 그의 침묵은 몇 초, 몇 분 동안이나 지속되었다. 카사노바는 이 침묵을 얼마나 더 오랫동안 견딜 수 있을지 자문했다. 그는 간단한 인사를 하며 몸을 돌렸다. 자신이 제안을 거절당한 것으로 여긴다는 점을 암시하려는 것이었다. 그때 여전히 말이 없던 로렌치가 결코 서두르지 않고 오른손을 옆쪽으로 움직여 웃옷 주머니에 집어넣더니, 그 순간 모든 것을 각오한 채 한 걸음 뒤로 물러나 있던 카사노바에게 굴복이라도 하듯이ㅡ정원 열쇠를 건네주었다. 어쨌든 두려움으로 인한 동요를 표현한 카사노바의 동작 때문에 로렌치의 입가에는 경멸을 담은 비웃음이 나타났다가 곧 사라졌다. 카사노바는 치밀어오르는 분노를 실제로 터뜨리면 모든 것이 수포로 돌아갈 수 있기에 억제하고 숨길 줄 알았다. 그래서 살짝 고개를 끄덕이며 열쇠를 받고는 그저 이렇게만 말했다.

"이것을 좋다는 뜻으로 여겨도 되겠습니까? 이제부터 한 시간 뒤ㅡ그때면 마르콜리나와는 이야기가 되어 있겠죠ㅡ소위님이 괜찮다면 탑의 방에서 기다리겠소. 그곳에서 소위님의 외투를 받는 즉시 금화 2천 개를 넘겨주겠소. 첫째는 신뢰를 표하기 위함이고, 둘째는 금화를 밤새 어디에 보관해야 할지 정말 모르겠기 때문이오."

두 사람은 불필요한 격식을 차리지 않고 헤어졌다. 로렌치는 두 사람이 걸어온 길로 되돌아갔고, 카사노바는 다른 길을 통해 마을 여관으로 가서 충분한 계약금을 걸고 마차를 예약했다. 마차는 밤 열시에 올리보의 집 앞에서 만토바로 가는 그를 기다릴 예정이었다.

카사노바는 우선 돈을 탑의 방에 있는 안전한 장소에 보관하고 곧장 올리보의 정원으로 갔다. 그곳 경치는 그 자체로는 전혀 특별하지 않았지만 이런 시간, 이런 분위기에서는 그를 이상하게 감동시켰다. 풀밭 가의 벤치에 올리보가 아말리아의 어깨에 팔을 두르고 앉아 있

었다. 두 사람의 발치에는 여자아이 셋이 오후의 놀이에 지친 듯 진을
치고 있었다. 막내인 마리아는 작은 머리를 엄마 무릎에 베고 누워 잠
이 든 것 같았다. 나네타는 팔을 뒷목에 받치고 엄마 발치의 풀밭에
길게 드러누워 있었다. 테레시나는 아빠의 무릎에 기댔고, 아빠의 손
가락은 딸의 곱슬머리를 다정하게 어루만졌다. 카사노바가 다가가자
테레시나가 인사했다. 그녀의 눈길에는 그가 부지중에 기대했던 것과
달리, 음탕한 합의의 빛이 아니라 어린아이다운 친밀함이 느껴지는
정직한 미소가 담겨 있었다. 몇 시간 전에 그와 그녀 사이에 있었던
일이 전혀 의미 없는 장난에 불과하다는 듯 말이다. 올리보의 표정은
기쁨으로 환해졌고, 아말리아는 다가오는 카사노바에게 고마워하며
진심을 담아 고개를 숙였다. 두 사람은, 마치 방금 비열한 짓을 저질
렀으면서도 민감한 사안이기 때문에 사람들이 그것에 관해 한마디도
거론하지 않을 거라고 생각하는 누군가를 대하듯 그를 대했고, 카사
노바는 그 점을 믿어 의심치 않았다.

"경애하는 기사님." 올리보가 물었다. "정말 내일 우리를 떠나기로
정하셨나요?"

"내일이 아니고," 카사노바가 대꾸했다. "이미 말한 것처럼 오늘 저
녁일세."

올리보가 다시 이의를 제기하려고 하자, 카사노바는 유감을 표하며
어깨를 한 번 움찔하고는 말했다.

"내가 오늘 베네치아에서 받은 편지는 유감스럽게도 내게 선택의
여지를 남겨놓지 않았네. 내가 받은 초대가 어느 모로 보나 너무 명예
로워서, 귀향을 늦추는 것은 지체 높은 후원자에게는 고약하고 용서

받을 수조차 없는 무례를 범하는 일이 될 걸세."

그러면서 그는 지금 물러나는 것을 용서해달라고 청했다. 출발 준비를 한 다음, 이곳에 머무르는 마지막 시간을 방해받지 않고 사랑하는 친구들 곁에서 보내고 싶기 때문이라고 했다.

그는 온갖 권고에도 개의치 않고 집으로 들어가 탑의 방으로 이어지는 계단을 올라가서는, 우선 화려한 의관을 여행에 적합한 더 소박한 옷으로 갈아입었다. 그러고는 여행 가방을 꾸리고, 마침내 로렌치의 발소리가 들리지 않는지 시시각각 더욱 긴장하면서 주의 깊게 귀를 기울였다. 약속 시간이 되기도 전에 문을 두드리는 소리가 짧게 나더니, 로렌치가 헐렁한 암청색 승마용 외투를 걸치고 들어왔다. 그는 한마디 말도 없이, 몸을 살짝 움직여 외투가 어깨에서 미끄러져내리게 했다. 그래서 외투는 형태 없는 천 조각처럼 두 남자 사이 바닥에 놓였다. 카사노바는 침대의 베개 아래서 금화를 꺼내 탁자에 흩어놓고 로렌치가 보는 앞에서 꼼꼼히 셌다. 일은 꽤나 빨리 끝났다. 1두카텐 이상의 가치를 지닌 금화가 많이 들어 있었기 때문이다. 그는 약속한 금액을 두 개의 주머니에 나눠 넣은 뒤 로렌치에게 넘겨주었다. 그래도 카사노바에게는 약 백 두카텐이 남았다. 로렌치는 돈주머니를 양쪽 호주머니에 넣고 말없이 떠나려 했다.

"로렌치, 잠깐," 카사노바가 말했다. "살다보면 서로 다시 만날지도 몰라요. 그러니 원한은 갖지 맙시다. 여느 거래와 다를 바 없는 거래였소. 우리는 피차 빚진 게 없소."

카사노바는 그에게 손을 내밀었다. 로렌치는 그 손을 잡지 않았다. 대신 처음으로 말을 꺼냈다.

"이것 역시 우리의 계약에 포함되어 있었는지," 그가 말했다. "기억 나지 않는데요."

그는 몸을 돌려 방에서 나갔다.

친구, 우리가 그렇게 엄격한가? 하고 카사노바는 생각했다. 그렇다 면 나는 결국 사기당하지는 않으리라고 그만큼 더 자신해도 되겠군. 그는 물론 이런 가능성에 대해 한 순간도 심각하게 생각해본 적은 없 었다. 그는 로렌치 같은 사람들에게는 특별한 명예심이 있음을 몸소 경험해서 알고 있었다. 명예의 규정을 항목별로 기록할 수는 없지만 각각의 경우에 의심의 여지가 거의 없었다. 그는 로렌치의 외투를 여 행 가방 맨 위에 넣고 잠갔다. 그리고 남은 금화를 집어넣고, 다시는 발을 들여놓지 못할 방을 한 번 쭉 둘러보고, 칼과 모자를 챙기고, 출 발 준비를 마친 뒤 홀로 내려갔다. 올리보가 아내와 아이들과 함께 이 미 식탁에 앉아 있는 것이 보였다. 카사노바와 동시에 마르콜리나가 다른 쪽 정원에서 들어왔다. 카사노바는 이것을 길조로 해석했다. 그 녀는 그의 인사에 머리를 무심하게 숙이는 것으로 답례했다. 음식이 다 차려졌다. 작별의 분위기 때문에 다들 김이 빠진 듯, 대화가 처음 에는 거의 민망할 정도로 더디게 진행되었다. 아말리아는 아이들 때 문에 유독 바빠 보였고, 딸들의 접시에 음식이 너무 많이 혹은 너무 적게 가지 않도록 항상 신경을 썼다. 올리보는 굳이 그럴 필요가 없는 데도, 이웃의 영지 소유자와 벌인 중요하지 않은 소송에 대해 말했다. 소송이 자기에게 유리하게 결정났다고 했다. 곧 만토바나 크레모나로 사업상 여행을 가게 될 거라고도 했다. 카사노바는 멀지 않은 장래에 친구를 베네치아에서 맞이할 수 있기를 바란다고 피력했다. 올리보는 공교롭게도 바로 그곳에 여태 가본 적이 없었다. 아말리아는 오래전 어렸을 적 말할 수 없이 아름다운 그 도시를 보았다. 그곳에 어떻게 가게 되었는지 이제는 설명할 수 없었지만, 다홍색 외투를 걸친 어떤 노인만은 기억했다. 그 노인은 길쭉한 검은색 배에서 내렸고, 비틀거리다가 넘어져서 길게 쭉 뻗어버렸다.

"당신도 베네치아에 가보지 않았나요?"

카사노바가 마르콜리나에게 물었다. 그녀는 바로 맞은편에 앉아 그의 어깨 너머로 정원의 짙은 어둠을 바라보고 있었다. 그녀가 말없이 고개를 저었다. 카사노바는 생각했다. 내가 젊었을 때 지내던 도시를 너에게 보여줄 수 있다면! 오, 네가 나와 함께 젊은 시절을 보냈더라면…… 그리고 아마 이런 생각보다 더 무의미할 것 같은 생각이 또 떠올랐다. 내가 지금 너를 그곳으로 데리고 간다면? 하지만 이 모든 생각이 입 밖에 나오지 못한 채 머릿속을 스치는 동안, 그는 어느덧 청춘을 보낸 도시에 대해 경쾌하게 말하기 시작했다. 몹시 흥분된 순간에도 그 특유의 경쾌함은 드러났다. 그는 회화 한 점을 묘사하듯 대단히 정교하고 냉정하게 말하다가, 자신도 모르게 따뜻한 어조로 바뀌어 자기 인생사에 이르렀다. 갑자기 그 자신의 모습이 묘사의 중심이 되자 묘사는 비로소 살아나고 빛이 나기 시작했다. 그는 유명한 여배우였던 어머니에 대해 말했다. 그의 어머니를 숭배하던 위대한 골도니*는 어머니에게 훌륭한 희극 『피후견인』을 바쳤다. 그리고 카사노바는 인색한 고치 박사의 하숙집에서 보낸 음울한 시절에 관해 이

야기했다. 그러더니 하인과 눈이 맞아 도망친, 정원사의 어린 딸에 대한 유치한 사랑, 그리고 젊은 신부로서 행한 첫 강론, 그후 교회 심부름꾼의 헌금 주머니에서 금화뿐만 아니라 애정이 듬뿍 담긴 편지들을 발견한 것, 산 사무엘레 극장 오케스트라의 바이올린 주자로서 마음이 맞는 동료 몇 명과 함께 베네치아의 골목과 선술집, 무도장과 도박장을 변장한 채 혹은 맨얼굴로 돌아다니며 나쁜 짓을 일삼던 일 등에 대해 말했다. 그러나 방자하고 때때로 상당히 심각한 장난들에 대해서도 그 어떤 상스러운 말을 사용하지 않고 시적으로 변용시켜 이야기했다. 마르콜리나를 포함한 다른 사람들처럼 긴장한 채 그의 말을 열심히 들으며 그를 주시하는 아이들을 배려하려는 것 같았다. 시간이 꽤 늦어지자 아말리아는 딸들을 잠자리로 보냈다. 여자아이들이 가기 전에 카사노바는 그들 모두에게 아주 다정하게 뽀뽀했다. 테레시나에게도 두 동생에게 하는 것처럼 뽀뽀했다. 아이들은 모두 머지않아 부모님과 함께 베네치아를 방문하겠다고 그에게 약속해야 했다. 아이들이 자리를 뜨자 그는 마음이 좀 편해지는 것 같았다. 그러나 사람들은 그의 이야기를 위험하고 제멋대로인 유혹자이자 모험가의 이야기가 아니라 사랑에 빠진 다정다감한 바보의 이야기라고 착각할 정도였다. 그가 모든 것을 전혀 모호하지 않게, 특히 전혀 허영심 없이 이야기했기 때문이다. 그는 장교로 변장한 채 자기와 함께 몇 주 동안 정처 없이 여행하다가 어느 날 갑자기 어디론가 사라진 불가사의한 미지의 여자에 대해 말했다. 그리고 마드리드의 귀족 출신 신기료장수의 딸에 대해 말했다. 그녀는 처음 본 순간부터 헤어질 때까지 그를 자꾸 신실한 가톨릭신자로 개종시키려 했다. 그는 그 어떤 여군주보다 말을 잘 탔던 토리노의 아름다운 유대 여자 리아에 대해, 그리고 결혼할 뻔했던 유일한 여자인 사랑스럽고 순결한 마농 발레티에 대해 말했다. 또 노래 실력이 형편없는 바르샤바의 여가수에 대해 이야기했다. 그는 그녀가 노래할 때 휘파람을 불며 야유하다가 그녀의 애인 브라니츠키 장군과 결투하고 바르샤바에서 도망쳐야 했다. 그는 런던에서 자신을 지독히도 바보 취급한 고약한 샤르피용에 대해, 사모하는 수녀가 있는 무라노로 가려고 폭풍우 속에서 해안호들을 지나다가 목숨을 잃을 뻔했던 밤의 여정에 대해, 그리고 노름꾼 크로체에 대해 말했다. 크로체는 스파에서 가산을 탕진한 뒤 지방도로에서 눈물을 쏟으며 카사노바와 작별했다. 그리고 그와 마찬가지로 비단 양말에 담녹색 벨벳 재킷을 걸치고 손에 등나무 지팡이를 든 채 페테르부르크로 떠났다. 그는 여배우, 여가수, 모자 만드는 여자, 백작부인, 무희, 시녀에 대해, 그리고 노름꾼, 장교, 제후, 외교관, 자산가, 음악가, 모험가에 대해 이야기했다. 그러자 다시 새롭게 살아난 자기 과거의 마력에 신기하게도 감각마저 압도당하자, 멋지게 겪어냈지만 돌이킬 수 없게 된 모든 것이, 현재의 가련하기 짝이 없는 공허한 짓에 비하면 그만큼 완벽한 승리로 느껴졌다. 지금은, 만토바 교회의 어스름한 빛 속에서 자기에게 사랑의 번민을 털어놓은 창백하고 귀여운 아가씨 이야기나 늘어놓으며 뻐기려 하니 말이다. 그후로 나이를 열여섯 살이나 더 먹은 바로 그 여자가 자기 친구 올리보의 부인이 되어 이곳 탁자에 마주 앉아 있다는 사실을 미처 생각하지 못한 채 말이다. 그때 발걸음을 쿵쿵거리며 하녀가 들어와, 성문 앞에 마차가 준비되어 있다고 전했다. 그리고 그는 자고 있을 때나 깨어 있을 때나 언제든 필요할 때면 지체 없이 자세를 바로잡을 줄 아는 비길 데 없는 재능 덕분에 즉각 자리에서 일어나 작별을 고했다. 그는 너무 서운한 나머지 말도 제대로 못 하는 올리보에게 부인과 딸들과 함께 베네치아로 자신을 꼭 방문하라고 다시 한 번 진심으로 권하고 올리보를 껴안았다. 그리고 올리보처럼 포옹하려고 아말리아에게 다가가자, 그녀는 살짝 물리치며 손만 내밀었다. 그는 그녀의 손에 공손하게 입을 맞추었다. 그가 마르콜리나를 바라보자 그녀가 말했다.

"기사님, 오늘 저녁 우리에게 하신 이야기, 아니 그보다 그리고 훨씬 더 많은 이야기를 전부 기록해두셔야겠어요. 베네치아의 옥사에서 탈출한 일을 기록했던 것처럼 말이에요."

"마르콜리나, 진심인가요?"

그가 젊은 작가처럼 수줍어하며 물었다. 그녀는 약간 비꼬듯 미소 지었다.

"제 추측에는," 그녀가 말했다. "그런 책이 볼테르에 대한 기사님의 반박서보다 훨씬 재미있을 것 같은데요."

그게 약간은 사실일지 모르지, 하고 그는 생각했지만 입 밖으로 말하지는 않았다. 내가 너의 충고를 언젠가는 따를지 누가 알겠어? 그리고 마르콜리나, 네가 바로 그 책의 마지막 장이 될걸. 이런 착상, 더욱이 다가오는 밤 동안 이 마지막 장을 체험하게 되리라는 생각에 그의 눈빛이 너무 이상야릇하게 번쩍여서, 마르콜리나는 작별 인사 차 내민 손을 그의 손에서 빼버렸다. 그가 몸을 굽혀 키스하기도 전이었다. 카사노바는 실망이든 원망이든 사람들이 자신의 감정을 전혀 눈치채지 못하게 하고서, 그만의 분명하면서도 단순한 몸짓으로 아무도, 올리보도 따라나오지 말라는 뜻을 암시하면서 몸을 돌려 나갔다.

그는 빠른 걸음으로 마로니에 가로수 길을 급히 지나갔다. 그리고 여행 가방을 실어놓은 하녀에게 금화 한 닢을 주고 마차에 올라 그곳을 떠났다.

하늘에는 구름이 짙게 끼어 있었다. 여기저기 보이는 옹색한 창문 너머로 작은 불빛이 희미하게 빛나는 마을을 뒤로하자, 앞쪽의 끌채에 고정된 노란 등만이 밤길을 비추었다. 카사노바는 발치에 놓여 있는 여행 가방을 열고 로렌치의 외투를 꺼냈다. 그리고 외투를 덮어 몸을 가린 채 아주 조심조심 옷을 벗었다. 벗은 옷가지와 신발과 양말을 여행 가방에 챙겨 넣고, 외투로 몸을 더욱 단단히 감쌌다. 그러고는 마부를 불렀다.

"이봐, 다시 돌아가야 하네!"

마부는 짜증스러운 표정으로 돌아보았다.

"서류를 깜빡 잊고 집에 두었네. 알겠나? 돌아가야 하네."

흰 수염에 짜증 난 표정의 깡마른 마부가 머뭇거리는 듯하자 그가 말했다.

"물론 공짜로 그러자는 건 아닐세. 여기 있네!"

그는 금화 한 닢을 마부의 손에 쥐어주었다. 마부는 고개를 끄덕이고 뭐라고 중얼거리더니, 괜스레 말에 채찍질을 한 번 하고는 마차를 돌렸다. 다시 마을을 지나갈 때 집들은 전부 불이 꺼진 채 조용했다. 마차가 지방도로 쪽으로 가까워지자, 마부는 더 좁고 약간 가파른 길로 접어들려고 했다. 올리보의 소유지로 가는 길이었다.

"멈추게!" 카사노바가 소리쳤다. "너무 가까이 가지는 말게. 그러면 사람들을 깨우게 될 테니. 여기 모퉁이에서 기다리게. 곧 돌아오겠네…… 시간이 좀 오래 걸리면, 시간당 1두카텐씩 쳐주겠네!"

이제 마부는 자신이 무엇을 해야 하는지 대충 아는 것 같았다. 카사노바는 마부가 고개를 끄덕이는 모습에서 그것을 알아챘다. 카사노바는 마차에서 내려, 마부의 눈을 재빨리 피해 닫힌 성문까지 서둘러 가더니 그곳을 지나 담을 따라 모퉁이까지 갔다. 담은 오른쪽 위로 구부러졌다. 그는 포도밭을 지나가는 길을 택했다. 해가 있는 낮에 두 번이나 걸었으니 쉽게 찾을 수 있었다. 그는 담 가까이 붙어 걸었다. 언덕 중간쯤에서 담이 다시 오른쪽으로 구부러졌다. 그곳에서 어둠이 깔린 넓은 초지를 계속 걸었다. 오직 정원의 문만 눈에서 놓치지 않도록 주의했다. 매끄러운 돌담을 손으로 더듬으며 지나가자 마침내 손가락에 거친 나뭇결이 느껴졌다. 폭이 좁은데도 나무문의 윤곽은 또렷이 알아볼 수 있었다. 그는 재빨리 자물쇠를 찾아 열쇠를 꽂고 문을 연 뒤 정원으로 들어가 다시 문을 닫아걸었다. 풀밭 저쪽에 탑이 있는 집이 매우 멀리, 매우 높이 솟아 있는 게 보였다. 그는 잠시 서서 조용히 주위를 둘러보았다. 다른 사람들의 눈에는 여전히 칠흑 같은 어둠이었겠지만, 그의 눈에는 짙은 어스름에 불과했다. 그는 자갈이 깔려 있어서 맨발로 걸으면 아픈 가로수 길 대신, 걸음 소리를 삼키는 풀밭으로 계속 걸어가려고 했다. 붕붕 떠다니는 기분이었다. 발걸음이 그만큼 가벼웠다. 내가 지금 서른 살이 되어 이런 길을 걷는다면 기분이 다를까? 하고 그는 생각했다. 나는 그 당시처럼 욕망의 온갖 격정과 청춘의 모든 활력이 혈관을 통해 흐르는 것을 느끼고 있지 않은가? 지금의 나는 그 당시와 같은 카사노바가 아닌가?…… 그리고 바로 내가 카사노바인데, 그 보잘것없는 늙음의 법칙이 왜 내게도 적용돼야 하는가. 남들이 그 법칙에 종속되어 있다고 해서? 그는 점점 대담해져서 이렇게 자문했다. 왜 내가 변장하고 몰래 마르콜리나에게 다가가야 하나? 명색이 카사노바인데, 나이를 서른 살 더 먹었다 해도 로렌치보다 낫지 않을까? 그리고 그녀는 이런 불가해한 것을 이해할 만한 여자가 아닐까?…… 이런 사소한 악행을 저지를 필요가 있었을까? 그러면서 굳이 다른 사람을, 훨씬 큰 악행을 저지르도록 유혹할 필요가 있었을까? 약간의 인내심이 있으면 같은 목표에 도달하지 않았을까? 로렌치는 내일 떠나고, 나는 남았을 테니까…… 닷새…… 사흘…… 그러면 그녀는 내 것이 되었을 텐데. 알면서도 내 것이 되었을 텐데. 그는 벽에 바싹 붙어서, 여전히 단단히 닫힌 마르콜리나의 방 창문 옆에 서 있었다. 별의별 생각이 뇌리를 연이어 스쳐지나갔다. 그러기에는 시간이 너무 늦었나?…… 다시 올 수도 있어. 내일, 모레…… 그러면 이른바 의젓한 남자로서 유혹의 작업을 시작할 수 있을 텐데. 오늘 밤은 앞으로의 밤을 위한 선금일 거야. 물론 마르콜리나는 내가 오늘 밤 여기 있었다는 사실을 알아서는 절대 안 돼. 시간이 흐른 뒤에도. 한참 흐른 뒤에도 말이야.

창문은 여전히 굳게 닫혀 있었다. 창 너머에서도 아무런 기척이 없었다. 자정까지는 몇 분 남지 않은 모양이었다. 어떻게 시선을 끌지? 조용히 창문을 두드려야 하나? 그렇게 하기로 약속한 적이 없으니 마르콜리나에게 의심이나 살 거야. 그러니까 기다리자. 오래 걸릴 리 없었다. 그가 일을 실행에 옮기기도 전에 그녀가 그를 바로 알아보고 속임수를 간파할 수 있다는 생각이 슬쩍 스쳐갔다. 처음 든 생각은 아니었다. 심각하게 염려하는 수준이 아니라, 있음 직하지 않은 희박한 가능성을 이성적으로 당연히 고려하는 정도였다. 벌써 20년이나 된 좀 우스꽝스러운 모험이 떠올랐다. 졸로투른*에서 늙고 못생긴 여자와 함께 근사한 밤을 보낸 적이 있다. 자신이 사모하는 젊고 아름다운 여자를 품고 있다고 생각하면서 말이다. 게다가 그 여자는 다음날 파렴치한 편지에서, 그의 실수를 들먹이며 그를 모욕했다. 그녀가 간절히 바라던 대로 비열한 잔꾀로 조장한 실수였는데 말이다. 그 생각이 나자 그는 역겨워 몸을 떨었다. 하필이면 그 생각이 지금 들다니. 그는 역겨운 장면을 머릿속에서 몰아냈다. 이제 드디어 자정이 되지 않았을까? 밤의 냉기에 몸을 떨면서 얼마나 더 담벼락에 달라붙어 있어야 하나? 기다림이 완전히 허사가 되지나 않을까? 온갖 노력에도 불구하고, 사기당한 자가 되고 마는 걸까? 2천 두카텐만 헛되이 날린 걸까? 혹시 커튼 뒤에 로렌치가 그녀와 함께 있지나 않을까? 카사노바를 조롱하면서? 그는 외투 속 맨살에 차고 있던 칼을 자기도 모르게 더욱 단단히 쥐었다. 로렌치 같은 놈은 비열하게도 마지막에 기습할 수도 있으니 대비해야 해. 하지만 그다음에는…… 바로 그 순간 나지막하게 삐걱거리는 소리가 들렸다. 그는 마르콜리나가 격자 창문을 밀어 젖히고 있음을 알아챘다. 그러고 나서 곧장 양쪽 창문이 활짝 열렸다. 커튼은 여전히 드리워져 있었다. 보이지 않는 손이 커튼 한쪽을 걷어 올릴 때까지, 카사노바는 몇 초 동안 미동도 없이 가만히 있었다. 그 것은 날렵하게 난간을 넘어 방으로 들어가 즉시 창문과 격자를 닫으

---

* 스위스 취리히 인근의 도시.

라는 신호였다. 걷어올려진 커튼이 카사노바의 어깨 위로 다시 내려오는 바람에 그는 커튼 아래에서 기어나와야 했다. 그리고 그 순간 방의 안쪽, 알 수 없는 거리에서 그 자신의 눈빛이 일깨운 듯한 희미한 그림자가 길을 가르쳐주지 않았다면 그는 완전한 어둠 속에 있었을 것이다. 단 세 걸음이었다. 그녀가 그를 향해 연모의 팔을 벌렸다. 그는 칼을 손에서 내려놓고, 어깨에서 외투를 미끄러지게 하고는 행복감에 빠졌다.

마르콜리나가 감동하여 내는 신음, 그가 입을 맞춘 뺨에 흐르는 황홀한 눈물, 그가 애무할 때마다 다시 불붙는 열정을 보며 그는 자신이 느끼는 황홀함을 그녀도 공유하고 있음을 금세 알아챘다. 그것은 그가 언젠가 만끽했던 그 어떤 황홀함보다 숭고한데다 새롭고 색다른 것처럼 느껴졌다. 욕망은 경건한 기도가 되고, 최고의 황홀경은 비할 데 없이 또렷이 깬 상태가 되었다. 그때 드디어 그가 이미 너무 자주, 어리석게도 충분히 체험했다고 생각했던 것, 그렇지만 결코 정말로 체험하지는 못했던 것—바로 성취감을 마르콜리나의 품 안에서 느꼈다. 그는 여인을 팔에 안고 지칠 줄 몰랐다. 이 여자라면 실연당해도 좋았다. 그녀의 품 안에서 마지막 헌신과 새로운 열망의 순간이, 예기치 못한 황홀경의 유일한 순간과 하나가 되었다. 이 입술에서는 삶과 죽음, 시간과 영원이 하나가 아닌가? 그가 바로 신이 아닌가? 청춘과 노년은 인간이 꾸며낸 이야기일 뿐인가? 만일 사람들이 카사노바였다면, 그리고 마르콜리나를 알게 되었다면, 고향과 타향, 광채와 비참, 명성과 망각—이것은 불안한 자들, 외로운 자들, 공허한 자들의 알맹이 없는 구분이다—이 무의미해지지 않았을까? 아까 용기가 없었을 때 결심한 대로 이 경이로운 밤에 말없이 아무도 모르게 도둑처럼 도망친다는 게 그에게는 체면이 깎이는 일일 뿐만 아니라, 시간이 갈수록 우스꽝스럽게 여겨졌다. 행복한 사람이야말로 행복을 줄 수 있다는 거짓 없는 감정에서, 그는 이미 자기의 이름을 밝힐 모험을 하기로 결심한 듯 보였다. 설령 그것이 엄청난 도박이고, 그 도박에서 지면 목숨을 바칠 각오를 해야 함을 역시 잘 알고 있다 하더라도 말이다. 주위는 아직 칠흑같이 어두웠다. 드리워진 커튼을 통해 첫새벽의 동이 틀 때까지 고백을 미루어도 되었다. 마르콜리나가 그 고백을 받아들일지 아닐지에 그의 운명, 아니 그의 목숨이 달려 있었다. 하지만 이처럼 말은 없지만 황홀하고, 달콤하지만 대단히 위험한 동침은 키스할 때마다 그와 마르콜리나를 더욱 뗄 수 없게 묶어주지 않을까? 속이려고 시작된 일이, 이 밤의 이루 말할 수 없는 황홀함 속에서 진실이 되지 않을까? 아니, 속은 여자, 사랑받는 여자, 유일무이한 여자인 그녀는 그녀를 그 신적인 열정으로 감동시켜 녹인 게 젊은 애송이인 로렌치가 아니라 카사노바라는 예감으로 벌써 전율하고 있지 않았을까? 그러자 어느새 간절히 원하면서도 두려운 고백의 순간이 결코 오지 않을지도 모른다는 생각이 들기 시작했다. 그는 그녀가 전율하다가 매혹되고 해방되어 그의 이름을 속삭이리라는 공상에 잠겼다. 그리고 그녀가 그를 용서한다면, 아니, 그의 용서를 받아들인다면, 그는 당장, 바로 이 순간에 그녀를 데리고—그녀와 함께 동트는 새벽에 이 집을 떠나려 했다. 바깥 길모퉁이에서 기다리고 있는 마차를 타고…… 그녀와 함께 이곳을 떠나 그녀를 영원히 놓지 않고, 남들이 우울한 노년을 준비하는 나이에 사라지지 않는 개성의 놀라운 힘으로 젊디젊고 아름답기 그지없고 똑똑하기 이를 데 없는 여인을 영원히 자기 것으로 만들었다는 사실로 필생의 업적을 장식할 생각이었다. 이 여자는 그의 여자였기 때문이다. 그녀 이전의 누구도 그런 적이 없었다. 그는 그녀와 함께 신비롭고 좁은 수로를 지나, 다시 금방 익숙해진, 그림자가 드리워진 궁전 같은 저택들 사이에서, 활 모양으로 휜 다리들 아래로 미끄러져 들어갔다. 서서히 사라지는 형체들이 다리 위로 휙 스쳐지나갔다. 수많은 형체들이 난간 위의 그들을 향해 손짓하더니, 그 형체들을 제대로 알아보기도 전에 사라졌다. 그때 곤돌라가 뭍에 닿았다. 대리석 계단이 브라가디노 대평의회 의원의 호화 저택으로 이어졌다. 그곳은 축제라도 벌인 것처럼 화려하게 조명을 밝힌 유일한 저택이었다. 가면을 쓴 사람들이 계단을 오르내리고 있었다. 많은 사람이 호기심 어린 표정으로 멈춰 서 있었다. 하지만 누가 가면을 쓴 카사노바와 마르콜리나를 알아보겠는가? 그는 그녀와 함께 홀에 들어갔다. 홀에서는 큰 도박판이 벌어지고 있었다. 대평의회 의원들은 모두 자줏빛 망토를 걸치고 탁자에 줄지어 앉아 있었다. 브라가디노도 끼어 있었다. 카사노바가 들어서자 그들 모두 깜짝 놀랐다는 듯 그의 이름을 속삭였다. 가면 속에서 번쩍이는 눈빛을 보고 카사노바임을 알아챘기 때문이다. 그는 자리에 앉지 않았다. 카드도 집어들지 않았다. 하지만 카드놀이에 끼었다. 그가 이겼다. 탁자 위의 금화를 몽땅 땄다. 하지만 그것으로는 턱없이 부족했다. 대평의회 의원들은 어음을 끊어줘야 했다. 그들은 전 재산은 물론이고, 궁전 같은 저택과 자줏빛 망토마저 잃었다. 그들은 거지가 되어 누더기를 걸친 채 그의 주위를 기어다니며 그의 손에 입을 맞추었다. 그 옆의 진홍색 홀에서는 음악이 흐르고 춤판이 벌어졌다. 카사노바는 마르콜리나와 함께 춤을 추려고 했다. 그런데 그녀는 떠나고 없었다. 자줏빛 망토를 걸친 대평의회 의원들이 그전처럼 다시 탁자 주위에 앉았다. 이제 카사노바는 이것이 그냥 카드놀이가 아님을, 죄 지은 사람이든 죄 없는 사람이든 고발된 사람들의 운명이 걸려 있음을 알았다. 마르콜리나는 어디 있는가? 내내 그녀의 손목을 꼭 붙들고 있지 않았던가? 카사노바는 계단을 달려내려갔다. 곤돌라가 기다리고 있었다. 곤돌라는 복잡한 수로들을 지나 더, 더 나아갔다. 사공은 물론 마르콜리나가 어디 있는지 알고 있었다. 그런데 왜 사공마저 가면을 썼을까? 예전의 베네치아에서는 흔히 있는 일이 아니었다. 카사노바는 사공에게 설명을 요구하고 싶었으나 감히 그러지 못했다. 노인처럼 겁쟁이가 되는 건가? 그리고 더욱이 —지난 25년 동안 베네치아는 얼마나 거대한 도시가 되었는가! 이제 드디어 저택들이 뒤로 물러났다. 수로는 더욱 넓어졌다. 카사노바와 사공은 섬들 사이로 미끄러져 들어갔다. 그곳에 마르콜리나가 숨어 있는 무라노 수녀원의 담이 솟아 있었다. 곤돌라는 떠나고 없었다. 이제 헤엄쳐야 했다. 이것은 얼마나 아름다운가! 그사이에 베네치아에서는 아이들이 그가 나누어준 금화를 갖고 놀았다. 하지만 그에게 금화가 뭐 대수인가?…… 물은 따뜻하다가 차갑다가 했다. 수녀원 담을 기어오를 때 옷에서 물이 뚝뚝 떨어졌다. 마르콜리나는 어디 있나요? 그가 면회실에서 큰 소리로 물었다. 그 소리가 마치 제후가 묻는 것처럼 쩌렁쩌렁 울렸다. 제가 그 마르콜리나를 불러올게요, 하고 공작 수녀원장이 말하고 사라졌다. 카사노바는 걷다가 날았다. 격자 창살들을 따라 마치 박쥐처럼 이리저리 날아다녔다. 내가 날 수 있다는 사실을 좀더 일찍 알았더라면. 마르콜리나에게도 가르쳐줬을 텐데. 격자 창살 뒤에는 여자처럼 보이는 형체들이 떠다녔다. 수녀들이었다. 그런데 수녀들이 모두 속세의 옷을 걸치고 있었다. 그는 그녀들이 누구인지 알았다. 미지의 여자 헨리에테, 무희 코르티첼리와 새색시 크리스티나, 아름다운 뒤부아, 졸로투른의 빌어먹을 할멈, 마농 발레티…… 그리고 수백 명의 다른 여자들이었다. 마르콜리나만 없었다! 자네가 나를 속였군, 하고 그는 아래쪽 곤돌라에서 기다리고 있는 사공에게 소리쳤다. 그는 세상에서 이 사공만큼 증오스러운 사람이 없었다. 그래서 사공에게 복수하겠다고 각별히 다짐했다. 그러나 마르콜리나는 볼테르에게 갔는데, 무라노의 수녀원에서 그녀를 찾아다니는 게 바보 같은 짓 아니었을까? 그가 날 수 있다는 것은 얼마나 다행인가. 마차 삯을 더는 지불할 수 없었으니. 그는 그곳에서 헤엄쳐 갔다. 그러나 그가 생각했던 그런 행운은 더는 없었다. 물은 차가워졌고, 점점 더 차가워졌다. 그는 탁 트인 망망대해에서 무라노로부터 멀어졌고, 베네치아로부터 멀어졌다. 사방을 둘러보아도 배 한 척 보이지 않았다. 금실로 수놓은 무거운 옷이 그를 아래로 끌어당겼다. 그는 그 옷을 벗으려고 애썼지만, 볼테르 씨에게 넘겨주어야 할 원고를 손에 들고 있었기에 불가능했다. 입과 코로 물이 들어왔다. 죽음의 공포가 덮쳤다. 그는 무턱대고 사방으로 손을 뻗었다. 숨이 넘어가듯 목에서 꼬르륵 소리가 났다. 비명을 지르고 간신히 눈을 떴다.

커튼과 창턱 사이의 좁은 틈새로 새벽빛 한 줄기가 새어들어왔다. 몸을 감싼 흰색 잠옷을 입은 마르콜리나는 양손으로 가슴께를 여민 채 침대 발치에 서서, 카사노바를 형언키 어려운 공포의 눈길로 살펴보았다. 그 눈길을 느끼자마자 그는 정신이 번쩍 들었다. 마치 애원하듯 자기도 모르게 그녀 쪽으로 팔을 뻗었다. 마르콜리나는 그에 대응하듯 왼손으로 거절하는 동작을 취하며, 오른손으로는 가슴 위의 옷자락을 더욱 힘껏 움켜쥐었다. 카사노바는 양손으로 침대를 짚고 몸을 반쯤 일으켜 그녀를 뚫어지게 바라보았다. 그녀가 그에게서 눈길을 떼지 못하듯이, 그도 그녀에게서 눈길을 뗄 수 없었다. 그의 눈길에는 분노와 수치심이, 그녀의 눈길에는 수치심과 경악이 어려 있었다. 카사노바는 그녀가 자기를 어떻게 보고 있는지 알았다. 그 역시 동시에 공기의 거울에 비친 자신의 모습을 보고 있었고, 어제 탑의 방에 걸린 거울 속에서 본 것 같은 자신을 보았기 때문이다. 깊이 팬 주름, 얇은 입술, 쏘아보는 눈, 누렇게 뜬 음흉한 얼굴이었다. 그 얼굴은 더욱이 간밤의 격렬한 정사와 아침에 꾼 허겁지겁 쫓기는 꿈, 그리고 깨어났을 때의 끔찍한 깨달음으로 인해 세 배는 더 엉망이 되었다. 그리고 그가 마르콜리나의 눈길에서 읽어낸 것은 도둑놈—난봉꾼—악당이 아니었다. 그거라면 차라리 천 배는 나았으리라. 그는 오로지 하나만 읽어냈다. 그것은 그를 온갖 다른 모욕적인 욕지거리보다 굴욕적으로 깔아뭉갤 법한 것이었다. 그는 늙은이라는 말을 읽었다. 그것은 자신의 존재를 최종적으로 판단해주는 무엇보다 끔찍한 말이었다. 이 순간 마법의 주문을 외워 자신을 없애버릴 힘이 있다면, 그는 그렇게 했을 것이다. 이불 속에서 기어나와 마르콜리나에게 자신의 벗은 몸을 보일 필요가 없다는 이유만으로. 그녀에게는 그의 알몸을 보는 것이 역겨운 짐승을 보는 것보다 끔찍할 게 틀림없었다. 그러나 그녀는 점차 정신을 차린 듯, 분명히 필요에 의해서, 그럴 수밖에 없었기는 하지만 그에게 가능한 한 빨리 사태를 수습할 기회를 주고 싶은 마음에 얼굴을 벽 쪽으로 돌렸다. 그는 그 틈을 타 침대에서 내려와 바닥에 놓여 있는 외투를 집어들어 몸을 감쌌다. 칼이 제대로 있는지도 바로 확인했다. 이제 적어도 최악의 치욕에서, 우스꽝스러운 상태에서 벗어났다는 생각이 들었다. 그러자 그는 어느새, 너무도 비참한 이 일 전부를 평소처럼 막힘없는 적당한 말로 포장하여 어떻게든 자기에게 유리하게 만들 수 없을지 고민했다. 로렌치가 자신을 카사노바에게 팔아먹었다는 것이 정황상 마르콜리나에게 의심의 여지가 없었다. 하지만 카사노바는 이 순간 그녀가 가련한 로렌치를 아무리 마음 깊이 증오하더라도, 비겁한 도둑인 자신을 천 배나 더 혐오스럽게 여길 수밖에 없을 거라고 느꼈다. 뭔가 다른 것이, 그러니까 심하게 비꼬는, 음탕하고 비웃는 어조로 마르콜리나를 깔보는 게 어쩌면 오히려 보상이 될 것 같았다. 그러나 문득 떠오른 이런 나쁜 생각도, 경악스러움이 점차 한없는 슬픔으로 바뀌는 눈길 앞에서 그만 사라지고 말았다. 카사노바가 욕보인 것은 마르콜리나의 여성성만이 아니었으리라. 그게 아니었으리라. 지난밤 교활한 술수가 신뢰를, 욕정이 사랑을, 늙음이 젊음을 형용키 어려울 만큼, 속죄할 수 없을 만큼 능욕한 것이리라. 카사노바는 그에게 아직 남은 선함을 너무나 고통스럽게도 잠시 다시 일깨워준 그 눈길을 받으며 몸을 돌렸다. 그는 마르콜리나를 두 번 다시 돌아보지 않았다. 창가로 가서 커튼을 걷고, 창문과 격자문을 열고는 아직 잠든 듯 동트는 정원을 흘끗 본 뒤 난간을 뛰어넘어 밖으로 나갔다. 집 안의 누군가가 벌써 일어나 창문에서 그를 볼 수도 있다는 데 생각이 미치자, 그는 풀밭에서 벗어나 몸을 가려주는 가로수 길 그늘로 들어갔다. 정원의 문밖으로 나와서 문을 닫을 찰나 누군가가 그에게 다가오더니 길을 막아섰다. 곤돌라 사공이구나……이것이 맨 먼저 떠오른 생각이었다. 꿈속에서 보았던 곤돌라 사공이 다름 아닌 로렌치였음을 갑자기 깨달았기 때문이다. 거기 로렌치가 서 있었다. 은빛 레이스 장식이 달린 붉은색 군복이 아침 햇살을 받아 불타는 것 같았다. 얼마나 화려한 제복인가, 하고 카사노바는 혼란스럽고 피곤한 머리로 생각했다. 새것처럼 보이지 않는가? 옷값을 치르지 않은 게 분명해…… 이런 재미없는 생각들을 하다보니 완전히 제정신으로 돌아왔다. 그리고 상황을 의식하자마자 기쁨을 느꼈다. 그는 더할 나위 없이 의기양양한 자세를 취하고, 몸을 가린 외투 속 칼손잡이를 더욱 단단히 쥐며 무척 상냥한 어조로 말했다.

"로렌치 소위님, 너무 늦었다는 생각이 들지 않으십니까?"

"천만에요." 로렌치가 대꾸했다. 이 순간 그는 카사노바가 보았던 그 어떤 인간보다도 멋졌다. "우리 중 한 사람만이 살아서 이 자리를 떠날 테니까요."

"로렌치, 급하군요." 카사노바가 부드러운 느낌마저 드는 어조로 말했다. "적어도 만토바에 도착할 때까지만 미루면 안 될까요? 제 마차에 소위님을 모신다면 영광이겠는데요. 마차가 길모퉁이에서 기다리고 있습니다. 바로 지금 같은 경우에…… 결투의 격식을 차린다면, 그것만으로도 일이 많을 텐데요."

"격식은 필요 없습니다. 카사노바 당신 아니면 나, 바로 지금."

로렌치가 칼을 뽑았다. 카사노바는 어깨를 움찔했다.

"로렌치, 좋으실 대로. 하지만 유감스럽게도 나는 아주 부적절한 복장으로 나설 수밖에 없음을 유념했으면 합니다."

카사노바는 외투를 열어젖히고, 장난치듯 칼을 쥔 채 알몸으로 섰다. 로렌치의 눈에 증오의 물결이 치밀어올랐다.

"당신이 나에 비해 불리하지는 않을 겁니다."

로렌치는 그렇게 말하며 빠른 속도로 재빨리 옷을 모두 벗기 시작했다. 카사노바는 머리를 돌렸고, 그동안 외투로 다시 몸을 감쌌다. 아침 안개를 뚫고 서서히 해가 비치기 시작했지만 몹시 쌀쌀했기 때문이다. 언덕 꼭대기에 띄엄띄엄 있는 나무들이 잔디밭 위로 길게 그림자를 드리웠다. 카사노바는 잠깐 이런 생각이 들었다. 결국 누군가가 이곳을 지나가지 않을까? 담을 따라 뒤쪽 정원 문으로 나 있는 오솔길은 올리보와 그의 가족들만 이용할 터였다. 문득 카사노바의 머리에, 어쩌면 지금이 자기 인생의 마지막 몇 분이 될지도 모른다는 생각이 스쳤다. 그는 자신이 아주 침착하다는 것을 놀라워했다. 볼테르 씨는 운이 좋군, 하고 그는 잠시 생각했다. 하지만 근본적으로 그에게 볼테르는 전혀 중요하지 않았다. 카사노바는 이 순간에 턱이 좁은 늙은 문인의 역겨운 얼굴보다 우아한 그림들이 머릿속에 마법처럼 떠오르기를 바라는 것 같았다. 게다가 담 저편의 나무들 꼭대기에서 새가 한 마리도 울고 있지 않다는 게 이상하지 않은가? 날씨가 달라질 모양이군. 그런데 날씨가 뭐 대수인가? 그는 차라리 마르콜리나를, 그 희열을 생각하려고 했다. 그녀의 팔에 안겨 맛보았으나 이제 그 대가를 비싸게 지불해야 하는 그 희열을. 비싸다고? 그 정도면 충분히 싸! 가련하고 별것도 아닌 늙은이의 수명 몇 년에 불과한데…… 그가 이 세상에서 더 해야 할 게 무엇인가?…… 브라가디노 씨를 독살하는 것? 그 고생을 할 가치가 있을까? 그럴 가치가 전혀 없어…… 저 위의 나무들은 참 띄엄띄엄 서 있구나! 그는 수를 세기 시작했다. 다섯…… 일곱…… 열. 내게 더 중요한 할 일이 없단 말인가?……

"기사님, 준비되었습니다!"

카사노바가 재빨리 몸을 돌렸다. 로렌치가 그를 마주 보며 서 있었다. 벌거벗은 모습이 젊은 신처럼 멋졌다. 온갖 비열함이 얼굴에서 완전히 사라졌다. 그는 죽기보다 죽일 각오가 되어 있는 것 같았다. 내가 칼을 내던진다면? 하고 카사노바는 생각했다. 내가 그를 끌어안는다면? 그는 외투를 어깨에서 흘러내리게 하고, 로렌치처럼 알몸으로 정중하게 섰다. 로렌치가 펜싱 규칙에 따라 칼끝을 내려 인사하자, 카사노바가 답례했다. 그다음 순간 두 사람은 칼을 교차시켰고, 반짝거리는 은빛 아침 햇살이 칼날에서 칼날로 옮겨다녔다. 내가 칼을 든 상대와 마지막으로 마주 섰던 게 언제였을까? 하고 카사노바는 생각했다. 하지만 지금 그의 머리에 떠오르는 것은 어느 정도 심각했던 그어떤 결투가 아니라, 10년 전 시종 코스타와 하곤 했던 펜싱 연습이었다. 그 사기꾼 시종은 나중에 15만 리라를 챙겨 도망쳤다. 어쨌든 그는 실력 있는 검객이었어, 하고 카사노바는 생각했다. 그리고 나 역시 배운 것을 잊지 않았어! 그의 팔은 단단했고, 그의 손은 가벼웠으며, 그의 눈빛은 예전처럼 날카로웠다. 젊음과 늙음은 꾸며낸 이야기야, 하고 그는 생각했다…… 나는 신이 아닌가? 우리 둘 다 신이 아닌가? 누가 우리를 본다면! 이것을 보려고 큰돈을 내는 여자들이 있을 거야. 칼날이 휘어지고 칼끝이 번쩍 빛을 발했다. 칼이 서로 부딪칠 때마다 아침 공기 속에서 노래하듯 나직한 소리가 울렸다. 결투라고? 아냐, 펜싱 경기야…… 마르콜리나, 왜 그런 경악의 눈길을 보냈지? 우리 둘 다 그대의 사랑을 받을 자격이 있지 않을까? 그는 젊을 뿐이지만 나는 카사노바니까!…… 그때 로렌치가 쓰러졌다. 가슴 한가운데를 찔렸다. 손에서 칼이 떨어졌다. 로렌치는 깜짝 놀란 듯 눈을 크게 뜨고, 다시 한 번 머리를 들어올렸다. 입술이 고통스럽게 일그러졌다. 그는 머리를 떨구었다. 콧방울이 크게 벌어졌다. 그르렁거리는 소리가 희미하게 나더니 숨을 거두었다. 카사노바는 그의 위로 몸을 숙였다. 그리고 그의 옆에 무릎을 꿇고 앉았다. 상처에서 피가 몇 방울 떨어지는 것이 보였다. 카사노바는 죽은 사람의 입 아주 가까이에 손을 갖다 댔다. 생명의 숨결이 느껴지지 않았다. 한기가 카사노바의 사지를 타고 흘렀다. 그는 일어서서 외투를 걸쳤다. 그러고는 다시 시체 쪽으로 다가가 젊은이의 몸을 내려다보았다. 비할 데 없이 아름다운 몸뚱이가 사지를 뻗은 채 잔디밭에 누워 있었다. 부드러운 살랑거림이 정적을 깼다. 정원 담 저편의 우듬지를 스쳐지나간 것은 아침 바람이었다. 어쩌지? 하고 카사노바는 자문했다. 사람들을 부를까? 올리보를? 아말리아를? 마르콜리나를? 무엇 때문에? 이제는 아무도 그를 살리지 못해! 그는 위험천만했던 순간들마다 잃지 않았던 냉정을 찾고 곰곰이 생각했다. 그가 발견되려면 여러 시간이 걸릴 거야. 저녁때쯤 되어야 할 거야. 더 오래 걸릴 수도 있고. 그때까지는 시간이 있어. 그것만이 중요해. 그는 여전히 칼을 쥐고 있었다. 칼에 묻은 피가 보이자 잔디에 닦았다. 시체에 옷을 입혀야겠다는 생각이 뇌리를 스쳤다. 하지만 그렇게 하면, 되돌릴 수 없는 아까운 시간을 낭비할 터였다. 마지막 희생자에게 하듯 그는 다시 한 번 몸을 굽혀 죽은 사람의 눈을 감겨주었다.

"비교적 운이 좋군."

그는 혼잣말을 했다. 그리고 꿈결처럼 혼미한 상태로 살해당한 자의 이마에 입을 맞추었다. 그러고는 얼른 몸을 일으켜 서둘러 갔다. 담을 따라가다 모퉁이를 돌고, 아래쪽으로 구부러진 길을 향해 갔다. 마차는 그가 떠나왔던 교차로에 그대로 서 있었고, 마부는 마부석에서 깊이 잠들어 있었다. 카사노바는 마부를 깨우지 않으려고 조심했다. 그는 조심조심 마차에 올라탄 후 마부에게 소리쳤다. "이보게! 빨리 갈 수 있겠나?" 하며 마부의 등을 가볍게 쳤다. 마부는 소스라치게 놀라 주위를 돌아보더니, 날이 벌써 훤히 새 있자 깜짝 놀랐다. 그러고는 말에게 채찍질을 해 그곳을 떠났다. 카사노바는 한때는 로렌치 것이었던 외투로 몸을 가린 채 의자에 깊숙이 몸을 기댔다. 마을 길거리에는 어린아이 몇 명만 보였다. 어른들은 모두 벌써 밭일을 나간 게 분명했다. 집들을 지나쳐 오자 카사노바는 안도의 숨을 쉬었다. 그는 여행 가방을 열고 자기 옷가지를 꺼내 외투로 몸을 가리고 옷을 입기 시작했다. 그러면서 마부가 고개를 돌려 손님의 이상한 행동을 눈치채면 어쩌나 내심 걱정했다. 하지만 그런 일은 일어나지 않았다. 카사노바는 방해받지 않고 하던 일을 마칠 수 있었다. 그는 로렌치의 외투를 가방 속에 넣고, 다시 자기 외투를 걸쳤다. 그리고 그사이에 흐려진 하늘을 바라다보았다. 그는 피곤한 줄 몰랐다. 오히려 잔뜩 긴장해서 정신이 말똥말똥했다. 그는 자신의 처지를 곰곰이 생각했다. 늘 그렇듯 자신의 처지는 어느 정도 우려할 만하지만 기질적으로 소심한 사람들 생각만큼 그렇게 위험하지는 않을 거라는 결론에 이르렀다. 당장은 로렌치를 죽였다고 의심받을 게 당연했다. 하지만 명예로운 결투를 하다 그런 일이 벌어졌다고 의심받을 리 없었다. 더욱이 그는 로렌치에게 기습당했고 결투를 강요받았다. 또 그는 방어하려고 했으니 그것을 범죄로 여길 수는 없었다. 그런데 그는 왜 로렌치를 죽은 개처럼 풀밭에 그대로 방치했을까? 그것 때문에도 비난받을 리 없었다. 재빨리 도망치는 것은 그의 당연한 권리이자 의무나 다름없었다. 로렌치라 해도 다르지 않았으리라. 그런데 베네치아 정부가 그를 넘기지는 않을까? 베네치아에 도착하자마자 후원자 브라가디노의 보호를 요청할 작정이었다. 하지만 끝내 들통 나지 않거나 죄를 뒤집어쓰지 않을지라도, 그 자신을 책망하지 않을까? 그에게 불리한 증거가 과연 있을까? 그는 베네치아로 소환된 게 아니던가? 그게 도망이라고 누가 그러겠는가? 밤의 절반을 길거리에서 기다린 마부가? 금화 몇 개로 마부의 입은 막았다. 이런 생각들이 뇌리를 맴돌았다. 갑자기 등 뒤에서 말발굽 소리가 들리는 것 같았다. 벌써? 그게 맨 먼저 든 생각이었다. 그는 창밖으로 머리를 내밀고 뒤를 돌아보았다. 거리는 텅 비었다. 마차는 어떤 농가를 지나고 있었다. 그가 탄 마차의 말이 내는 말발굽 소리의 메아리였다. 착각이었다는 사실에 이제 모든 위험이 영원히 지나간 듯 잠시 마음이 놓였다. 높이 솟은 만토바의 탑들이 보였다…… 앞으로, 앞으로, 하고 그는 혼잣말을 했다. 마부가 말발굽 메아리를 듣는 것을 원치 않았기 때문이다. 하지만 목적지에 가까워지자 마부는 말이 점점 빨리 달리게 내버려두었다. 마차는 곧 시의 성문에 도착했다. 올리보와 함께 시내를 떠나 그 성문을 지나온 지 채 이틀이 되지 않았다. 그는 마부에게 여관의 이름을 알려주고는 그 앞에서 멈추라고 했다. 몇 분 뒤 황금사자가 그려진 팻말이 보였다. 카사노바는 마차에서 뛰어내렸다. 여주인이 생기 있는 얼굴로 웃으며 문 앞에 서 있었다. 카사노바를 맞이하는 게 기분 나쁘지 않은 것 같았다. 어쩔 수 없이 떠났으나 오매불망 그리워하던 애인이 돌아온 듯 카사노바를 반기는 것 같았다. 하지만 그는 마부가 성가신 증인이라도 되는 양 화난 듯한 눈빛을 던지고는, 마음껏 먹고 마시라고 했다.

"기사님, 어제저녁에 베네치아에서 기사님께 편지가 도착했어요." 여주인이 말했다.

"또 한 통이?"

카사노바는 계단을 뛰다시피 자기 방으로 올라갔다. 여주인이 그의 뒤를 따라갔다. 봉인된 편지 한 통이 탁자에 놓여 있었다. 카사노바는 몹시 흥분해 편지를 뜯었다. 취소일까? 하고 그는 불안감에 휩싸여 생각했다. 그런데 편지를 읽는 그의 얼굴이 환해졌다. 브라가디노가 쓴 글 몇 줄이었다. 카사노바가 결심이 섰다면 여행을 단 하루도 늦출 필요가 없도록 250리라짜리 어음도 들어 있었다. 카사노바는 여주인에게 몸을 돌려 짐짓 내키지 않는 표정을 지으며, 유감이지만 친구 브라가디노가 베네치아에 마련해준 자리를 잃지 않으려면 지금 당장 떠날 수밖에 없다고 설명했다. 그 자리를 얻으려는 지원자가 백 명은 된다고 했다. 그러나 여주인의 이마에 우울한 표정이 검은 구름처럼 당장 몰려들 것 같자, 그는 일단 자리만 확보하고—이를테면 베네치아 대평의회의 비서 자리—임명을 받은 다음 직무와 직위가 정해지면 곧장 휴가를 내서 만토바의 일들을 정리하겠다고 얼른 덧붙였다. 휴가 요청이 거절될 리 없다고 했다. 심지어 소지품 대부분을 이곳에 남겨두겠다고 했다. 그러면, 그러면 그녀가 이 여관을 그만두고 자기 아내가 되어 자기를 따라 베네치아로 갈지 말지는 오직 소중한, 아니 매력적인 여자친구인 그녀에게 달려 있다……고 했다. 그녀는 그의 목을 얼싸안고 눈물을 글썽이며, 출발하기 전에 제대로 된 아침 식사라도 방으로 가져오면 안 되겠느냐고 물었다. 그는 그것이 송별연을 뜻한다는 것을 알고 조금도 내키지는 않았지만, 일단 그녀에게서 벗어나려고 그러겠다고 말했다. 그녀가 계단을 내려가자마자 그는 정말 꼭 필요한 속옷과 책 등만 가방에 챙겨 넣고 식당으로 갔다. 마부는 잘 차려진 음식을 먹고 있었다. 그는 마부에게—평소의 두 배가 넘는 요금으로—말을 바꾸지 않고 당장 베네치아 방향 다음 역참까지 갈 용의가 있느냐고 물었다. 마부는 토를 달지 않고 제안을 받아들였고, 카사노바는 그 순간 큰 걱정을 덜 수 있었다. 여주인이 화가 나서 빨개진 얼굴로 들어와, 방에 아침 식사를 차려놓은 것을 잊었느냐고 그에게 물었다. 카사노바는 그녀에게 아무렇지도 않게 물론 잊지 않았다고 대꾸했다. 그러고는 어음을 돈으로 바꾸러 은행을 찾아갈 시간이 없다며 그녀에게 어음을 넘겨줄 테니 대신 250리라를 달라고 부탁했다. 그녀가 돈을 가지러 간 사이 카사노바는 자기 방으로 가서, 차려진 음식을 그야말로 굶주린 짐승처럼 탐욕스럽게 집어삼키기 시작했다. 여주인이 다시 나타났을 때도 신경 쓰지 않고 계속 먹으면서 그녀가 가져온 돈을 얼른 주머니에 집어넣었다. 식사를 마친 그는 여주인 쪽으로 몸을 돌렸다. 그녀는 그에게 다정하게 몸을 밀착시키고 이제 드디어 행동할 때가 왔다고 생각하며 오해의 여지 없이 그를 향해 팔을 뻗었다. 그는 그녀를 격렬하게 끌어안고 양 볼에 키스하고 자기에게 끌어당기는 듯하더니, 그녀가 그의 어떤 행동도 더는 거부하지 않기로 각오한 듯 보이자 몸을 빼내며 말했다.

"가야 하오…… 잘 있소!"

그가 너무 거칠게 뿌리치는 바람에 그녀는 뒤쪽 소파 구석에 쓰러졌다. 실망, 분노, 무기력이 섞인 그녀의 표정이 어찌나 우스꽝스럽던지 카사노바는 문을 닫으면서 별안간 크게 웃음을 터뜨리지 않을 수 없었다.

손님이 서두르고 있음을 마부가 알아차리지 못할 리 없었다. 그 이유를 곰곰이 생각하는 것은 마부의 일이 아니었다. 어쨌든 마부는 카사노바가 여관 문을 나서자 출발 준비를 마치고 마부석에 앉아 있었다. 그리고 손님이 타자마자 힘차게 채찍질을 했다. 마부는 또한 시내 한가운데를 지나가지 않고 그 주위를 돌다가 시내의 한쪽 끝에서 다시 지방도로로 빠지는 게 좋겠다고 생각했다. 해는 아직 높지 않았다. 정오가 되려면 세 시간은 더 기다려야 했다. 카사노바는 죽은 로렌치가 아직 발견되지 않았을 거라고 생각했다. 자신이 로렌치를 죽였다는 사실조차 제대로 의식할 수 없었다. 다만 만토바에서 점점 멀어지고 있고, 드디어 잠시 휴식이 주어졌다는 게…… 기뻤다. 그는 그 어느 때보다 깊은 잠에 빠졌다. 거의 이틀 밤낮을 연이어 잔 기분이었다. 마차의 말을 바꾸느라 잠깐 깨어 식당에 앉아 있거나 역참 앞을 왔다갔다하며 역참장, 여관 주인, 세관원, 여행객 들과 사소하게 몇 마디 주고받은 일을 각각 기억하지는 못했기 때문이다. 그래서 훗날 이 이틀 밤낮의 기억은 마르콜리나의 침대에서 꾸었던 꿈과 합쳐졌

다. 그리고 벌거벗은 두 사람이 푸른 초원에서 벌인 결투 역시 어째서
인지 모르지만 이 꿈에 속하게 되었다. 꿈속에서 그는 때때로 묘하게
도 카사노바가 아니라 로렌치였고, 승자가 아니라 패자였고, 도망치
는 자가 아니라 죽은 자였다. 그 창백한 젊은 몸 주위로 쓸쓸한 아침
바람이 살랑거렸다. 두 사람, 그 자신과 로렌치는, 거지처럼 자기 앞
에 무릎을 꿇은, 이리저리 미끄러지는 자줏빛 망토를 걸친 대평의회
의원들보다 현실적이지 않았고, 땅거미가 질 때 마차 안에 있던 자기
한테 적선을 받았던, 어느 다리 난간에 기댄 노인 못지않게 현실적이
었다. 카사노바가 자신의 판단력으로 체험과 꿈을 구별해낼 수 없었
다면, 그는 지금 마르콜리나의 품에 안겨 혼란스러운 꿈에 빠져 있는
거라고 착각했으리라. 그는 베네치아의 종탑을 보고서야 비로소 그
꿈에서 깨어났다.

여행 사흘째 되는 날, 그는 20년 넘게 그리워하던 종탑을 메스트레*
에서 다시 바라보았다. 외로이 솟아 있는 잿빛 석상 하나가 아득히 먼
데서 나타나듯이 어스름에서 눈앞에 불쑥 나타났다. 하지만 그는 젊
은 시절을 보낸 사랑하는 도시에서 여전히 두 시간 남짓 떨어져 있음
을 알고 있었다. 그는 마부에게 삯을 지불했다. 만토바에서 떠나온 후
로 그 마부가 네번째 마부인지 다섯번째인지 아니면 여섯번째인지 알
지 못했다. 그리고 짐을 날라주는 젊은이를 따라 초라한 거리를 지나
서둘러 항구로 갔다. 25년 전과 마찬가지로 여섯시에 베네치아로 출
발하는 상선을 타기 위해서였다. 배는 그가 오기만을 기다린 것 같았

다. 도시로 물건을 나르는 여자들, 소상인들, 수공업자들 사이에서 좁고 긴 의자에 자리를 잡자마자 배가 움직이기 시작했다. 하늘은 흐렸다. 해안호에 안개가 깔려 있었다. 썩은 물 냄새, 축축한 나무 냄새, 물고기의 비린내, 싱싱한 과일 냄새가 났다. 종탑은 점점 높이 솟아올랐고 공중의 다른 탑들도 형체가 뚜렷해졌으며 교회의 둥근 지붕들이 눈에 띄었다. 어느 지붕에서, 두 개의 지붕에서, 여러 개의 지붕에서 아침 햇살이 그를 향해 반짝거렸다. 집들은 서로 간격이 벌어지며 높아졌다. 크고 작은 배들이 안개를 뚫고 나왔다. 이 배에서 저 배로 인사가 오고 갔다. 주위에서 잡담을 주고받는 소리가 커졌다. 어린 여자아이가 포도를 사라고 내밀었다. 카사노바는 청포도를 먹어치우며 고향 사람들이 하는 방식대로 뒤쪽 뱃전에다 껍질을 뱉더니 어떤 사람과 이야기를 시작했다. 그 사람은 드디어 날씨가 좋아지기 시작하는 것 같다며 만족감을 표했다. 뭐라고, 여기는 사흘 동안 비가 왔다고? 카사노바는 전혀 몰랐다. 남쪽에서, 나폴리에서, 로마에서…… 왔으니까. 배는 어느새 교외의 운하들을 지나갔다. 지저분한 집들이 우중충한 창문으로 그를 빤히 바라보았다. 멍청한 낯선 눈이 바라보는 듯했다. 배는 두세 번 멈추었고, 몇몇 젊은이들, 커다란 서류 가방을 팔에 낀 어떤 남자, 그리고 광주리를 든 여자들이 내렸다. 이제 좀더 정겨운 구역에 들어섰다. 마르티나가 고백성사를 하러 갔던 교회가 아닌가? 그리고 이 교회에서 그는 죽을병에 걸린 창백한 아가테를 그의 방식으로 다시 혈색 좋고 건강하게 만들어주지 않았던가? 또 그곳에서 매력적인 실비아의 비열한 오빠를 실컷 패주지 않았던가? 그리고 저 측설 운하에 있는 작고 노란 집, 물에 씻겨내려간 그 집 계단에는 뚱뚱한 여자가 맨발로 서 있었다…… 그가 오랜 젊은 날의 어떤 광경을 떠올려야 할지 미처 생각하기도 전에, 배는 커다란 운하로 접어들더니 호화 저택들 사이의 넓은 수로를 천천히 지나갔다. 카사노바는 꿈 때문인지 며칠 전 바로 그 길을 지나간 듯한 기분이 들었다. 그는 리알토 다리에서 내렸다. 브라가디노 씨에게 가기 전에 근처의 아담하고 값싼 여관에 방을 잡고 짐을 놓아둘 작정이었기 때문이다. 여관 위치는 기억나지만 이름은 기억나지 않았다. 그 집은 자신이 기억하고 있는 것보다 낡았고, 적어도 더 방치되어 있었다. 수염도 깎지 않은 기분 나쁜 표정의 종업원이 그에게 별로 쾌적하지 않은 방을 하나 보여주었다. 창문도 없는 맞은편 집 담벼락이 바라다보이는 방이었다. 그렇지만 카사노바는 시간을 버리고 싶지 않았고 수중의 돈이 여행중에 거의 바닥났기 때문에 저렴한 방을 원했다. 그래서 당분간 이곳에 머물기로 마음을 정하고 긴 여정의 먼지와 더러움을 털어냈다. 그러고는 화려한 옷을 차려입어야 할지 잠시 곰곰이 생각하다가, 수수한 옷을 입는 게 좋겠다고 생각하며 드디어 여관을 나섰다. 조붓한 골목을 지나 다리를 건너, 브라가디노가 살고 있는 작고 우아한 호화 저택까지 가려면 백 보만 걸으면 되었다. 무척 뻔뻔스러운 얼굴의 젊은 하인은 카사노바가 찾아왔다는 말을 듣고도, 그 유명한 이름을 전혀 들어본 적 없는 것처럼 굴었다. 하지만 상냥해진 표정으로 주인의 방에서 다시 나와 손님을 들여보냈다. 브라가디노는 열린 창문 가까이로 옮겨놓은 식탁에 앉아 아침 식사를 하고 있었다. 그가 자리에서 일어나려 하자 카사노바가 만류했다.

"친애하는 카사노바," 브라가디노가 크게 이름을 불렀다. "자네를 다시 보다니, 얼마나 기쁜지 모르겠네! 그렇지. 우리가 다시 만나리라고 누가 생각이나 했겠나?"

그는 카사노바에게 두 손을 내밀었다. 카사노바는 입을 맞추려는 듯 브라가디노의 두 손을 잡았지만 그렇게 하지는 않았다. 그는 브라가디노의 진심 어린 환영에 대해, 약간 과장을 섞은 열렬한 감사의 말로 답례했다. 이런 상황에서 그의 표현 방식은 대체로 과장되어 있었다. 브라가디노는 그에게 앉으라고 권하고, 무엇보다도 아침 식사를 했느냐고 물었다. 카사노바가 아니라고 대답하자, 브라가디노는 종을 울려 하인을 부르더니 아침 식사를 가져오라고 지시했다. 하인이 물러난 뒤에는 카사노바에게 대평의회의 제안을 아무런 조건 없이 받아들여주어서 기쁘다는 의향을 밝혔다. 조국에 기꺼이 봉사하기로 한 결정은 카사노바에게 손해가 되지 않을 게 분명하다고 했다. 카사노바는 대평의회가 만족해한다면 자신도 기쁠 거라고 단언했다. 그는 이렇게 말하면서 자기의 생각을 정리했다. 물론 이제는 브라가디노에 대한 그 어떤 증오도 느껴지지 않았다. 단순해져버린 고령의 이 남자에게 오히려 일종의 연민이 생겼다. 하얀 수염은 숱이 적어지고 눈 언저리는 붉게 물든 노인이 그의 맞은편에 앉아 있었다. 카사노바가 그를 마지막으로 보았을 때, 그는 지금의 카사노바 정도의 나이였을 것이다. 물론 그 당시에도 브라가디노는 카사노바에게 노인처럼 보였다.

그때 하인이 아침 식사를 가져왔고, 카사노바는 한두 번 권유를 받자 아주 맛있게 먹었다. 여행중에는 여기저기서 가벼운 간식만 급히 먹곤 했기 때문이다. 그랬다. 그는 밤낮 없이 만토바에서 이곳까지 여행했다. 대평의회에 자신이 기꺼이 준비되어 있음을, 귀족 후원자에게 한없는 감사의 마음을 어서 빨리 보여주고 싶었기 때문이다. 그는 이 사실을 모락거리는 초콜릿을 후루룩거리며 먹는 자신의 점잖지 못한 식탐에 대한 변명으로 삼았다. 창문을 통해, 크고 작은 운하들에서 삶의 수천 가지 소음이 밀려들어왔다. 곤돌라 사공들의 외침이 한 소리가 되어 다른 모든 것 위를 떠다녔다. 그다지 멀지 않은 어딘가에서, 아마도 호화 저택―포가차리의 대저택이 아닐까?―맞은편에서, 꽤나 고음의 아름다운 여자 목소리가 콜로라투라*를 노래하고 있었다. 그 목소리는 무척 젊은 존재, 카사노바가 옥사에서 달아났던 당시에는 태어나지도 않았던 존재의 것임이 분명했다. 그는 비스킷과 버터, 계란, 식은 고기를 먹으며, 자신을 만족스럽게 바라보는 브라가디노에게 끝없는 식탐에 대해 계속 변명했다.

"나는 젊은 사람들이 식욕이 좋은 것을," 브라가디노가 말했다. "좋아한다네! 그리고 친애하는 카사노바, 내가 기억하는 한 자네는 그 점에서 결코 빠지지 않았네!"

브라가디노는 카사노바를 알게 된 처음 며칠 동안 그와 함께 즐겼던 식사를 기억해냈다. 함께 즐겼다기보다는 젊은 친구를 경탄하며 지켜보았다. 지금처럼. 그는 그 당시 식사를 제대로 할 수 있는 상태가 아니었다. 가련한 브라가디노의 피를 몸 밖으로 끝도 없이 빼내어 그를 거의 죽일 뻔한 의사를 카사노바가 내쫓은 직후였으니까……두 사람은 지나간 시절을 이야기했다. 그렇다―그 당시 베네치아에

서의 삶은 지금보다 좋았다.

"어디서나 그렇게 좋은 것은 아니었어요."

카사노바는 묘한 미소를 지으며 넌지시 옥사를 암시했다. 브라가디노는 지금은 그런 자잘하게 불쾌한 일들을 떠올릴 때가 아니라는 듯 손을 내저었다. 게다가 브라가디노는 그 당시에 카사노바가 처벌받지 않게 하려고 무진 애를 썼다. 유감스럽게도 소용없었지만 말이다. 그가 그 당시에 10인 위원회*에 속해 있었다면 좋았을 텐데!

그래서 두 사람은 정치적 사안에 대해 이야기하게 되었다. 카사노바는 자신의 관심사로 불이 붙으면 젊었던 시절의 재치와 생기를 온전히 되찾는 것처럼 보이는 이 노인을 통해, 베네치아 젊은이 일부가 다시 신봉하기 시작한 심상치 않은 정신사조와, 명백하게 드러나기 시작한 위험한 책동에 대해 여러 가지 특이한 점을 알게 되었다. 그리고 비참한 여관방에 처박혀, 그저 여러 번 놀란 마음을 달래기 위해 원고들을 정리하고 또 일부 태우기도 하면서 보낸 바로 그날 저녁에 산 마르코 광장의 카페 콰드리에 갔을 때, 그는 준비가 상당히 잘 되어 있었다. 그 카페는 자유사상가들과 혁명가들의 집결지로 통했다. 산 사무엘레 극장의 악장이었던 늙은 음악가가 카사노바를 바로 알아보았다. 카사노바는 30년 전에 그 극장에서 바이올린을 연주했다. 카사노바는 이 음악가를 통해 젊은 사람이 대다수인 이 무리에 아주 자연스럽게 소개되었다. 그 젊은이들의 이름은 아침에 브라가디노와 대화하며 특히 수상하다고 들은 바 있어 기억에 남아 있었다. 하지만 자

---

* 베네치아공화국의 중대한 국사를 비밀리에 처리하는 기관.

신의 이름은 그가 다른 사람들에게 당연히 기대하는 종류의 인상을 결코 주지 못하는 것 같았다. 정말이지 그들 대부분은 카사노바가 오래전에 어떤 이유로, 혹은 아무런 죄도 없이 감옥살이를 했고, 온갖 위험을 무릅쓰고 감옥에서 달아났다는 것 외에는 알지 못하는 게 분명했다. 그는 벌써 여러 해 전에 자신의 도주를 아주 실감나게 묘사한 소책자를 썼는데, 그 소책자가 잘 알려져 있기는 했지만, 그 유명세에 마땅한 관심을 갖고 읽은 사람은 없는 것 같았다. 카사노바는 이 젊은 신사들 각자에게 베네치아 감옥의 환경과 탈옥의 어려움을 가급적 빨리 개인적인 경험으로 와 닿게 하는 게 오직 자기에게 달려 있다고 생각하니 약간 재미가 있었다. 하지만 그가 이렇게 심술궂은 생각을 넌지시 드러내거나 짐작하게 만들 리 없었다. 오히려 그는 이곳에서도 악의 없이 상냥한 사람의 역할을 할 줄 알았고, 얼마 전 로마에서 이곳으로 여행하면서 겪은 온갖 유쾌한 모험들에 대해 자기 방식대로 이야기해서 그곳에 모인 사람들을 금세 즐겁게 해주었다. 모험에 대한 이야기는 대체로 사실에 가까웠지만 실제 15년 내지 20년 전 일들이었다. 사람들이 흥분해서 그의 말에 귀를 기울이고 있는데, 어떤 사람이 새로운 소식을 전했다. 만토바 출신 장교가 방문차 머물렀던 친구의 영지 근처에서 살해되었고 강도들이 속옷까지 몽땅 가져갔다는 것이다. 그 시절에는 이런 습격과 살인이 드물지 않았기 때문에, 사건은 이 모임에서도 특별한 관심을 끌지 못했다. 그래서 카사노바는 끊긴 대목에서 이야기를 이어나갔다. 다른 사람들처럼 자기도 그 사건과 관계없다는 듯 말이다. 그는 단지 고백하지 않았을 뿐인 불안에서 정말로 벗어났기에, 전보다 유쾌하고 대담하게 말했다.

그가 새로 알게 된 사람들과 대충 작별 인사를 하고, 동행 없이 넓고 황량한 광장에 들어섰을 때는 자정이 지나 있었다. 광장 위로는 안개가 짙게 깔린 하늘이 걸려 있었다. 하늘에 별은 없었지만 빛이 쉼없이 어른어른거렸다. 그는 이 시간에 이 길을 다시 걷게 된 게 25년 만이라는 사실조차 의식하지 못한 채 몽유병자처럼 태연하게, 어두운 담벼락 사이 좁은 골목길을 지나, 영원한 대양으로 이어지는 거무스름한 운하들 위 좁은 다리를 건너 초라한 여관으로 가는 길을 찾아냈다. 그가 몇 번이나 두드리자 여관 문은 느릿느릿 마지못해 열렸다. 그리고 몇 분 뒤, 사지를 내리누르는 고통스러운 피로를 느끼면서도 피로를 풀지 않은 채, 존재의 가장 깊숙한 곳에서 올라오는 듯한 쓴 뒷맛을 입술에 느끼면서, 반만 벗은 몸을 불편한 침대에 던졌다. 추방되고 25년 만에 무척 오랫동안 갈망해오던 고향에서의 첫날밤에 잠을 이루기 위해서였다. 그 잠은 아침이 밝아올 때 늙은 모험가를 가엾게 여겨 드디어 꿈도 꾸지 않고 아무것도 느끼지 못하게 했다.

카사노바가 페르네에 있던 볼테르를 방문한 것은 사실이다. 하지만 이 노벨레에서 이 방문과 연관된 모든 추론, 특히 카사노바가 볼테르를 겨냥한 논박서에 매달려 있었다는 추론은 역사적 사실과 아무런 상관이 없다. 카사노바가 쉰 살에서 예순 살 사이에 고향 베네치아에서 부득이 첩보 활동을 할 수밖에 없었다고 본 것은 역사적으로 근거가 있다. 노벨레가 진행되면서 부수적으로 언급되는, 이 유명한 모험가가 일찍이 체험한 다른 많은 일에 대해서는 『회상록』에서 더 상세하고 믿을 만한 보고들을 찾을 수 있다. 그 밖에 「카사노바의 귀향」은 전부 지어낸 이야기이다.

아르투어 슈니츨러

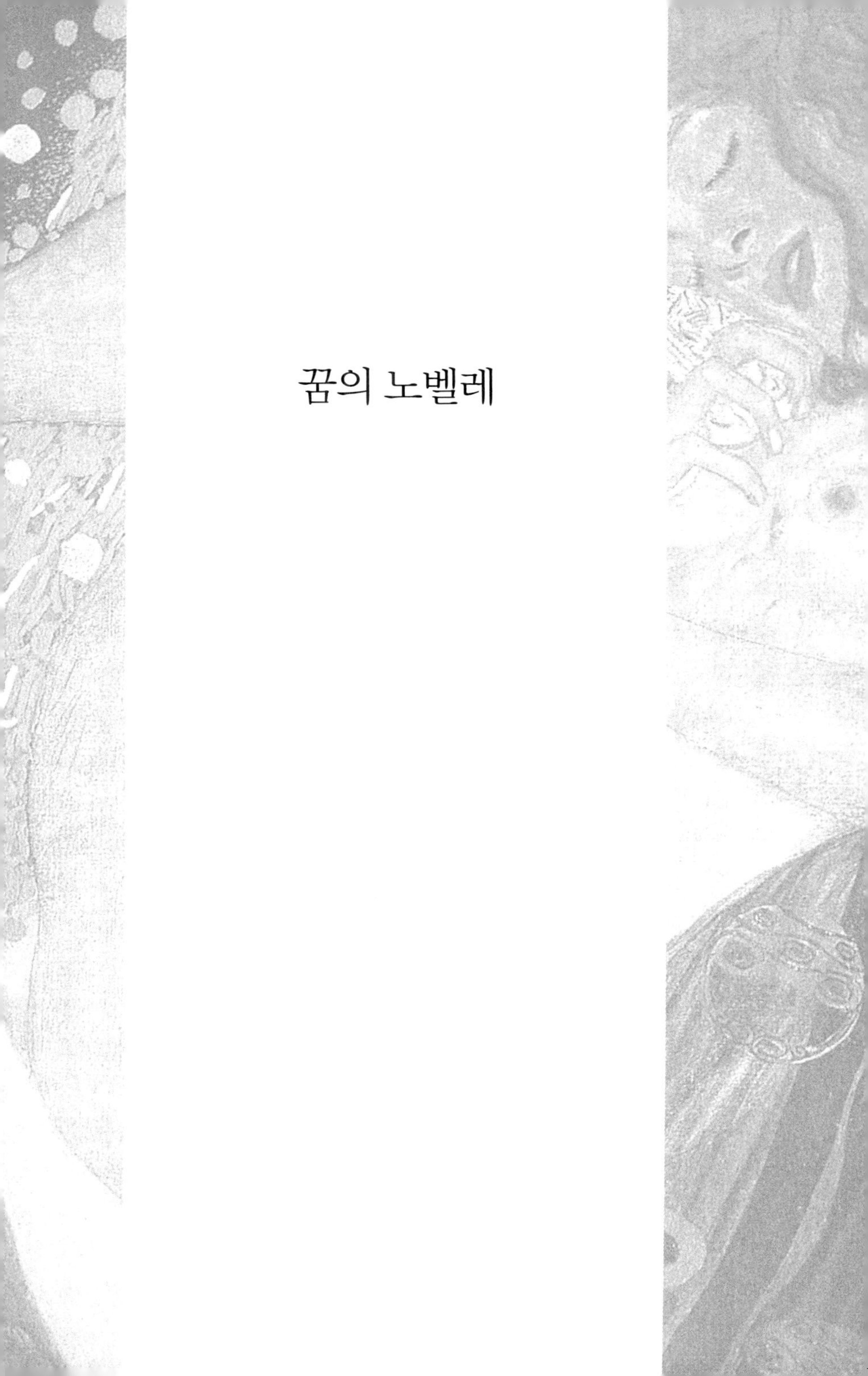

꿈의 노벨레

1

"햇빛에 그을린 갈색 피부의 노예 스물네 명이 호화 갤리선의 노를 저었어요. 암기아트 왕자님을 칼리프*의 궁전으로 모셔가는 길이었지요. 왕자님은 별이 총총히 박힌 검푸른 밤하늘 아래서 자줏빛 망토로 몸을 감싼 채 갑판 위에 홀로 누워 있었고, 시선은—"

어린 딸아이는 이 대목까지 큰 소리로 읽었다. 그리고 곧바로, 갑작스럽다고 할 만큼 스르르 딸아이의 눈이 감겼다. 부모는 미소 지으며 서로를 바라보았다. 프리돌린은 딸에게 몸을 굽혀 금발 머리에 입을 맞추고는, 미처 치우지 못한 식탁 위의 책을 탁 덮었다. 아이는 잘못하다 들킨 표정으로 쳐다보았다.

---

* 이슬람 제국 주권자의 칭호.

"아홉시야." 아빠가 말했다. "잠자러 갈 시간이야." 그때 알베르티네도 아이에게 몸을 구부렸고, 사랑받는 아이의 이마에서 부모의 손이 만났다. 이제 아이에게만 향하는 게 아닌 다정한 미소, 눈길이 마주쳤다. 보모가 들어왔고, 부모님께 안녕히 주무세요 하고 인사하라고 아이에게 상기시켰다. 아이는 순순히 일어나 아빠와 엄마에게 입술을 내밀어 뽀뽀하고, 보모에게 이끌려 얌전히 방에서 나갔다. 이제 천장에 매달린 붉은 등 아래 둘만 남게 된 프리돌린과 알베르티네는 저녁 식사 전에 시작한 이야기를 불현듯 다시 끄집어냈다. 어제 가장 무도회에서 겪은 일들에 대한 것이었다.

그것은 올해 그들이 참여한 첫번째 무도회였다. 그들은 카니발이 끝나기 직전에야 무도회에 가기로 결정을 내렸다. 프리돌린에 관해 말하자면, 그는 홀에 들어서자마자 빨간색 수도복을 걸친 두 사람에게, 초조하게 기다리던 친구라도 되는 듯 환영받았다. 그들은 그의 대학 시절과 병원 근무 시절의 온갖 일들을 이상하리만치 정확하게 알고 있었지만, 그는 그들이 누구인지 분명히 알 수 없었다. 그들은 뭔가를 기대하게 만드는 친절함으로 그를 특별석으로 안내했다. 그리고 가면 복장을 벗고 곧 돌아오겠다는 약속을 한 뒤 그 자리를 떠났다. 하지만 너무 오랫동안 돌아오지 않자 초조해진 그는 1층으로 가고 싶었다. 그곳에서 수상쩍은 두 사람을 다시 만나기를 바랐다. 그는 잔뜩 긴장한 채 주위를 두리번거렸지만 어디에서도 그들을 볼 수 없었다. 그런데 그들 대신 뜻밖에 어떤 여자가 그의 팔에 매달렸다. 아내였다. 그녀는 방금 모르는 남자에게서 갑작스레 빠져나온 참이었다. 그는 멜랑콜리하면서도 거만한 태도와 폴란드 악센트처럼 들리는 이국적인 악센트로 처음엔 그녀의 마음을 사로잡았지만, 뜻밖에 음란하고 뻔뻔스러운 말을 내뱉어서 느닷없이 그녀를 화나게 하고, 정말이지 경악하게 했다. 실망스러울 정도로 진부한 가면놀이에서 벗어나 정녕 기분이 좋아진 남편과 아내는 이내 한 쌍의 연인처럼 사랑에 빠진 다른 연인들 사이에 앉아 식당에서 굴과 샴페인을 들었다. 그리고 이제 막 서로 알게 된 사람들처럼 즐겁게 잡담을 나누다가, 예의를 갖추고 저항하고 유혹하고 승낙하는 희극에 빠져들었다. 그러고는 급히 마차를 타고 하얀 겨울밤을 가로질러 집으로 가서 서로의 팔에 안겨, 오랫동안 느껴보지 못한 뜨거운 사랑의 행복을 맛보았다. 잿빛 아침이 너무 빨리 찾아와 그들을 깨웠다. 직업상 남편은 이른 새벽에 벌써 환자의 침상으로 가야 했다. 가정주부이자 엄마로서 해야 할 일들 때문에 알베르티네도 좀처럼 더 오래 쉬지는 못했다. 그래서 시간들은 일상의 의무와 노동 속에서 예정된 대로 무미건조하게 지나갔다. 지난밤은 시작과 마찬가지로 끝도 희미해져갔다. 그리고 두 사람이 하루 일과를 끝마치고, 아이가 잠자리에 들고, 그 무엇에도 방해받지 않을 지금에야, 멜랑콜리한 미지의 남자와 빨간색 수도복을 입은 사람들 등 가장무도회의 환영들이 다시 현실로 떠올랐다. 그리고 전날 밤의 보잘것없는 체험들은 일탈의 기회를 놓쳐버렸다는 아쉬움을 불러일으킨 때문인지 돌연 매혹적이고도 고통스러운 기억이 되었다. 악의는 없지만 음흉한 질문들이, 약삭빠르고 모호한 대답들이 오갔다. 두 사람 모두 상대방이 완전히 솔직하지는 않다는 사실을 모를 리 없었다. 그래서 둘 다 약간 복수하고 싶은 기분이 들었다. 그들은 가장무도회에서 누군지 모르는 파트너가 풍겼을 매력의 정도를 과장했고, 상대

방이 질투 어린 흥분을 드러내면 놀리며 자신은 흥분하지 않았다고 부인했다. 그들은 그렇게 지난밤의 아무것도 아닌 모험에 대해 가볍게 잡담을 하다가, 짐작조차 못했던 숨겨진 욕망에 관해 더 진지한 대화에 빠져들었다. 그 욕망은 가장 깨끗하고 순수한 마음속으로 음울하고 위험한 회오리바람을 몰아갈 수 있는 것이었다. 그들은 비밀스러운 영역들에 대해 이야기를 나누었다. 갈망해본 적은 없지만, 운명이라는 이해할 수 없는 바람 때문에 언젠가, 꿈속에서라도 닿을지 모를 영역들에 대해서 말이다. 그들의 감정과 의식이 서로에게 완전히 속하게 되면서, 모험과 자유 그리고 위험의 숨결이 자신들을 건드린 게 어제가 처음이 아님을 알았기 때문이다. 불안하게, 자학적으로, 불순한 호기심으로, 그들은 상대방에게서 고백을 끌어내려고 애썼다. 그리고 소심하게 서로 더 가까이 다가가며, 각자 자신 안에서, 중요치 않아 보이더라도 그 어떤 사실을, 아무것 아닌 듯 보이더라도 하나의 체험을 찾아냈다. 그 체험이야말로 이루 형언할 수 없는 것에 대한 표현일 수 있어서, 솔직한 고백을 통해 그들은 어쩌면 긴장으로부터, 점차 견디기 어려워진 불신으로부터 해방될지도 모를 일이었다. 두 사람 중 알베르티네가 더 조급하고 더 솔직한 사람이었든지 아니면 더 관대한 사람이었든지 그녀가 먼저 터놓고 고백할 용기를 냈다. 그녀는 약간 흔들리는 목소리로 그 젊은 남자를 기억하느냐고 프리돌린에게 물었다. 지난여름 어느 저녁에 덴마크의 해변에서 두 장교와 함께 옆 테이블에 앉아 있었던, 저녁 식사 도중에 전보를 받고 친구들과 급히 작별했던 남자를.

프리돌린은 고개를 끄덕였다. "그 남자가 어땠기에?" 그가 물었다.

"나는 그 남자를 이미 그날 아침에 본 적이 있었어요." 알베르티네가 대답했다. "노란 손가방을 들고 서둘러 호텔 계단을 오르고 있었어요. 그는 나를 힐끔 훑어보더니 계단을 더 올라가서 걸음을 멈추고 나한테 몸을 돌렸어요. 그래서 눈길이 마주칠 수밖에 없었죠. 그는 미소 짓지 않았어요. 그랬어요. 오히려 얼굴이 어두워지는 것 같았어요. 그리고 내게도 아마 비슷한 일이 일어났을 거예요. 그때까지 내 마음이 그렇게 사로잡힌 적은 없었으니까요. 나는 온종일 몽상에 잠겨 해변에 누워 있었어요. 그가 나를 부른다면—나는 그럴 거라고 생각했어요—뿌리칠 수 없었을 거예요. 나는 모든 각오가 되어 있다고 믿었어요. 당신, 아이, 나의 미래를 포기하기로 결심한 거나 다름없다고 생각했어요. 그러자 동시에—당신이 그것을 이해할까요?—당신이 그 어느 때보다 소중해졌어요. 우리는 바로 그날 오후에 우연히도 수천 가지 일들에 대해, 우리가 함께할 미래와 아이에 대해 정말 오랜만에 아주 친밀하게 담소를 나누었어요. 그걸 당신은 분명히 기억할 거예요. 해 질 녘에 우리는 발코니에 앉아 있었죠. 당신과 내가. 그때 발코니 아래의 그가 해변을 지나갔지만 위쪽을 쳐다보지는 않았어요. 난 그를 봐서 행복했죠. 하지만 당신의 이마를 어루만지고 당신의 머리에 입을 맞추었어요. 그 순간 당신에 대한 나의 사랑에는 대단히 쓰라린 연민이 담겨 있었어요. 저녁에 나는 무척 아름다웠죠. 당신이 내게 직접 그렇게 말했잖아요. 나는 흰 장미 한 송이를 허리띠에 달았어요. 그 낯선 남자가 친구들과 함께 우리 가까이 앉아 있었던 것은 우연이 아니었을 거예요. 그 남자는 내가 있는 쪽을 바라보지 않았어요. 하지만 나는 머릿속으로 자리에서 일어나 그 남자의 테이블로 가서 이렇게 말하려 했죠. 내가 고대하던 분, 나의 연인이여, 내가 여기 있어요. 나를 데리고 가세요. 그런 생각을 하고 있는데 그에게 전보가 왔어요. 그는 전보를 읽고 얼굴이 창백해지더니, 두 명의 장교 중 젊은 쪽에게 몇 마디 속삭였어요. 그리고 수수께끼 같은 눈빛으로 나를 힐끗 쳐다 보고는 홀을 떠났어요."

"그래서?" 그녀가 침묵하자, 프리돌린이 무뚝뚝하게 물었다.

"그 이상은 없어요. 내가 아는 것은 다만, 내가 다음 날 아침에 어느 정도 두려움을 안고 깨어났다는 것뿐이에요. 무엇이 더 두려웠는지는 모르겠어요. 그 남자가 떠난 것이 두려웠는지, 아니면 그 남자가 아직 거기에 있을지도 모른다는 것이 두려웠는지는. 그 당시에도 그걸 몰 랐어요. 그런데 그 남자가 낮에도 나타나지 않자, 나는 안도의 숨을 쉬었죠. 프리돌린, 나는 당신에게 진실을 모두 말했어요. 그리고 당신 도 그 해변에서 뭔가를 경험했죠. 난 알고 있어요."

프리돌린은 일어나서 방 안을 몇 번 왔다갔다한 다음 말했다. "당 신 말이 맞아." 그는 얼굴을 어둠 속에 묻은 채 창가에 서 있었다. "아 침마다," 그가 뭔가를 숨기는 듯한, 약간 적의에 찬 목소리로 말을 시 작했다. "때때로 아주 일찍, 당신이 일어나기 전에 해안을 따라 산책 을 하곤 했어. 그곳을 벗어나서 말이야. 아주 이른 시간이었는데도 태 양은 벌써 바다 위에 밝고 강렬하게 빛나고 있었지. 저 바깥 바닷가에 는 자그마한 별장들이 있었어. 당신도 알다시피, 거기 있는 별장들은 저마다 그 자체로 하나의 작은 세계였어. 나무판자 울타리가 쳐진 정 원이 딸린 별장들이 있는가 하면, 숲으로만 둘러싸인 별장들도 많았 어. 이 별장들과 해수욕장 방갈로 사이에 지방도로와 거리가 좀 되는 해변이 펼쳐져 있었어. 그렇게 이른 시간에 사람들과 마주치는 일은 거의 없었어. 수영하는 사람들도 전혀 볼 수가 없었지. 그런데 어느 날 아침 별안간 어떤 여자의 형체가 보였어. 조금 전까지도 보이지 않았는데. 그 형체가 모래에 말뚝을 박아 세운 어느 방갈로의 좁다란 테라스에서 한 발 한 발 발을 떼며 조심조심 앞으로 나아갔어. 팔은 뒤쪽 나무 벽을 향해 뻗은 채 말이야. 금발을 풀어헤친 열다섯 살쯤 된 어린 여자아이였지. 머리가 양어깨로 흘러내렸는데, 한쪽 어깨로 흘러내린 머리가 부드러운 가슴까지 내려왔어. 여자아이는 눈앞의 물을 바라보다가, 눈을 내리깐 채 벽을 따라 미끄러지듯 다른 쪽 구석을 향해 천천히 걷더군. 그리고 갑자기 나와 정면으로 마주 서게 되었어. 더 안전하게 달라붙으려는 듯 벽을 향해 팔을 뒤로 뻗어 붙잡다가 갑자기 나를 올려다보게 된 거야. 그녀는 몸을 떨었어. 주저앉거나 달아날 것만 같았지. 하지만 그녀는 단호히 동작을 멈추었어. 좁은 널빤지에서는 아주 천천히 움직일 수밖에 없었으니까. 처음에는 깜짝 놀란 듯하더니 그다음에는 화가 난 듯, 마침내는 당황한 표정으로 서 있었어. 그런데 그녀가 갑자기 미소를 지었지. 미소가 기막히게 아름다웠어. 그것은 인사였어. 정말 눈인사였어—비웃음도 약간 담겨 있었지. 그러면서 그녀는 자기와 나 사이에 있는 물을 발로 아주 슬쩍 건드리더군. 그러고는 젊고 날씬한 몸을 곧추세웠어. 자기 아름다움에 만족하는 것 같았지. 그리고, 예상했겠지만, 자기에게 향하는 내 시선의 광채를 느끼고는 자극을 받았는지 당당하고 귀여운 모습이었어. 우리는 그렇게 서로 마주 보고 서 있었어. 10초 정도. 입을 반쯤 벌리고 눈을 반짝거리면서 말이야. 엉겁결에 나는 그녀에게 팔을 뻗었어. 그녀의 눈빛에는 탐닉과 기쁨이 담겨 있었지. 그런데 갑자기 머리를 세차게 흔들더니 벽에서 팔을 떼고는 명령하듯 손짓했어. 떠나라고 말이야. 내가 당장 그녀의 뜻을 따르지 않자, 놀라서 크게 뜬 그녀의 눈에 부탁과 애원의 빛이 어렸어. 그래서 나는 별수 없이 몸을 돌렸지. 가능한 한 서둘러 길을 갔어. 한 번도 그녀 쪽을 돌아보지 않았지. 배려나 그녀의 명령이나 기사도 때문이 결코 아니었어. 그녀의 마지막 눈빛에서 내가 여태껏 체험한 모든 것을 넘어서는 흥분을 느꼈기 때문이었어. 실신할 지경이었지." 그리고 그는 입을 다물었다.

"그리고 그후에 얼마나 자주," 알베르티네가 앞을 똑바로 바라보며 말에 힘을 주지 않은 채 물었다. "같은 길을 갔어요?"

"당신에게 이야기한 건," 프리돌린이 대답했다. "우리가 덴마크에 머물던 마지막 날에 우연히 일어난 일이야. 상황이 달랐더라면 어떻게 되었을지 나도 모르겠어. 알베르티네, 당신도 더는 묻지 마요."

그는 여전히 창가에 서서 꼼짝하지 않았다. 알베르티네가 몸을 일으켜 그에게 다가갔다. 그녀의 눈은 촉촉했고 어두웠으며, 이마에는 살짝 주름살이 잡혀 있었다. "그런 일이 있으면 앞으로는 즉시 서로 이야기하기로 해요." 그녀가 말했다.

그가 말없이 고개를 끄덕였다.

"약속해줘요."

그는 그녀를 끌어안았다. "당신, 그걸 말로 안 하면 모르겠어?" 그가 물었다. 그러나 그의 목소리는 여전히 무뚝뚝했다.

그녀는 그의 손을 어루만지며 눈물 어린 눈으로 그를 바라보았다. 그 눈을 깊이 들여다보던 그는 그녀의 생각을 읽어낼 수 있었다. 그녀는 그의 다른 체험들을 생각하고 있었다. 더 구체적으로는 그의 총각 시절 체험들을 생각하고 있었다. 그녀는 그 체험들 대부분을 소상히 알고 있었다. 신혼 초 몇 년 동안 그는 그녀의 질투 어린 호기심을 채워주느라 너무 고분고분 많은 것을 털어놓았고, 차라리 비밀로 간직하는 게 더 나았으리라 생각되는 것까지 누설했기 때문이다. 그는 이 순간 많은 기억이 어쩔 수 없이 그녀의 마음속을 파고들고 있음을 알았다. 그래서 그녀가 그가 젊었을 때 사귀었던 애인들 가운데 반쯤 잊고 지내던 한 여자의 이름을 마치 꿈꾸듯 입 밖에 냈을 때 별로 놀라지 않았다. 그런데 그 이름은 그에게 비난처럼, 아니 가벼운 협박처럼 들렸다.

그는 그녀의 손을 자기 입술에 갖다 댔다.

"각각의 존재 속에서—진부하게 들리더라도 내 말을 믿어요—내가 사랑한다고 생각한 각각의 존재 속에서, 난 항상 당신만 찾았어. 알베르티네, 당신은 잘 이해하지 못하겠지만 난 잘 알아."

그녀가 침울하게 미소 지었다. "나도 나 좋을 대로, 우선 남자를 찾으러 다녔다면요?" 그녀가 말했다. 그녀의 눈빛이 변했다. 차갑고 속을 헤아리기가 어려웠다. 그는 그녀의 손이 자기 손에서 미끄러져나가게 두었다. 마치 그녀가 거짓말하고 배신하는 현장을 덮친 것처럼. "아, 당신들이 안다면……" 그녀는 이렇게 말하고는 다시 입을 다물었다.

"우리가 안다면이라니? 당신, 무슨 말을 하려는 거야?"

그녀는 이상하게도 딱딱한 어조로 대꾸했다. "여보, 당신이 생각하고 있는 것과 대충 비슷해요."

"알베르티네, 그럼, 내게 숨긴 게 있는 거야?"

그녀는 고개를 끄덕였고, 이상야릇한 미소를 지으며 앞을 바라보았다.

그의 마음속에서 뭔지 모를 어처구니없는 의심이 일었다.

"제대로 알아들을 수가 없군." 그가 말했다. "우리가 약혼했을 때 당신은 열일곱 살도 채 안 되었잖아."

"맞아요, 프리돌린. 열여섯 살이 지났을 때였어요. 그런데,"─그녀는 그의 눈을 해맑게 들여다보았다─"순결한 처녀의 몸으로 당신의 아내가 되는 게 내게는 중요하지 않았어요."

"알베르티네!"

그리고 그녀가 이야기했다.

"뵈르터 호숫가에서였어요. 프리돌린, 우리가 약혼하기 직전이었죠. 어느 아름다운 여름날 저녁에 정말 잘생긴 젊은 남자가 드넓은 초원이 내다보이는 내 창가에 서 있었어요. 우리는 잡담을 나눴어요. 그러면서 나는 생각했죠. 내가 무슨 생각을 했는지 듣기만 해줘요. 이 젊은 남자는 얼마나 사랑스럽고 매력적인가. 그는 이제 한마디 말만 하면 돼. 물론 제대로 된 말이어야겠지만. 그러면 나는 그가 있는 초원으로 나가서, 그가 좋아하는 곳이면 어디든─아마도 숲으로─그와 함께 산책할 텐데. 아니, 작은 배를 타고 호수로 나가는 게 더 멋질 거야. 그러면 그는 이 밤에, 원하기만 하면 내게서 모든 것을 가져갈 수 있을 텐데. 정말로, 나는 그렇게 생각했어요. 그런데 그는, 그 매력적인 젊은 남자는 그런 말을 입 밖에 내지 않았어요. 그는 내 손에 그저 부드럽게 입을 맞추었어요. 그리고 그다음 날 그가 내게 물었어요.

자기 아내가 되겠느냐고. 그래서 나는 네, 하고 말했어요."

프리돌린은 불쾌한 표정으로 그녀의 손을 놓아버렸다. "그럼 그날 저녁에," 그가 말했다. "우연히 다른 남자가 당신의 창가에 서 있었고, 제대로 된 말이 그의 머리에 떠올랐다면. 예를 들면—" 그는 어떤 이름을 대야 할지 곰곰이 생각했다. 그때 그녀가 그만하라는 듯 팔을 앞으로 내밀었다.

"그게 누구였든 그 다른 남자는 자기가 하려는 말을 했겠죠. 그래봤자 그 남자에게 별 도움이 되지 않았을 거예요. 그리고 창문 앞에 서 있던 그 남자가 당신이 아니었다면"—그녀가 갑자기 미소를 지어 보였다—"그렇다면 그 여름밤도 그렇게 아름답지 않았을 거예요."

그는 비웃듯이 입을 비죽거렸다. "당신은 이 순간에는 그렇게 말하고 있고, 아마도 이 순간에는 그렇게 믿겠지. 하지만—"

그때 문을 두드리는 소리가 났다. 하녀가 들어와서 슈라이포겔 골목의 여집사가 찾아왔다고 전해주었다. 고문관의 상태가 다시 몹시 나빠지고 있어서 의사선생님을 모셔가려고 왔다는 것이다. 프리돌린은 현관으로 갔다. 여집사가 말하길, 고문관이 심장 발작을 일으켜 상태가 매우 좋지 않다고 했다. 그는 지체 없이 가겠다고 약속했다.

"당신, 가려고요?" 프리돌린이 급히 떠날 준비를 하자 알베르티네가 물었다. 그가 그녀에게 일부러 부당한 짓이라도 했다는 듯 화난 어조였다.

프리돌린은 놀란 듯한 표정으로 대답했다. "가야 하잖소."

그녀는 살짝 한숨을 쉬었다.

"아마 그렇게 나쁘진 않을 거요." 프리돌린이 말했다. "지금까지 심장 발작을 일으킬 때마다 모르핀 30밀리그램으로 가라앉혔거든."

하녀가 모피 코트를 가져왔다. 프리돌린은 조금 전의 대화가 어느새 기억에서 말끔히 지워진 것처럼 꽤나 멍한 상태로 알베르티네의 이마에 키스를 하고는 서둘러 집을 나섰다.

2

그는 길에서 모피 코트를 열어젖혔다. 갑자기 날씨가 풀려서 보도 위의 눈은 거의 다 녹았고, 다가오는 봄의 기운이 공기에 실려왔다. 종합병원에서 가까운 요제프슈타트 구역의 프리돌린 집에서 슈라이포겔 골목까지는 채 15분이 걸리지 않았다. 프리돌린은 곧장 빛이 잘 들지 않는 나선형 계단을 따라 낡은 주택 3층으로 올라가 초인종 줄을 잡아당겼다. 그런데 고풍스러운 종소리가 울리기도 전에, 그는 문이 잠겨 있지 않음을 알아챘다. 불빛이 없는 현관을 지나 거실로 들어가자마자 그는 자신이 너무 늦게 왔음을 깨달았다. 낮은 천장에 매달린, 녹색 갓을 씌운 석유램프가 이불 위로 흐릿한 빛 한 줄기를 던졌다. 이불 밑에 홀쭉한 몸 하나가 쭉 뻗은 채 미동도 하지 않고 누워 있었다. 죽은 사람의 얼굴은 그늘에 가려져 있었다. 그러나 프리돌린은 그 얼굴을 너무도 잘 알고 있어서 아주 똑똑히 보이는 것 같았다. 수척하고, 주름이 많고, 이마가 훤하고, 덥수룩한 수염은 하얗고 짧으며, 흰 털이 난 귀는 유난히 못생겼다. 고문관 딸인 마리안네는 몹시 피곤한 듯 팔을 축 늘어뜨린 채 침대 발치에 앉아 있었다. 낡은 가구, 약품, 석유, 음식 냄새가 풍겼다. 오드콜로뉴 향수와 장미비누 냄새도 약간 났다. 프리돌린은 어쩐지 이 창백한 아가씨에게서 아무 맛 없이 달착지근한 냄새를 느꼈다. 그녀는 아직 젊건만, 몇 달 전부터 아니 몇 년 전부터 힘든 집안일과 진 빠지는 간호와 밤샘으로 서서히 시들어갔다.

의사가 방에 들어서자 마리안네는 그를 바라보았다. 하지만 조명이 형편없어서 평소에 자기가 나타날 때처럼 그녀의 뺨이 붉어졌는지 그는 미처 보지 못했다. 그녀는 자리에서 일어나려 했지만, 프리돌린은 손짓으로 만류했다. 그녀는 커다랗고 침울한 눈으로 고개 숙여 인사했다. 그는 침대 머리맡에 다가가 죽은 사람의 이마를 기계적으로 짚어보고, 풀어헤친 헐렁한 셔츠 바람으로 이불 위에 놓여 있는 팔을 만져보았다. 그는 넌지시 유감을 표하며 어깨를 숙이고는 모피 코트 주머니에 손을 찔러넣은 채, 방 안 여기저기를 두리번거렸다. 마침내 시선이 마리안네에게 머물렀다. 숱 많은 금발은 윤기가 없었고, 예쁘고 가는 목은 주름이 아예 없지 않은데다 핏기 없이 노르께했으며, 가늘게 앙다문 입술은 못다 한 말이 많은 것처럼 보였다.

"자," 프리돌린이 당황한 듯 속삭였다. "아가씨, 준비가 안 된 상태로 일을 당한 것은 아니겠죠."

마리안네가 그에게 손을 내밀었다. 그는 연민이 가득한 표정으로 그녀의 손을 잡고, 의사의 의무에 따라 치명적인 마지막 발작의 진행 과정을 물었다. 그녀는 사실대로 짧게 설명한 다음, 비교적 상태가 좋았던 마지막 며칠에 대해 말했다. 프리돌린이 환자를 보지 않았던 시기였다. 프리돌린은 의자를 끌어당겨 마리안네 맞은편에 앉았다. 그리고 그녀에게 아버지는 임종 때 거의 고통받지 않았을 거라고 위로했다. 그런 다음에 친척들에게 알렸느냐고 물었다. 마리안네는 그렇다고 했다. 여집사가 숙부에게 알리러 벌써 떠났고, 적어도 뢰디거 박사는 곧 올 거라고 했다. "제 약혼자예요." 그녀는 이 말을 덧붙이고, 프리돌린의 눈이 아닌 이마를 바라보았다.

프리돌린은 고개만 끄덕였다. 그는 뢰디거 박사를 한 해에 두세 번 이 집에서 만났다. 비쩍 마르고 창백한 젊은이로 짧고 덥수룩한 금빛 수염을 길렀고 안경을 꼈다. 빈 대학에서 역사를 가르치는 강사였는데, 프리돌린은 그가 꽤 마음에 들었지만 그 이상의 흥미를 불러일으키지는 못했다. 마리안네가 내 애인이라면 몰골이 확실히 더 나아 보였을 텐데, 하고 그는 생각했다. 머리칼은 덜 메마르고, 입술은 더 붉고 도톰했을 텐데. 그녀는 몇 살일까? 그는 계속 스스로에게 물었다. 내가 고문관 집에 처음 불려왔을 때, 그러니까 3, 4년 전에 그녀는 스물세 살이었어. 그때만 해도 어머니가 살아 있었지. 어머니가 살아 있었을 때는 더 명랑했는데. 잠깐이지만 노래 수업도 받지 않았던가? 그럼 이 강사와 결혼하겠군. 왜일까? 그에게 반하지 않은 것은 확실하고, 그가 돈이 많은 것 같지도 않은데. 결혼생활이 어떻겠어? 아마 그렇고 그렇게 되겠지. 그게 나와 무슨 상관이야. 어쩌면 그녀를 다시는 못 보겠지. 이제 내가 이 집에서 할 일은 없으니까. 아, 내가 두 번 다시 만나지 못한 사람들이 얼마나 많은가. 그녀보다 그 사람들과 더 친했는데도 말이다.

머릿속으로 이런 생각을 하고 있는데, 마리안네가 죽은 아버지에 대해 말하기 시작했다. 죽음이라는 단순한 사실로 인해 그가 갑자기 주목할 만한 인간이 되기라도 한 듯 심금을 울리는 어조였다. 그러니까, 그가 정말 쉰네 살밖에 안 되었나? 물론이다. 근심과 실망이 잦았고, 아내는 늘 병치레를 했고, 아들은 걱정을 너무도 많이 끼쳤다! 뭐라고? 그녀에게 오빠가 있다고? 맞다. 그녀가 한 번 의사에게 이야기한 적이 있다. 오빠는 지금 외국 어딘가에 산다. 저기 마리안네의 골방에 오빠가 열다섯 살 때 그린 그림이 한 점 걸려 있다. 언덕을 달려 내려가는 장교의 모습이었다. 그녀의 아버지는 언제나 그 그림이 보이지 않는 것처럼 행동했다. 하지만 잘 그린 그림이었다. 환경이 좀더 좋았더라면 오빠는 진작 성공했을 거라고 했다.

그녀는 얼마나 흥분해서 말하는가, 하고 프리돌린은 생각했다. 그리고 눈은 얼마나 빛나는가! 열이 있나? 그럴 수도 있어. 그녀는 요즘 들어 더 수척해졌다. 아마 폐첨 카타르일 거야.

그녀는 말을 계속했다. 그러나 그가 보기에 그녀는 누구에게 말하고 있는지조차 제대로 알지 못하는 것 같았다. 어쩌면 그녀 자신에게 말하고 있는지도 모른다. 그녀의 오빠가 집을 떠난 지 12년이나 되었다. 오빠가 갑자기 사라졌을 때 그녀는 아직 어린아이였다. 4년인가 5년 전 크리스마스 때 오빠한테서 마지막으로 소식이 왔다. 이탈리아의 어느 소도시에서였다. 이상하게도 그녀는 그 도시의 이름을 잊어버렸다. 그렇게 그녀는 말할 필요도 없고 상관도 거의 없는 무관한 일들을 잠시 더 이야기하더니 갑자기 입을 다물었다. 이제는 양손에 머리를 파묻고는 말없이 앉아 있었다. 프리돌린은 피곤한데다 지루하기까지 해서, 그녀의 친척이든 약혼자든 누군가 와주기를 간절히 기다렸다. 방 안의 침묵이 무겁게 압박해왔다. 죽은 사람이 그들 곁에서 침묵하고 있는 것 같았다. 이제 더는 말을 할 수 없기 때문이 아니라 의도적으로, 그리고 악의적인 기쁨으로 그러는 것 같았다.

그리고 프리돌린은 죽은 사람을 곁눈질하며 말했다. "마리안네 양, 어쨌든 일이 일단 이렇게 되어서 아가씨는 더이상 이 집에 머물 필요가 없게 되었으니 잘됐네요." 그녀는 머리를 살짝 쳐들었지만 프리돌린을 쳐다보지는 않았다. "신랑 되는 분이 곧 교수직을 얻겠죠. 이런 관점에서는 인문학부의 상황이 우리 쪽보다 유리합니다." 그는 몇 년 전에 자신도 학문의 길을 가려 했지만 더 안락하게 살고 싶은 마음에 결국 의사의 길을 선택했다는 사실이 생각났다. 그러자 갑자기 뛰어난 뢰디거 박사에 비해 자신이 보잘것없는 사람처럼 여겨졌다.

"우리는 가을에 이사할 거예요." 마리안네가 활기 없이 말했다. "그 사람이 괴팅겐 대학에 초빙되었거든요."

"아, 네." 프리돌린이 말했다. 그는 축하의 말을 꺼내려 했지만 지금 이런 분위기에서는 그런 인사가 걸맞지 않은 것 같았다. 그는 닫힌 창 쪽으로 눈길을 던졌다. 그러고는 양해도 구하지 않고, 마치 의사의 권리를 행사하려는 듯 양쪽 창문을 열어 바깥공기를 들여보냈다. 한결 따뜻해지고 봄기운이 완연해진 공기는 깨어나는 먼 숲으로부터 부드러운 향내를 실어오는 것 같았다. 다시 방 안으로 몸을 돌렸을 때, 그는 마리안네의 눈이 뭔가 묻고 싶은 듯 자신을 향해 있음을 보았다.

그는 그녀에게 가까이 다가가 말했다. "신선한 공기가 아가씨에게 도움이 될 겁니다. 날이 정말 따뜻해졌어요. 그리고 어젯밤에," 그는 눈보라를 맞으며 무도회장에서 집으로 갔다고 말하려 했지만, 재빨리 문장을 바꿔 이렇게 마무리했다. "어제저녁에는 길에 눈이 50센티미터나 쌓여 있었어요."

그녀는 그가 하는 말을 거의 듣지 않았다. 그녀의 눈이 촉촉하게 젖더니 두 뺨 위로 커다란 눈물방울이 흘러내렸다. 그녀는 다시 얼굴을 양손에 묻었다. 그는 자기도 모르게 그녀의 머리에 손을 얹고 이마를 쓰다듬었다. 그녀의 몸이 떨리기 시작하는 것이 느껴졌다. 그녀는 속으로 흐느꼈다. 처음에는 거의 들리지 않던 소리가 점차 커지더니 마침내 걷잡을 수 없게 되었다. 그녀는 순식간에 안락의자에서 미끄러져 내려와 프리돌린의 발치에 엎드리더니, 그의 무릎을 양팔로 부둥켜안고는 얼굴을 파묻었다. 그러고는 고통에 찬 성난 눈을 크게 뜨고 그를 쳐다보며 절박하게 속삭였다. "나는 이곳을 떠나지 않겠어요. 당신이 다시는 오지 않는다 해도, 이제 당신을 더는 보지 못한다 해도. 당신 가까이에서 살겠어요."

그는 깜짝 놀랐다기보다는 감동했다. 그녀가 그에게 반했다는 것을, 혹은 그렇게 믿고 있다는 것을 알았기 때문이다.

"마리안네, 좀 일어나요." 그가 나지막이 말했다. 그리고 몸을 숙여 그녀를 부드럽게 일으켜 세우며 생각했다. 물론 히스테리 때문이기도 할 거야. 그는 그녀의 죽은 부친을 곁눈질로 바라보았다. 그가 전부 듣고 있는 것은 아닐까 하는 생각이 들었다. 혹시 가사 상태가 아닐까? 숨을 거둔 직후인 이런 순간에 모든 인간은 단지 가사 상태에 있는 게 아닐까? 그는 마리안네를 팔에 안으면서 동시에 살짝 물러났다. 자기도 모르게 그녀의 이마에 입을 맞출 뻔했다. 이런 행동이 스스로도 약간 우스웠다. 얼핏 몇 년 전에 읽었던 소설이 생각났다. 그 소설에서는 소년이나 다름없는 아주 젊은 남자가 어머니가 임종하는 자리에서 어머니의 친구한테 유혹을 받고 사실상 강간을 당한다. 바로 이 순간, 프리돌린은 왠지 모르게 아내 생각이 났다. 마음속에 아내에 대한 노여움이 일었고, 노란 여행 가방을 들고 덴마크의 호텔 계단에 서 있던 신사에게 희미한 앙심이 생겼다. 그는 마리안네를 더 세게 끌어안았지만 전혀 흥분을 느끼지 못했다. 오히려 그녀의 윤기 없이 푸석푸석한 머리칼과, 바람이 통하지 않는 옷에서 나는 맛없이 달착지근한 냄새에 약간의 반감마저 들었다. 그때 밖에서 초인종 소리가 울렸다. 그는 구원받은 느낌이었고, 감사의 뜻을 표하려는 듯 마리안네의 손에 재빨리 입을 맞추고는 문을 열러 갔다. 뢰디거 박사가 진회색 망토를 두르고 덧신을 신고 손에 우산을 든 채 상황에 적절한 진지한 표정으로 문가에 서 있었다. 두 신사는 실제 관계보다 더 친밀하게 고개 숙여 인사했다. 그러고는 둘 다 방 안으로 들어갔다. 뢰디거는 어찌할 바를 모르는 눈길로 죽은 사람을 바라보더니 마리안네에게 조의를 표했다. 프리돌린은 사망 진단서를 작성하려고 옆방으로 갔다. 그는 책상 위의 가스램프 불꽃을 더 키웠다. 흰색 제복을 입은 장교의 초상화에 시선이 갔다. 장교는 활 모양의 칼을 들고 눈에 보이지 않는 적을 향해 언덕을 뛰어내려가고 있었다. 그림은 폭이 좁은 적황색 액자에 끼워져 있는 탓인지 보잘것없는 유화보다 나아 보이지 않았다.

프리돌린은 작성한 사망 진단서를 들고 다시 옆방으로 갔다. 두 손을 깍지 긴 죽은 부친의 침대가에 신랑 신부가 앉아 있었다.

다시 현관 초인종 소리가 울렸다. 뢰디거 박사가 몸을 일으켜 문을 열러 갔다. 그사이 마리안네가 바닥을 바라보며 들릴락 말락 하는 목소리로 말했다. "당신을 사랑해요." 프리돌린은 다정함을 배제하지 않은 어조로 마리안네의 이름을 부르는 것으로 대꾸했다. 뢰디거가 중년의 부부를 데리고 다시 들어왔다. 마리안네의 숙부와 숙모였다. 상황에 적절한 몇 마디 말이 오갔다. 이제 막 세상을 떠난 사람이 함께 있는 곳에서 주위에 퍼지기 마련인 난처함이 말투에 담겨 있었다. 작은 방이 갑자기 조문객들로 꽉 찬 것 같았다. 프리돌린은 더 있을 필요가 없어 작별 인사를 하고 문까지 뢰디거의 배웅을 받았다. 뢰디거는 감사의 말을 몇 마디 해야 한다고 느꼈는지 곧 다시 만나자는 말을 덧붙였다.

3

프리돌린은 대문 앞에 서서 그가 조금 전에 열었던 창을 바라다보았다. 양쪽 창문이 때 이른 봄바람에 살며시 흔들렸다. 위층에 남겨진 사람들은 산 자나 죽은 자나 할 것 없이 그에게는 유령처럼 비현실적이었다. 그 자신은 가까스로 빠져나온 것 같았다. 그 어떤 사건에서가 아니라, 그를 지배해서는 안 될 우울한 마법에서 빠져나온 것 같았다. 그것의 유일한 후유증으로 이상하게도 집에 가고 싶은 마음이 들지 않았다. 길거리의 눈은 녹았고, 길 양쪽으로 지저분한 작은 눈더미들이 쌓여 있었다. 가로등의 가스램프 불꽃은 가물가물 피어올랐고, 근처 교회에서 열한시를 알리는 종소리가 울렸다. 프리돌린은 잠자리에 들기 전 30분 정도 집 근처의 조용한 카페 구석에서 시간을 보내기로 마음먹고, 시청 공원을 가로지르는 길을 택했다. 정말 봄이 와 있다는 듯, 믿을 수 없이 따뜻한 공기는 차가워질 조짐이 없다는 듯, 그늘진 벤치 여기저기에 한 쌍의 연인이 서로 달라붙은 채 앉아 있었다. 어느 벤치에는 모자를 깊숙이 눌러쓰고 너덜너덜한 옷을 입은 사람이 몸을 길게 뻗고 누워 있었다. 그를 깨우고 숙박비를 준다면? 프리돌린은 생각했다. 아, 그럼 어떻게 될까, 그는 계속 곰곰이 생각했다. 그러면 내일도 숙소를 마련해줘야겠지. 그러지 않으면 정말 아무런 의미가 없을 거야. 그리고 결국에는 나도 의심받겠지. 이 남자와 벌받을 만한 관계에 있는 건 아닌지 하고 말이야. 그는 온갖 책임과 유혹에서 가능한 한 빨리 벗어나려는 듯 발걸음을 재촉했다. 왜 하필 저 남자야? 그는 자문했다. 저 정도로 불쌍한 녀석은 빈에만 수천 명은 돼. 그 모든 사람의—알지도 못하는 모든 사람의 운명에 신경 쓰려 한다면! 방금 보고 온 죽은 사람이 떠올랐다. 갈색 플란넬 덮개 아래 길게 드러누운 수척한 몸에서 영원의 법칙에 따라 이미 부패와 사멸이 시작되었다고 생각하니 조금 소름이 끼쳤다. 물론 메스꺼움도 없지 않았다. 그러자 자신이 아직 살아 있다는 사실이 기뻤다. 이런 온갖 흉한 일들이 아직 자신에게는 결코 일어날 리 없다는 게 기뻤다. 정말이지 그는 한창 청춘이었고, 매력적이고 사랑스러운 여자를 가졌고, 마음만 먹으면 여자를 하나나 그 이상도 가질 수 있었다. 그러려면 물론 허용된 것보다 더 많은 여유가 필요했다. 아침 여덟시에는 종합병원에 출근해 있어야 하고, 열한시부터 오후 한시까지는 개인병원 환자들을 찾아보아야 하고, 오후 세시부터 다섯시까지는 종합병원 진료실을 지켜야 하고, 저녁 시간에도 몇 군데로 왕진을 가야 한다는 사실이 떠올랐다. 이제는 부디 오늘처럼 한밤중에 불려나가는 일만큼은 다시없기를.

172

그는 연갈색 연못처럼 칙칙하게 빛나는 시청 광장을 가로질러, 고향 같은 요제프슈타트 구역으로 몸을 돌렸다. 멀리서 둔중하고 규칙적인 발걸음 소리가 들렸다. 길모퉁이를 도는 찰나, 아직은 상당히 먼 거리에서 대학생 동아리가 보였다. 여섯 또는 여덟 명으로 보이는 무리가 그를 향해 다가왔다. 젊은이들이 가로등 불빛 속에 들어섰을 때, 푸른색 복장의 알레만 사람*들이 섞여 있는 것 같다는 생각이 들었다. 그 자신은 결코 학생 단체에 소속된 적이 없었지만, 칼로 결투를 벌여 끝장을 본 적은 몇 번 있었다. 학창 시절의 이런 추억이 생각나자, 어젯밤에 그를 특별석으로 유인해놓고 곧장 다시 무례하게 떠났던 빨간색 수도복 차림의 사람들이 떠올랐다. 학생들은 아주 가까이까지 왔다. 그들은 큰 소리로 떠들며 웃었다. 한두 명쯤은 구제병원에서 본 적이 있지 않을까? 조명이 불분명해서 그들의 얼굴 생김새를 똑똑히 알아볼 수 없었다. 부딪치지 않으려면 담에 바짝 붙어야 했다. 그들이 모두 지나갔다. 왼쪽 눈에 안대를 하고 겨울 외투를 풀어헤친 껑다리 녀석이 맨 마지막에 갔다. 일부러 조금 뒤처진 것 같았다. 녀석이 팔꿈치를 옆으로 뻗어 그를 툭 쳤다. 우연일 리 없었다. 저 녀석이 무슨 생각을 하는 거야, 하고 프리돌린은 자기도 모르게 멈춰 섰다. 두 걸음 정도 지나친 녀석도 멈춰 섰다. 그들은 어느 정도 거리를 두고 잠깐 동안 서로 노려보았다. 순간 프리돌린이 몸을 돌려 걷기 시작했다. 등 뒤에서 짧은 웃음소리가 들렸다. 하마터면 다시 몸을 돌려 그 녀석을 상대할 뻔했으나, 이상하게 가슴이 두근거렸다. 12년인가 14년 전

---

* 서남독일인에 대한 옛 칭호.

에, 애교 있는 어린 계집아이와 함께 있는데 몹시 거칠게 문 두드리는 소리가 났던 때와 똑같았다. 그녀는 멀리 떨어져 사는, 어쩌면 있지도 않은 신랑에 대해 늘 헛소리를 일삼았다. 그렇게 위협적으로 문을 두드린 사람은 사실 우체부였다. 그런데 그는 지금 그때처럼 가슴이 두근거렸다. 이게 무슨 일이지, 그는 화가 나서 물었다. 이제는 무릎까지 약간 떨리고 있었다. 겁쟁이라고? 말도 안 돼. 그는 스스로 대꾸했다. 내가 술 취한 대학생과 상대해야 하나. 서른다섯 살이나 된 어른이고, 개업한 의사이고, 결혼도 했고, 한 아이의 아버지인 내가! 결투 신청! 증인들! 결투! 그리고 이렇게 멍청한 시비 때문에 나중에 팔이라도 찔리면? 몇 주 동안이나 일을 할 수 없게 되면? 아니, 눈 하나라도 잃게 되면? 혹시 패혈증에 걸리면? 그리고 일주일 후 슈라이포겔 골목의 그 신사처럼 갈색 플란넬 이불 속에 누워 있게 되면! 겁쟁이라고? 그는 세 번이나 칼로 결투를 벌여 끝장을 본 적이 있었고, 한번은 권총 결투까지 하려고 했다. 당시 그 사건이 화해로 끝맺은 것은 자신의 의도가 아니었다. 그리고 그의 직업은! 사방에서 매 순간 위험이 도사리고 있다. 사람들은 매번 그 점을 잊고 있을 뿐이다. 디프테리아에 걸린 어린아이가 그의 얼굴에 대고 기침을 한 게 얼마 전이었지? 사나흘이 넘지는 않았다. 어쨌든 그 일은 사소한 칼싸움보다 위협적이었다. 그래서 그는 이 일에 대해 더는 생각하지 않았다. 그 녀석을 다시 만나더라도 늘 그랬듯 원만하게 해결될 것이었다. 그가 자정에 환자의 집에서 나오거나 환자를 찾아갈 의무는 전혀 없었다. 물론 그런 경우가 생기기는 하지만 말이다—그렇다, 그가 대수롭지 않은 학생들 시비에 반응할 의무는 전혀 없었다. 예컨대 지금 그 덴마크 젊은

174

이가 그에게 다가온다면, 알베르티네와 함께―아, 아니, 대체 무슨 생각을 하는 건가? 그런데―정말이지 알베르티네가 그 녀석의 애인인 것만 같았다. 기분이 더 나쁘군. 그래, 이제 나한테 오기만 해봐라. 숲속의 빈터 어딘가에서 그 녀석과 마주 서서, 금발이 매끄럽게 흘러내린 이마에 권총을 겨눈다면, 오, 진짜 황홀할 텐데.

돌연 그는 어느새 목적지를 지나 좁은 골목길에 들어섰음을 깨달았다. 가련한 창녀 몇 명만이 남자를 잡으려고 한밤중에 골목을 배회하고 있었다. 유령 같군, 하고 그는 생각했다. 기억 속에 남아 있는 푸른색 복장의 대학생들도 갑자기 유령처럼 느껴졌다. 마리안네, 그녀의 약혼자, 그녀의 숙부와 숙모도 마찬가지였다. 그는 그들 모두가 늙은 고문관이 죽어가는 침대를 손에 손을 잡고 둘러싸고 있는 모습을 상상했다. 그리고 알베르티네도. 그녀는 그의 머릿속에 팔베개를 한 채 깊이 잠든 모습으로 아른거렸다. 심지어 몸을 웅크린 채 좁고 하얀 놋쇠 침대에 누워 있을 아이와, 왼쪽 관자놀이에 반점이 있는 뺨이 붉은 보모의 모습도 떠올랐다. 그들 모두가 그에게서 완전히 유령 같은 것으로 변해버렸다. 이런 느낌은 약간 소름 끼치기는 했지만, 동시에 마음을 진정시키는 뭔가가 있었다. 그것이 그를 모든 책임에서 해방시키고, 정말이지 모든 인간적인 관계에서 풀어주는 것 같았다.

남자를 찾아 배회하는 소녀들 중 한 명이 그에게 같이 가자고 청했다. 아주 앳된 귀여운 계집애였다. 빨갛게 칠한 입술에 얼굴은 몹시 창백했다. 역시나 죽음으로 끝을 맺겠군, 하고 그는 생각했다. 다만 너무 이르지 않기를! 이것도 비겁한 걸까? 근본적으로는 그랬다. 그녀의 발소리가 들리더니 곧바로 뒤에서 그녀의 목소리가 들려왔다.

"닥터, 같이 가지 않을래요?"

그는 자기도 모르게 몸을 돌렸다. "나를 어떻게 알지?" 그가 물었다.

"난 당신을 몰라요." 그녀가 말했다. "하지만 이 구역에서는 모두들 닥터잖아요."

그는 김나지움을 졸업한 후 이런 부류의 여자와 관계를 맺은 적이 없었다. 이런 계집애가 그를 흥분시키다니, 갑자기 소년 시절로 되돌아간 걸까? 그는 잠깐 알고 지내던 친구 하나를 떠올렸다. 사람들 말로는 여자 복이 굉장히 많은 세련된 젊은이였다. 대학생 시절 어느 날 무도회가 끝난 뒤 심야 술집에 그 친구와 함께 앉아 있었다. 그는 직업상 그곳을 찾은 여자들 중 한 명과 자리를 뜨려다가 프리돌린의 약간 놀란 눈빛을 보고는 이렇게 대꾸했다. "이게 언제나 가장 손쉽지. 그렇다고 이 여자들이 최악은 아냐."

"이름이 뭐지?" 프리돌린이 물었다.

"우리 같은 사람한테 이름이 뭐 중요하겠어요? 당연히 미치*예요." 그녀는 어느새 열쇠로 대문을 열고 복도로 들어가더니 프리돌린이 따라 들어오기를 기다렸다.

"빨리요!" 그가 머뭇거리자 그녀가 말했다. 그는 순식간에 그녀 곁에 섰고, 그의 뒤에서 문이 닫혔다. 그녀는 문을 걸어 잠그고 밀초에 불을 붙여 그의 앞을 비추었다. 내가 미쳤나? 그는 스스로에게 물었다. 물론 그녀를 건드리지는 않을 거야.

방에서는 석유램프가 타고 있었다. 그녀는 심지를 더 돋웠다. 퍽 안

---

* 여성의 흔한 이름 '마리'의 애칭.

락하고 말끔한 방이었다. 어쨌든 마리안네의 거처보다는 훨씬 기분 좋은 냄새가 났다. 당연했다―이곳에는 여러 달 동안 병든 채 누워 있는 노인은 없었으니까. 여자아이가 미소를 지으며 프리돌린에게 다가왔지만 성가시게 굴지는 않았다. 프리돌린은 그녀를 부드럽게 밀쳐냈다. 그러자 그녀는 흔들의자를 가리켰고, 그는 기꺼이 앉았다.

"무척 피곤하신가봐요." 그녀가 말했다. 그는 고개를 끄덕였다. 그녀는 서두르지 않고 옷을 벗었다.

"남자야 그렇죠. 온종일 뭔가 할 일이 있으니까요. 그에 비하면 우리 같은 사람의 일이 더 쉽죠."

그는 화장기가 전혀 없어도 원래 붉은색을 띠는 그녀의 입술을 보고는 칭찬했다.

"제가 왜 화장을 하겠어요?" 그녀가 물었다. "제가 대체 몇 살로 보이세요?"

"스무 살?" 프리돌린이 짐작으로 말했다.

"열일곱 살이에요." 그녀는 그의 무릎에 앉아 어린아이처럼 목을 휘감았다.

내가 지금 이 방 안에 있을 거라고 누가 짐작이나 했겠어? 그는 생각했다. 한 시간, 아니 10분 전만 해도 나 자신조차 그러리라고 생각이나 했을까? 그런데―왜? 무엇 때문에? 그녀의 입술은 그의 입술을 찾았고, 그는 몸을 뒤로 젖혔다. 그녀는 눈을 크게 뜨고 조금 슬픈 표정으로 그를 바라보더니 그의 품에서 빠져나왔다. 그러자 그는 애석한 마음마저 들었다. 그녀의 포옹에 담긴 다정함이 커다란 위안이 되었기 때문이다.

그녀는 비어 있는 침대 등받이에 걸쳐진 빨간색 잠옷을 집어서 몸에 걸치고, 가슴 위로 팔짱을 꼈다. 그러자 그녀의 몸매가 완전히 가려졌다.

"이제 만족하세요?" 그녀가 수줍은 듯 놀리는 기색 없이 물었다. 그를 이해하려고 애쓰는 것 같았다. 그는 뭐라고 대답해야 할지 알지 못했다.

"네가 제대로 맞혔어." 그러고는 그가 말했다. "나는 정말 피곤해. 여기 흔들의자에 앉아 그냥 네 말을 들으면 기분이 아주 좋아질 것 같아. 넌 목소리가 무척 사랑스럽고 부드러워. 그냥 말해봐. 무슨 이야기든 해봐."

그녀는 침대 위에 앉아 머리를 흔들었다.

"정말로 무서운가보군요." 그녀는 나지막하게 말하더니 혼잣말로 거의 들리지 않게 덧붙였다. "안됐군요!"

이 마지막 말에 피가 뜨겁게 끓어올랐다. 그는 그녀에게 다가가 그녀를 껴안으려 했다. 그녀가 자신에게 완전한 신뢰를 불러일으킨다고 이야기했다. 심지어 속마음까지 말했다. 그는 그녀를 끌어안고, 소녀에게 하듯이, 사랑하는 여자에게 하듯이 구애했다. 그녀는 저항했다. 그는 부끄러워하더니 결국 그녀를 놓아주었다.

그녀가 말했다. "아무도 모르는 일이에요, 언젠가는 일을 당할지도 모르죠. 당신이 두려워한다면, 당신이 정말 옳아요. 그리고 무슨 일이 일어난다면, 당신은 나를 저주하려 할 거예요."

그가 지폐를 내밀자 그녀는 거절했다. 그녀의 태도가 무척 단호해서 그는 더는 재촉할 수 없었다. 그녀는 폭이 좁은 푸른 숄을 두르고 밀초에 불을 붙였다. 그에게 길을 밝히며 그를 따라 계단을 내려가 대문을 열어주었다. "난 오늘 집에 있을래요." 그녀가 말했다. 그는 그녀의 손을 잡고 자기도 모르게 입을 맞추었다. 그녀는 당황해서 거의 소스라치게 놀란 표정으로 그를 바라보고는, 당혹스러워하면서도 행복하게 웃었다. "마치 양갓집 아가씨에게 하는 것 같네요." 그녀가 말했다.

그의 뒤에서 대문이 닫혔다. 프리돌린은 재빨리 번지수를 훑어보고 기억에 새겨두었다. 내일 사랑스럽고 가련한 이 계집애에게 포도주와 단것들을 올려보낼 수 있도록.

4

그사이에 날은 좀더 따뜻해졌다. 온화한 바람이 촉촉한 초원과 먼 산의 봄 내음을 좁은 골목길로 실어왔다. 이제 어디로 간담? 프리돌린은 생각했다. 드디어 집에 가서 잠자리에 드는 게 당연한 일이 아니라는 듯 말이다. 그는 마음을 정할 수가 없었다. 알레만 사람들과의 불쾌한 만남 이후 그는 고향이 없는 것처럼, 밀려난 것처럼 여겨졌다…… 어쩌면 마리안네의 고백을 들은 다음부터일까? 아니다. 더 오래전부터 그랬다. 저녁에 알베르티네와 이야기를 나눈 후부터 그는 자기 삶의 익숙한 영역에서 멀고 낯선 그 어떤 다른 세계로 계속 밀려나고 있었던 것이다.

그는 밤거리를 이리저리 거닐었다. 가벼운 높새바람이 불어와 그의 이마를 감쌌다. 그리고 마침내, 그는 오랫동안 찾아다녔던 목적지에 이제 막 도착했다는 듯 결연한 발걸음으로, 그다지 고급스럽지 않은 카페에 들어섰다. 카페는 특별히 넓지는 않았지만 빈의 예스러움이 느껴져 편안했고 조명은 적당했다. 늦은 시간이라서 손님도 별로 없었다.

한쪽 구석에서는 세 명의 신사가 카드놀이를 하고 있었다. 이제껏 그들을 구경하던 종업원은 프리돌린이 모피 코트 벗는 것을 도와주고 주문을 받은 다음 화보잡지와 저녁 신문 들을 프리돌린의 탁자에 올려놓았다. 프리돌린은 보호받는 듯한 아늑함을 느끼며 신문과 잡지들을 대충 훑어보기 시작했다. 그의 시선이 이곳저곳에 사로잡힌 듯 머물렀다. 뵈멘* 지방의 어느 도시에서는 독일어로 된 도로 표지판을 떼어냈다. 콘스탄티노플에서는 소아시아에 철도를 건설하는 일 때문에 회의가 열렸는데, 크랜퍼드 경도 참석했다. 베니스·바인그루버 회사는 지불 불능 상태에 빠졌다. 안나 티거라는 매춘부는 질투심 때문에 친구 헤르미네 드로비츠키를 황산염으로 독살했다. 오늘 저녁에는 조피엔 홀에서 청어 연회가 열렸다. 쇤브룬너 하웁트 거리 28번지에 거주하는 마리 B라는 아가씨는 독극물 이염화수은을 마셨다. 무미건조한 일상의 다반사에 속하는 이 모든 사실, 그러니까 신문에 난 시시한 일들과 슬픈 일들이 어찌 되었든 그를 미몽에서 깨어나게 하고 진정시켰다. 그는 마리 B라는 젊은 아가씨가 안됐다고 생각했다. 이염화수은이라니, 얼마나 어리석은가. 자기는 느긋하게 카페에 앉아 있고, 알베르티네는 팔을 베고 편안히 잠들어 있고, 고문관은 지상의 모

---

* 현재 체코의 보헤미아.

든 고통을 극복해버린 이 순간에, 쉰브룬너 하웁트 거리 28번지의 마리 B는 무의미한 고통 속에서 몸부림치고 있다니.

그는 신문에서 눈을 들었다. 그러자 맞은편 탁자의 두 눈이 자신 쪽으로 향해 있는 게 보였다. 이럴 수가? 나흐티갈? 그 남자는 벌써 프리돌린을 알아보고 기쁘고 놀란 표정으로 두 팔을 들어올리며 다가왔다. 큰 키에 어깨가 떡 벌어졌고, 그다지 볼품은 없었지만 아직은 젊은 남자였다. 길고 약간 곱슬진 금발은 어느덧 반백이었고, 금빛 콧수염은 폴란드식으로 늘어져 있었다. 풀어헤친 회색 망토 아래에는 닳고 찌든 연미복과 가짜 다이아몬드 단추 세 개가 달린 우글쭈글한 셔츠, 구겨진 옷깃, 그리고 살짝 흔들리는 흰색 실크 넥타이가 보였다. 그의 눈꺼풀은 여러 밤을 꼬박 지새운 듯 벌겠지만 눈만은 밝고 파랗게 빛났다.

"나흐티갈, 빈에 있었어?" 프리돌린이 소리쳤다.

"너, 몰랐구나." 나흐티갈이 약간 유대식 발음이 섞인 부드러운 폴란드 억양으로 말했다. "어떻게 네가 모르고 있지? 나 꽤나 유명한데." 그는 큰 소리로 선량하게 웃더니 프리돌린의 맞은편에 앉았다.

"뭐라고?" 프리돌린이 물었다. "혹시 남몰래 외과 교수님이라도 되셨나?"

나흐티갈이 더욱 밝게 웃음을 터뜨렸다. "지금 내가 한 거 못 들었어? 방금 전에?"

"뭘 말이야? 아, 그래!" 프리돌린은 그제야 자기가 카페로 들어올 때, 아니 벌써 그전에 카페 가까이 왔을 때 깊은 지하실 어딘가에서 피아노 연주 소리가 들려왔음을 기억해냈다. "그러니까 그게 너였어?" 그가 큰 소리로 외쳤다.

"내가 아니면 대체 누구겠어?" 나흐티갈이 웃었다.

프리돌린은 고개를 끄덕였다. 물론이었다. 특유의 힘찬 건반 터치, 왼손이 빚어내는 이상야릇한, 뭔가 제멋대로인 듯하지만 아름다운 화음, 이런 것들이 전혀 낯설지 않은 것 같았다. "그러니까 너 아예 이 길로 바꿨구나?" 그가 말했다. 그는 나흐티갈이 비록 7년이나 늦었지만 동물학 2차 예비시험에 합격까지 해놓고 의학 공부를 최종적으로 포기했다는 사실을 기억해냈다. 그런데도 나흐티갈은 꽤 오랫동안 병원, 해부실, 실험실, 강의실을 드나들었다. 금발인데다 예술가 느낌이 드는 얼굴에, 항상 구겨져 있고 원래는 흰색이었을 나풀거리는 넥타이를 한 그는 눈에 확 띄면서도 유쾌하고 친근한 인상으로 동료 학생들뿐만 아니라 여러 교수들한테서도 사랑받았다. 그는 폴란드에 정착한 유대계 선술집 주인의 아들로, 의학을 공부하려고 고향을 떠나 빈으로 왔다. 부모의 변변찮은 후원은 애당초 후원이랄 수도 없었는데 그마저도 얼마 안 가 아주 끊겨버렸다. 하지만 그가 의대생들이 단골로 드나드는 술집 리트호프에서 열리는 모임에 계속 나타나는 데는 지장이 없었다. 프리돌린도 그 모임의 일원이었다. 나흐티갈의 술값은 언제부터인가 더 부유한 동료들이 번갈아 지불했다. 그는 때때로 옷도 선물받았는데, 이것 역시 괜한 자존심을 내세우지 않고 기꺼이 받아들였다. 그는 이미 고향에서, 거기서 좌초를 겪은 어느 피아니스트한테 피아노 연주의 기초를 배웠다. 그리고 빈에서는 의대생이면서도 음대 수업을 들었는데, 장래가 촉망되는 피아니스트로 재능을 인정받았다고 한다. 그러나 그곳에서도 본격적으로 교육을 받으려는 진지함과 열성을 보이지는 않았다. 그는 이내 그가 알고 지내는 사람들 사이에서 거둔 음악적 성공에, 아니 오히려 피아노 연주를 통해 그들에게 안겨준 즐거움에 완전히 만족했다. 그는 한동안 변두리 무용 학원에서 반주자로 일했다. 단골 술집에서 모이는 친구들과 대학 동료들은 그를 더 나은 집안에 반주자로 소개해주려고 했다. 하지만 그럴 때마다 그는 자기 마음에 드는 곡을 마음 내키는 동안만 연주하며 젊은 숙녀들과 잡담을 나누었는데, 항상 순진하기만 한 이야기를 나눈 것은 아니었다. 그리고 그는 주체하지 못할 정도로 술을 많이 마셨다. 한번은 어떤 은행장의 집에서 무도곡을 연주한 적이 있었다. 그는 자정이 되기도 전에 음탕하고 외설적인 발언을 해서 춤추며 지나가는 아가씨들을 당황하게 만들었고, 그녀들의 신사 파트너들을 화나게 했다. 그러더니 갑자기 상스러운 캉캉을 연주하고, 이중적 의미의 시사 풍자시를 엄청난 저음으로 부르기 시작했다. 은행장은 벌컥 화를 내며 그를 질책했다. 취기가 올라 기분이 무척 좋았던 나흐티갈은 몸을 일으켜 은행장을 껴안았다. 격분한 은행장은 씩씩거리며 자신도 유대인이건만 흔히 유대인에게 하는 욕설을 이 피아니스트의 면전에 퍼부었다. 그 순간 나흐티갈은 따귀 한 대를 사정없이 올려붙였다. 이것으로 이 도시의 상류층 집안에서 쌓아가던 그의 연주 경력은 완전히 끝장난 것처럼 보였다. 그는 친한 사람들과 함께 어울릴 때는 비교적 점잖게 행동할 줄 알았다. 늦은 밤 때때로 술집에서 억지로 끌어내야 할 때도 있었지만 다음 날 아침이면 이런 불상사들도 당사자들한테 용서받고 잊혔다. 동료들이 모두 대학을 졸업한 지도 이미 오래된 어느 날, 그는 작별 인사도 없이 갑자기 도시에서 사라졌다. 몇 달에 걸쳐

러시아와 폴란드의 도시들에서 안부 엽서를 보내오기도 했다. 나흐티갈은 언제나 프리돌린을 각별하게 생각했다. 한번은 별다른 내용이 없는 엽서에서 프리돌린에게 안부를 전하더니 더불어 어느 정도의 돈도 부탁한 것 때문에 프리돌린은 나흐티갈의 존재를 기억하게 되었다. 프리돌린은 지체 없이 돈을 부쳤지만, 후에 나흐티갈한테서는 고맙다는 말이나 살아 있다는 소식조차 듣지 못했다.

그런데 바로 이 순간, 새벽 한시 15분 전, 그로부터 8년이 지난 지금 나흐티갈은 이러한 실수를 당장 바로잡겠다고 고집을 부리며, 자기가 빌린 정확한 액수만큼의 지폐를 꽤나 흠집 많은 지갑에서 꺼냈다. 그런데 지갑이 어지간히 두툼해서 프리돌린은 별다른 양심의 가책 없이 돈을 돌려받아도 될 것 같았다……

"그러니까 잘 지내고 있구나." 프리돌린은 자신을 안심시키려는 듯 미소를 지으며 말했다.

"불만은 없어." 나흐티갈이 대꾸했다. 그리고 프리돌린의 팔에 손을 얹으며 말했다. "이제 말해봐. 한밤중에 왜 나온 거야?"

프리돌린은 야간 왕진이 끝났더니 커피 한 잔이 간절해서 시간이 늦긴 했지만 나오게 되었다고 말했다. 왕진 갔을 때 환자가 이미 죽은 상태였다는 말은, 왠지는 잘 모르겠지만 입 밖에 꺼내지 않았다. 그리고는 종합병원에서의 진료 업무와 자기가 운영하는 개인병원에 대해 아주 일반적인 설명을 했다. 또 자신은 결혼했고, 행복한 결혼생활을 하고 있으며, 여섯 살 된 딸을 둔 아빠라고 말했다.

그러고 나자 나흐티갈이 보고하듯 말했다. 그는 프리돌린이 추측한 대로, 지난 수년간 피아니스트로서 폴란드, 루마니아, 세르비아, 불가리아 등지의 온갖 크고 작은 도시들을 옮겨 다녔고, 리비프*에 아내와 그의 자식 넷이 살고 있다고 했다. 그리고 그는 환하게 웃었다. 자식이 넷인데 모두 리비프에 살고 한 여자가 낳은 자식들이라는 게 몹시 재미있는 모양이었다. 지난가을부터는 다시 빈에 머물렀는데 그를 고용했던 보드빌 극장**이 곧바로 파산해서 이제는 닥치는 대로 여러 술집에서 연주하고 있었다. 때로는 하룻밤에 두세 군데에서 연주할 때도 있다. 예컨대 이곳 지하실에서처럼 말이다. 그가 말했듯이 그다지 품격 있는 유흥업소는 아니었다. 원래는 일종의 볼링장이었다. 그리고 손님들을 보자면…… "하지만 리비프에 있는 아내와 넷이나 되는 자식들을 돌봐야 하니." 그리고 그는 다시 웃었는데, 조금 전처럼 아주 유쾌한 표정은 아니었다. "때로는 고정출연 말고 가외로 일을 하기도 해." 그가 재빨리 덧붙였다. 그리고 프리돌린의 얼굴에서 뭔가를 상기시키는 미소가 보이자 말했다. "은행장들 집이나 그렇고 그런 곳에서가 아냐. 그건 아냐. 있을 수 있는 온갖 모임들에서야. 더 크고, 공적이고, 비밀스러운 모임들도 있어."

"비밀스러운 모임들?"

나흐티갈은 음울하고 교활한 눈길로 앞을 바라보았다. "곧 나를 다시 데려갈 거야."

"뭐라고, 오늘 연주할 데가 더 있어?"

"응, 정확히 말하면 그곳에서는 두시가 되어야 시작해."

"그거 정말 근사하겠네." 프리돌린이 말했다.

---

* 우크라이나 리비프 주의 주도.
** 노래, 곡예, 버라이어티쇼 등을 상연하는 극장.

"그렇기도 하고 아니기도 하고." 나흐티갈은 웃더니 곧바로 다시 진지해졌다.

"그렇기도 하고 아니기도 하다고?" 프리돌린이 호기심에 차서 그의 말을 따라했다.

나흐티갈이 그를 향해 탁자 위로 몸을 숙였다.

"난 오늘 어떤 개인 집에서 연주해. 하지만 누구의 집인지는 몰라."

"그럼, 오늘 처음으로 그런 데서 연주하는 거야?" 프리돌린이 점점 흥미로워하며 물었다.

"아니, 세번째야. 하지만 아마 또 다른 집일걸."

"무슨 말인지 알아듣지 못하겠군."

"나도 그래." 나흐티갈이 웃었다. "묻지 않는 게 나아."

"흠." 프리돌린이 소리를 냈다.

"이런, 넌 잘못 생각하고 있어. 네가 생각하는 그런 게 아냐. 나는 이미 많은 것을 봤어. 그렇게 작은 도시들에서—특히 루마니아에서—그렇게 많은 경험을 하리라고는 생각지 못해. 하지만 이곳에서는……" 그는 노란색 커튼을 뒤로 약간 젖히고 길거리를 내다보며 혼잣말처럼 말했다. "아직 안 왔네." 그러고는 프리돌린을 향해 설명조로 덧붙였다. "그러니까 마차 말이야. 항상 마차 한 대가 나를 데리러 오는데, 매번 다른 마차였어."

"나흐티갈, 궁금해서 미치게 만드는구나." 프리돌린이 냉정하게 말했다.

"잘 들어." 나흐티갈이 약간 머뭇거리더니 말했다. "내가 세상 어느 한 사람에게 허용해도 된다면—다만 어떻게 하느냐—" 그러고는 갑자기 말했다. "너, 용기 있어?"

"질문이 이상하네." 프리돌린이 대학생 동아리에서 담력 시험을 당해 기분이 상한 학생의 어조로 말했다.

"그런 뜻으로 말한 건 아냐."

"그럼 대체 무슨 뜻인데? 이럴 때 어째서 특별히 용기가 필요한데? 대체 무슨 일이 생기는데?" 이렇게 말하고 프리돌린은 얕보는 표정으로 짧게 웃었다.

"내게 무슨 일이 일어날 리 없지. 기껏해야 오늘을 마지막으로—어쩌면 그럴 수도 있어." 나흐티갈은 입을 다물고, 다시 커튼 틈새로 밖을 내다보았다.

"그래서?"

"무슨 말이야?" 나흐티갈이 마치 꿈에서 깨어난 듯 물었다.

"계속 이야기해봐. 벌써 시작했잖아…… 비밀 행사? 비공개 모임? 초대받은 손님들?"

"난 몰라. 요전에는 서른 명이었어. 처음에는 열여섯 명뿐이었는데."

"무도회야?"

"물론 무도회지." 그는 말해버린 것을 후회하는 것 같았다.

"그리고 너는 거기에 맞춰 음악을 연주하고?"

"거기에 맞춘다고? 나는 무엇에 맞추는지 몰라. 정말이야. 난 몰라. 나는 연주해. 연주한다고. 두 눈을 가리고서 말이야."

"나흐티갈, 나흐티갈, 무슨 소리를 하는 거야!"

나흐티갈이 나지막이 한숨을 쉬었다. "하지만 유감스럽게도 완전

히 가리지는 않아. 아무것도 보지 못할 정도로는 아냐. 이를테면 눈을
가린 검은색 비단천을 통해 거울이 보여……" 그리고 그는 다시 입을
다물었다.

"한마디로," 프리돌린은 얕보는 표정으로 초조하게 말했지만 이상
하게 흥분되는 것을 느꼈다…… "알몸의 계집들."

"프리돌린, 계집이라는 말은 하지 마." 나흐티갈이 기분이 상한 듯
대꾸했다. "넌 그런 여자들을 결코 보지 못했을 거야."

프리돌린은 살짝 헛기침을 했다. "입장료가 얼마나 비싼데?" 그가
말이 나온 김에 덧붙여 물었다.

"입장권을 말하는 거야? 그래? 하, 당치도 않은 생각 좀 작작해."

"그럼 어떻게 들어가는데?" 프리돌린은 입을 굳게 다문 채 북을 치
듯 탁자를 두드렸다.

"암호를 알아야 해. 그런데 암호가 매번 달라."

"그럼 오늘 암호는?"

"나도 아직은 몰라. 마부가 와야 알 수 있어."

"나흐티갈, 나를 데려가줘."

"안 돼, 너무 위험해."

"1분 전까지만 해도 내게…… '허용할' 의향이 있었잖아. 가능한
방법이 있을걸."

나흐티갈은 그를 심사하듯 살펴보았다. "지금 네 복장 그대로는 절
대 안 돼. 신사 숙녀 모두 가면을 쓰니까. 가면은 있어? 불가능해. 어
쩌면 다음번에는 될지도. 뭔가 방도를 생각해볼게." 나흐티갈은 귀를
기울이다가 다시 커튼 틈새로 길거리를 바라보고는 안도의 숨을 내

쉬었다. "마차가 왔네. 잘 있어."

프리돌린은 그의 팔을 꽉 붙잡았다. "이렇게 가버리지는 못할걸. 나를 데려가야 할 거야."

"하지만 이 친구야……"

"다른 것은 내게 맡겨. 그게 '위험하다'는 건 나도 알아. 나를 유혹하는 게 바로 그 점이겠지."

"하지만 벌써 말했잖아. 의상과 가면이 없으면—"

"가면을 빌릴 수 있는 곳들은 있어."

"새벽 한시에!"

"나흐티갈, 일단 들어봐. 비켄부르크 거리 모퉁이에 그런 가게가 있어. 하루에 몇 번씩 그 집 간판 앞을 지나가거든." 그리고 프리돌린은 점점 흥분해서 다급하게 말했다. "나흐티갈, 여기 15분만 더 있어봐. 그사이 거기서 내 운을 시험해볼게. 가면 대여점 주인은 아마 같은 건물에 살 거야. 그렇지 않으면 그 즉시 포기할게. 운명이 결정해주겠지. 같은 건물에 카페가 있어. 카페 빈도보나라는 이름일 거야. 네가 마부에게 말해줘, 그 카페에 뭔가 두고 온 게 있다고. 그리고 안으로 들어가. 내가 문 가까이에서 기다리고 있을게. 넌 나한테 재빨리 암호를 말하고 다시 마차를 타는 거야. 의상을 얻게 되면 빨리 다른 마차를 타고 네 뒤를 따라갈게. 그다음 일은 곧 알게 되겠지. 나흐티갈, 너의 위험 부담은 내 명예를 걸고 어떠한 경우라도 함께 짊어질게."

나흐티갈은 프리돌린의 말을 끊으려고 몇 번 시도했지만 소용없었다. 프리돌린은 찻값과 지나치게 많은 팁을 탁자 위에 던져놓고 갔다. 이날 밤에는 이렇게 하는 게 어울릴 것 같았다. 밖에는 문이 닫힌 마차 한 대가 서 있었다. 마부석에는 완전히 검은 옷차림에 높다란 원통형 모자를 쓴 마부가 꼼짝도 않고 앉아 있었다. 장례용 마차 같군, 하고 프리돌린은 생각했다. 몇 분 후 그는 뛰다시피 하여 찾고 있던 모퉁이 건물에 이르러 초인종을 눌렀다. 건물 관리인에게 가면 대여업자 기비저가 이 건물에 사는지 묻고는 마음속으로는 그렇지 않기를 바랐다. 그러나 기비저는 정말로 그곳에 살고 있었다. 가면 대여점 한 층 아래였다. 건물 관리인은 늦은 방문에도 프리돌린이 내미는 상당한 선심성 팁에 오히려 매우 상냥해져서, 사육제 동안에는 이렇게 밤늦게 의상을 빌리러 오는 일이 그다지 드물지 않다고 말해주었다. 그는 프리돌린이 2층에서 초인종을 누를 때까지 아래에서 내내 촛불을 비춰주었다. 기비저는 마치 문가에서 기다리고 있었던 것처럼 직접 문을 열어주었다. 그는 수척하고 수염이 없는 대머리였는데, 유행이 지난 꽃무늬 잠옷을 걸치고 장식용 술이 달린 터키식 모자를 쓰고 있어서 연극 무대에 선 우스꽝스러운 노인처럼 보였다. 프리돌린은 자신이 원하는 바를 밝히고, 가격은 문제가 되지 않는다고 언급했다. 그러자 기비저가 거의 거부하는 듯한 태도로 말했다. "나는 받아야 할 금액만 말하지, 그 이상은 바라지 않아요."

그는 프리돌린을 나선형 계단을 지나 진열 창고로 데려갔다. 비단, 비로드, 향수, 먼지 그리고 마른 꽃 냄새가 났다. 어렴풋한 어둠 속에서 은빛과 붉은빛이 번쩍였다. 그리고 뒤쪽 어둠 속으로 사라지는, 길게 뻗은 좁은 복도에 늘어선 열린 장들 사이에서 수많은 작은 램프가 난데없이 반짝거렸다. 좌우에 온갖 의상들이 걸려 있었다. 한쪽에는 기사, 종, 농부, 사냥꾼, 학자, 동양인, 어릿광대의 옷들이, 다른 쪽에는 궁녀, 기사의 애인, 농부의 아낙네, 몸종, 밤의 여왕의 옷들이 있었다. 의상들 위쪽으로는 그 의상들에 어울리는 두건들이 놓여 있었다. 프리돌린은 교수형당한 사람들이 늘어서 있는 가로수 길을 걷는 듯한 기분이 들었다. 처형된 사람들이 서로 춤을 청하려고 하는 것처럼 보였다. 기비저가 그의 뒤를 따라왔다. "손님께서 특별히 원하시는 게 있습니까? 루이 카토르즈*? 디렉투아르**? 고대 독일풍?"

"어두운색 수도복과 검은색 가면이 필요해요. 그거면 돼요."

그 순간 복도 끝에서 유리로 된 물건들이 쨍그랑거리는 소리가 울렸다. 프리돌린은 깜짝 놀라, 가면 대여업자가 당장 해명할 의무라도 있다는 듯 그의 얼굴을 바라보았다. 그러나 기비저 자신도 몸이 굳어버린 듯 서서, 어딘가에 숨겨진 스위치를 손으로 더듬어 찾았다. 그러자 곧바로 눈이 부실 정도로 환한 빛이 복도 끝까지 쏟아져 들어왔다. 작은 탁자에 접시와 유리잔 그리고 술병이 차려져 있는 것이 보였다. 탁자 좌우에 놓인 두 개의 의자에서 빨간색 법복을 걸친 비밀재판 판사 차림의 남자 둘이 벌떡 일어났다. 바로 그 순간 귀엽고 환한 뭔가가 획 지나갔다. 기비저는 큰 걸음으로 서둘러 가서 탁자 너머로 손을 뻗어 하얀 가발을 붙잡았다. 그와 동시에 탁자 아래에서 광대 복장에 흰색 비단 스타킹을 신은, 거의 어린아이나 다름없는 아주 젊고 매력적인 아가씨가 복도를 지나 프리돌린이 있는 데까지 달려왔다. 프리돌린은 어쩔 수 없이 그녀를 품에 안았다. 기비저는 하얀 가발을 탁자 위에 내려놓고, 왼쪽과 오른쪽에 있는 비밀재판 판사의 법복 자락을

---

* 루이 14세 시대의 바로크 스타일.
** 18세기 말 프랑스 스타일.

꽉 움켜쥐었다. 그와 동시에 프리돌린을 향해 외쳤다. "손님, 그 계집애를 꼭 잡고 계세요." 어린 여자아이는 프리돌린이 자기를 마땅히 보호해주어야 한다는 듯 그에게 바짝 달라붙었다. 그녀의 작고 갸름한 얼굴은 하얗게 분칠이 되어 있었고 미용 반점이 몇 개 찍혀 있었으며, 부드러운 가슴에서는 장미 향과 분 내음이 피어올랐다. 그녀의 눈에서는 알랑거림과 욕망이 깃든 미소가 번졌다.

"여러분." 기비저가 소리쳤다. "당신들을 경찰에 넘길 때까지 여기 그대로 있어요."

"무슨 당치 않은 말이오?" 두 남자가 소리쳤다. 그러고는 이구동성으로 말했다. "우리는 아가씨의 초대에 응한 것뿐인데."

기비저는 두 남자를 놓아주었다. 프리돌린은 기비저가 두 남자에게 하는 말을 듣고 있었다. "댁들은 이곳에서의 일에 관해 더 자세히 말해야 할 거요. 미친 여자애와 상대하고 있었다는 것을 바로 알아채지 못했단 말이오?" 그리고 기비저는 프리돌린에게 몸을 돌려 말했다. "손님, 불상사가 생겨 죄송합니다."

"아, 괜찮습니다." 프리돌린이 말했다. 그는 차라리 그냥 이곳에 머무르거나, 여자아이를 데리고 당장 떠나고 싶었다. 어디가 되었든— 그리고 그 결과 무슨 일이 생기든. 그녀는 마치 마법에 걸린 것처럼, 유혹적이면서도 천진난만한 표정으로 그를 쳐다보았다. 복도 끝에 있는 비밀재판 판사 차림의 두 남자는 열을 내며 말을 주고받았다. 기비저가 프리돌린에게 사무적으로 질문했다. "손님, 원하시는 게 수도복, 순례자 모자, 가면이죠?"

"아니에요." 광대 복장의 여자아이가 눈을 반짝이며 말했다. "이분께는 담비 모피 코트를 드려야 해요. 그리고 빨간 비단 조끼도."

"내 옆에서 꼼짝 말고 죽은 듯이 있어." 기비저는 이렇게 말하고, 손으로 어두운색의 수도복을 가리켰다. 수도복은 용병 복장과 베네치아 평의회 의원 복장 사이에 걸려 있었다. "이 치수면 손님 몸에 맞을 겁니다. 어울리는 모자는 여기. 받으세요, 빨리."

그때 비밀재판 판사 차림의 두 남자가 다시 말했다.

"시비지에 씨, 우리를 즉각 내보내주세요." 그들이 기비저라는 이름을 프랑스어로 발음한 것에 프리돌린은 의아해했다.

"어림없는 소리." 가면 대여업자가 비웃는 투로 대꾸했다. "제가 돌아올 때까지 이곳에서 잠시 기다려주시겠죠."

그사이 프리돌린은 재빨리 수도복을 걸치고, 늘어지는 하얀 끈의 양끝을 매듭지었다. 기비저가 좁은 사다리 위에 올라서서 챙이 넓은 까만 순례자 모자를 내려주자 프리돌린은 그것을 머리에 썼다. 그런데 그에게는 이 모든 동작이 마치 강요 때문에 마지못해 하는 것처럼 보였다. 왜냐하면 이곳에 남아, 언제 닥칠지 모를 위험에 처한 광대 복장의 여자아이를 도와주어야 한다는 사실을 어떤 의무처럼 점점 강하게 느꼈기 때문이다. 때마침 기비저가 손에 가면을 쥐여주었고 그는 당장 가면을 써보았다. 가면에서는 이색적이고 약간 역겨운 향수 냄새가 났다.

"네가 앞장서서 걸어." 기비저가 여자아이에게 명령하듯 계단 쪽을 가리켰다. 광대 복장의 여자아이는 몸을 돌려 복도 끝을 바라보며, 슬프면서도 쾌활한 눈빛으로 작별 인사를 보냈다. 프리돌린은 그녀의 시선을 따라갔다. 비밀재판 판사 차림의 두 남자는 더이상 그곳에 없었다. 대신 연미복에 하얀색 넥타이를 맨 늘씬한 젊은 신사 둘이 있었는데 얼굴에는 빨간색 가면을 쓰고 있었다. 광대 복장의 여자아이는 나선형 계단을 천천히 내려갔다. 기비저가 그녀의 뒤를 따랐고, 프리돌린이 그들을 따라갔다. 아래층 현관에서 기비저는 안쪽 방들로 통하는 문을 열고 광대 복장의 여자아이에게 말했다. "당장 침대로 가. 타락한 년 같으니. 우선 위에 있는 신사들과 담판을 짓고 나서, 애기 좀 하자."

하얗고 여린 얼굴의 그녀는 방문에 서서 프리돌린을 바라보며 애처롭게 고개를 저었다. 프리돌린은 오른쪽의 커다란 벽거울에서 수척한 순례자의 모습을 보았다. 다름 아닌 그 자신이었다. 그는 자기의 모습이 아주 자연스럽다는 데 놀랐다.

광대 복장의 여자아이는 사라지고, 늙은 가면 대여업자가 그녀 뒤에서 문을 잠갔다. 그런 다음 현관문을 열고 프리돌린을 계단으로 밀어냈다.

"미안합니다만," 프리돌린이 말했다. "제가 내야 할 금액은……"

"손님, 됐습니다. 요금은 반납할 때 받습니다. 저는 손님을 믿습니다."

하지만 프리돌린은 그 자리에서 꿈쩍하지 않았다. "저 가련한 아이에게 몹쓸 짓을 하지 않겠다고 약속해주겠습니까?"

"손님, 그게 손님과 무슨 상관이죠?"

"제가 듣기론, 조금 전에 저 여자아이에게 미쳤다고 하신 것 같은데─그리고 지금은 타락한 년이라고 했어요. 정말 앞뒤가 맞지 않잖아요. 부정하지는 못하겠죠?"

"손님, 그럼," 기비저가 연극 무대에 선 듯한 어조로 대꾸했다. "미친 사람이 신 앞에서 타락한 게 아니란 말인가요?"

프리돌린은 혐오감에 몸을 부르르 떨었다.

"늘 그렇듯이," 그가 말했다. "방책이 있을 거요. 나는 의사예요. 이 문제에 관해서는 내일 계속 이야기합시다."

기비저는 빈정거리는 표정으로 소리 없이 웃었다. 갑자기 계단에 불이 켜지고, 기비저와 프리돌린 사이에 있는 문이 닫히더니 곧바로 빗장이 걸렸다. 프리돌린은 층계를 내려가며 모자, 수도복, 가면을 벗어서 전부 팔 아래 꼈다. 건물 관리인이 대문을 열어주었다. 맞은편에 장례용 마차가 서 있었고, 마부는 마부석에 붙박이처럼 앉아 있었다. 나흐티갈은 카페를 막 떠나려던 참이었다. 프리돌린이 정확한 시각에 나타난 것을 보고 아주 반기는 것 같지는 않았다.

"그러니까 의상을 제대로 마련한 거야?"

"보다시피. 암호는?"

"계속 고집부릴 거야?"

"물론이고말고."

"그렇다면, 암호는 덴마크야."

"나흐티갈, 미쳤어?"

"어째서 미쳤다는 거야?"

"아냐, 아무것도 아냐. 올해 여름에 우연히 덴마크 해변에 갔거든. 그럼, 마차에 타―지금 당장은 말고. 내가 저 건너편에 있는 마차를 탈 시간은 있어야 하니까."

나흐티갈은 고개를 끄덕인 뒤 느긋하게 담배에 불을 붙였다. 그사이 프리돌린은 재빨리 길을 건너 쌍두마차를 탔다. 그리고 농담이라도 하듯 천진난만한 어조로 마부에게 이제 막 앞에서 움직이기 시작하는 장례용 마차를 따라가라고 했다.

그들은 알저 거리를 지나갔다. 그리고 구름다리 철도 아래를 거쳐 교외로 나아가, 빛이 잘 들지 않는 인적 없는 골목길들을 계속해서 달렸다. 프리돌린은 마부가 앞에 가는 마차의 흔적을 놓칠 가능성을 헤아려보았다. 하지만 열린 창문을 통해 계절에 어울리지 않게 따뜻한 공기 속으로 머리를 내밀 때마다 장례용 마차가 약간의 거리를 두고 앞서 가는 게 보였다. 앞서 가는 마차의 마부는 높다랗고 검은 원통형 모자를 쓴 채 마부석에 붙박이처럼 앉아 있었다. 결과가 좋지 않을 수도 있어, 하고 프리돌린은 생각했다. 그런 생각을 하는 와중에도, 광대 복장의 여자아이 가슴에서 풍겼던 장미 향과 분 내음이 느껴졌다. 내가 무슨 이상한 소설 속을 배회하고 다닌 건가? 그는 스스로에게 물었다. 계속 가면 안 되는데. 아니, 그러지 말았어야 하는데. 나는 대체 어디 있는 거야?

서서히 가팔라지는 비탈길에 서 있는 수수한 빌라들 사이로 마차는 달렸다. 프리돌린은 이제 어딘지 알 것 같았다. 몇 년 전에 산책하다 이곳까지 오곤 했다. 그가 마차를 타고 올라가고 있는 곳은 갈리친 산(山)이 틀림없었다. 왼편 아래쪽으로 안개 속에서 흐릿해져가는, 수천 개의 불빛이 반짝거리는 시내가 보였다. 뒤에서 바퀴 구르는 소리가 들리자 그는 창문으로 뒤쪽을 바라보았다. 마차 두 대가 뒤따라오고 있었다. 그것을 보니 기분이 좋아졌다. 그렇다면 앞서 가는 장례용 마차의 마부에게 결코 의심받을 리 없을 테니까.

갑자기 마차가 방향을 옆으로 급격히 바꾸었고, 울타리와 담장과 비탈 들 사이에서 길은 마치 나락으로 떨어지듯 내리막길이 되었다. 프리돌린은 문득 지금이야말로 가면을 써야 할 때라는 생각이 들었다. 그는 모피 코트를 벗고, 아침마다 병동에서 아마천 가운 소매에 팔을 끼워넣듯 민첩하게 수도복을 걸쳤다. 그리고 일이 다 잘 풀린다면 몇 시간 후에는 매일 아침처럼 환자들의 병상 사이를—남을 돕기 좋아하는 의사로서 돌아다닐 수 있으리라고 생각했다. 이런 생각을 하면 구원받을 수 있을 것 같았다.

마차가 멈췄다. 이러면 어떨까, 하고 프리돌린은 생각했다. 내가 아예 마차에서 내리지 않고—당장 되돌아간다면? 하지만 어디로? 광대 복장의 여자아이에게? 아니면 부흐펠트 골목의 어린 창녀에게? 그것도 아니면 고인이 된 남자의 딸 마리안네에게? 아니면 집으로? 그는 그곳보다 정녕 더 가기 싫은 곳이 없음을 가벼운 전율과 함께 느꼈다. 혹시 그가 이 길을 가고 있는 것이, 집에서 가장 멀다고 생각했기 때문일까? 그래, 난 되돌아갈 수 없어, 하고 그는 속으로 생각했다. 내 길을 계속 가겠어. 그게 설령 내 죽음을 의미하더라도. 이 거창한 말에 스스로 웃음이 나왔지만, 그렇다고 기분이 아주 좋은 것은 아니었다.

정원 문은 활짝 열려 있었다. 앞서 달리던 장례용 마차는 협곡으로, 아니 암흑 같은 어두운 곳으로 더 깊이 들어갔다. 그렇다면 나흐티갈은 어쨌든 어느새 마차에서 내린 모양이었다. 프리돌린은 마차에서 재빨리 뛰어내렸고, 마부에게 시간이 얼마나 걸리든 자신이 돌아올 때까지 저 위쪽 모퉁이에서 기다리라고 지시했다. 그리고 마부를 확실히 붙잡아두기 위해 사례를 충분히 하고는, 돌아갈 때도 똑같은 액수의 돈을 주겠다고 약속했다. 그가 탄 마차를 뒤따라오던 마차들도 도착했다. 프리돌린은 첫번째 마차에서 얼굴을 가린 여자가 내리는 것을 보았다. 그는 정원에 들어서서 가면을 썼다. 불이 비춰진 좁은 길이 저택에서 문까지 이어졌다. 갑자기 양쪽 문이 열렸고, 프리돌린은 좁고 하얀 현관에 있게 되었다. 그를 향해 풍금 소리가 울렸다. 얼굴에 회색 가면을 쓰고 거무스름한 제복을 입은 하인 둘이 좌우에 서 있었다.

"암호?" 두 목소리가 그에게 속삭였다. 그가 대답했다. "덴마크." 하인 한 명이 그의 모피 코트를 받아들고 옆방으로 사라졌고, 다른 하인은 문을 열어주었다. 그리고 프리돌린은 어스름한, 아니 거의 어둠침침하고 천장이 높은 홀에 들어섰다. 홀은 까만 비단으로 빙 둘러싸여 있었다. 성직자 복장을 하고 가면을 쓴 사람들이 이리저리 거닐고 있었다. 수사와 수녀 차림의 사람들로, 열여섯 명 내지 스무 명 정도 되었다. 풍금 소리가 부드럽게 울려퍼졌다. 이탈리아 미사곡 선율이었는데 높은 데서 아래로 울리는 것 같았다. 홀의 한쪽 구석에 몇몇 사람들이 작은 무리를 이룬 채 서 있었다. 수녀 세 명과 수사 두 명이었다. 그들은 일부러 그러는 것처럼 때때로 그가 있는 쪽을 힐끔힐끔 보았다. 프리돌린은 자신만 유일하게 머리를 가렸다는 사실을 알아채고 순례자 모자를 벗고는 가능한 한 천진난만한 표정으로 이리저리 거닐었다. 수사 한 명이 그의 팔을 가볍게 스치고 지나가며 고개를 끄덕여 인사를 건넸다. 그런데 가면 뒤의 눈빛이 아주 잠깐 동안 프리돌린의 눈을 뚫어져라 바라보았다. 남국의 정원에서 풍길 것 같은 자극

적이고 낯선 향기가 그를 감쌌다. 팔 하나가 다시 그를 살짝 건드렸다. 이번에는 수녀였다. 다른 사람들처럼 그녀도 이마와 머리와 목덜미를 검정 베일로 휘감았다. 검은색 비단 레이스 가면의 아래에서는 피처럼 빨간 입술이 빛났다. 내가 어디 있는 건가? 프리돌린은 생각했다. 미친 사람들 사이에? 반란을 작당한 사람들 사이에? 어떤 종교 분파의 모임에 빠져든 건가? 나흐티갈은 혹시 어떤 문외한을 데려오라는 지시를 받고 돈을 챙긴 건가? 여기 있는 사람들은 그 문외한을 조롱하려는 건가? 하지만 가면 희극이라고 하기에는 모든 게 너무 진지하고 단조롭고 섬뜩해 보였다. 어떤 여자의 목소리에 맞추어 풍금이 울리더니, 고대 이탈리아 종교 아리아가 울려퍼졌다. 모두들 멈춰서서 귀를 기울이는 것 같았다. 프리돌린도 한동안 아름답게 울려퍼지는 선율에 사로잡혔다. 뒤에서 갑자기 어떤 여자 목소리가 속삭였다. "제 쪽을 돌아보지 마세요. 떠나실 수 있는 시간이 아직은 있어요. 당신은 이곳에 어울리지 않아요. 발각되면 신상에 좋지 않을 거예요."

프리돌린은 소스라치게 놀라 움찔했다. 그는 아주 잠깐 동안 이 경고를 따를까 생각했다. 하지만 호기심과 유혹 그리고 특히 자존심이 온갖 우려보다 강했다. 일단 올 때까지 왔어, 하고 그는 생각했다. 될 대로 되겠지. 그리고 그는 몸을 돌리지 않은 채, 거절의 뜻으로 머리를 저었다.

그때 뒤에서 그 목소리가 속삭였다. "딱하네요."

이제 그는 몸을 돌렸다. 레이스 사이로 빛나는 피처럼 빨간 입술이 보였다. 그녀의 어두운 두 눈이 그의 눈 속에 잠겼다. "난 있겠소." 그가 스스로도 낯선 영웅적인 어조로 말하며 다시 얼굴을 돌렸다. 노랫

소리가 이상하게 커졌다. 풍금은 새로운 풍으로 울렸는데, 더이상 종교 음악 같지 않게 세속적이었고, 파이프오르간은 포효하는 것처럼 요란했다. 프리돌린은 주위를 돌아보며 수녀들이 모두 사라지고 더욱더 많아진 수사들만 홀에 있음을 알아챘다. 그사이에 노랫소리도 어둡고 진지한 분위기에서 벗어나, 기교를 부리며 높아지는 떨림음을 거쳐 낭랑하게 환호하는 소리로 바뀌었다. 그러나 풍금 대신 피아노가 속된 분위기로 대담하게 연주하기 시작했다. 프리돌린은 거칠고도 도발적인 나흐티갈의 건반 터치를 즉각 알아챘다. 그리고 조금 전까지 대단히 우아하고 여성적이었던 목소리는 관능적인, 귀청이 떨어질 듯한 마지막 절규가 되어 흡사 천장을 뚫을 듯 끝없이 울려퍼졌다. 좌우의 문이 열렸다. 한쪽 문가에 놓인 피아노에서 프리돌린은 서서히 희미해져가는 나흐티갈의 형체를 알아보았다. 그러나 맞은편 방은 눈이 부실 정도로 밝았고, 여자들은 미동도 없이 서 있었다. 모두들 거무스름한 베일로 머리와 이마와 목덜미를 감쌌고, 까만 레이스 가면으로 얼굴을 가렸다. 하지만 그 밖에는 완전히 알몸이었다. 프리돌린의 두 눈은 갈망하는 빛을 띤 채, 풍만한 형체에서 날씬한 형체로, 미숙한 몸매에서 눈에 띌 정도로 성숙한 몸매로 옮겨다니며 헤맸다. 알몸의 여자들은 모두 정체를 숨기고 있었고, 풀리지 않는 수수께끼 같은 까만 가면 속의 커다란 눈들은 그를 향해 빛났다. 그것은 이제 이 여자들을 보고 싶은 형언키 어려운 욕구를 견딜 수 없을 만큼 고통스러운 열망으로 바꾸어놓았다. 그런데 다른 사람들에게도 그와 같은 일이 일어난 모양이었다. 처음에 황홀경에 빠진 듯했던 숨소리는 깊은 고통이 새어나오는 신음으로 바뀌었다. 어디에선가 울부짖는 소리가 흘러나왔다. 그리고 갑자기, 마치 쫓기는 것처럼, 그들 모두 더이상 수도복이 아니라 하얀색, 노란색, 파란색, 빨간색의 화려한 기사 복장을 걸친 채 어스름한 홀에서 나와 여자들에게 돌진했다. 그곳에서 불길하기까지 한 웃음소리가 그들을 맞이했다. 프리돌린은 수도복 차림으로 홀로 남겨져, 약간 겁먹은 채 살금살금 가장 외진 구석으로 갔다. 그는 등을 돌린 나흐티갈 가까이 있게 되었다. 프리돌린은 가리개로 눈을 가리고 있는 나흐티갈을 보았다. 동시에 그는 이 눈가리개 뒤에서 나흐티갈의 두 눈이 맞은편의 높은 거울을 뚫어지게 바라보고 있음을 알아챘다. 거울 속에서는 화려한 기사 복장을 한 사람들이 알몸의 무희들과 빙빙 돌고 있었다.

여자들 중 한 명이 갑자기 프리돌린 옆에 서더니 속삭였다. 목소리도 비밀로 해야 한다는 듯, 아무도 큰 소리로 말하지 않았기 때문이다. "왜 그렇게 혼자 있어요? 왜 춤추는 데 끼지 않나요?"

프리돌린은 다른 쪽 구석에서 귀족 차림의 두 사람이 그를 날카로운 눈빛으로 주시하고 있음을 알아챘다. 그리고 자기 곁에 있는 여자—그 여자는 소년 같았고 늘씬했다—는 그를 캐보고 시험해보려고 보내진 것이리라 추측했다. 그럼에도 그는 팔을 뻗어 그녀를 끌어안으려 했다. 그때 또다른 여자 한 명이 파트너에게서 벗어나 곧장 프리돌린에게 달려왔다. 그는 그녀가 조금 전 자기한테 경고했던 그 여자임을 즉시 알아챘다. 그녀는 그를 처음 보는 것처럼 굴면서 속삭였다. 그러나 너무 똑똑히 말하는 바람에 다른 쪽 구석에서도 그녀의 말을 들을 수 있었다. "드디어 돌아왔나요?" 이렇게 말하며 그녀는 밝게 웃었다. "전부 소용없어요. 당신 정체가 밝혀졌어요." 그리고 소년 같

은 여자에게 몸을 돌려 말했다. "2분 동안만 그를 내게 맡겨줘. 그후
에는, 네가 원한다면, 내일 아침까지 그를 차지해도 돼." 그리고 그녀
에게 더 낮은 목소리로 기쁜 듯 말했다. "이 사람이 바로 그이야. 맞
아, 그이야." 그녀는 놀란 듯이 "정말?" 하고 말하고는 구석의 신사들
에게 느릿느릿 걸어갔다.

"묻지 마세요." 남겨진 여자가 프리돌린에게 말했다. "그리고 그 무
엇에도 놀라지 마세요. 제가 그들을 속여볼게요. 하지만 당장 말할 수
있는 것은 오랫동안 그럴 수는 없다는 점이에요. 너무 늦기 전에 도망
쳐요. 지금도 도망치기에는 늦었는지 몰라요. 그리고 당신의 흔적을
추적당하지 않도록 조심하세요. 그 누구도 당신이 누구인지 알아서는
안 돼요. 걸리면 당신의 평온함, 당신 삶의 평화는 영원히 끝날 거예
요. 가세요!"

"당신을 다시 볼 수 있을까요?"

"불가능해요."

"그렇다면, 난 남겠소."

그녀의 벗은 몸에 전율이 일었다. 그 떨림이 그에게 전달되어 정신
이 몽롱해질 정도였다.

"위험해보았자 죽기밖에 더 하겠소." 그가 말했다. "그리고 이 순간
당신은 내게 그만한 가치가 있소." 그는 그녀의 손을 잡고, 그녀를 자
기 쪽으로 끌어당기려 했다.

그녀가 절망한 듯 다시 속삭였다. "가세요!"

그는 웃었고, 자기의 웃음소리를 들었는데, 마치 꿈속에서 듣는 것
같았다.

"내가 어디 있는지 나도 알고 있소. 그런데 당신들은 그저 이러려고 여기 있는 게 아니잖소. 당신들 모두, 그저 바라만 보다가 미치려고 여기 있는 게 아니잖소! 당신은 나를 가지고 특별한 재미를 보고 있는 것뿐이오. 나를 완전히 미치게 하려고 말이오."

"너무 늦겠어요, 가세요!"

그는 그녀의 말을 들으려 하지 않았다. "서로 눈 맞은 쌍들이 물러날 만한 조용한 방이 이곳에 없으려고? 이곳에 있는 모든 사람이 손에 정중하게 입이나 맞추며 작별할까요? 그렇게 보이지 않는걸요."

그리고 그는 거울처럼 반짝이는 매우 밝은 옆방에서 격렬한 피아노 소리에 맞춰 계속 춤을 추는 쌍들을 가리켰다. 뜨겁게 달아오른 하얀 몸뚱이들에 파란색, 빨간색, 노란색 비단옷이 착 달라붙어 있었다. 이제 아무도 그와 그의 옆에 있는 여자를 신경 쓰지 않는 것 같았다. 그들 두 사람만 어둡다 싶은 중앙 홀에 서 있었다.

"헛된 소망이에요." 그녀가 속삭였다. "당신이 꿈꾸는 그런 별실은 이곳에 없어요. 지금이 마지막 기회예요. 도망쳐요!"

"나와 함께 갑시다."

그녀가 절망한 듯 머리를 심하게 흔들었다.

그는 다시 웃었지만 그것은 자신의 웃음소리 같지 않았다. "당신이 약을 올리는군. 이 남자들과 여자들이 여기에 온 게, 단지 서로 연정에 불타올랐다가 다시 물리치기 위해서라는 거요? 당신이 원한다면 나와 함께 가는 것을 누가 막는단 말이오?"

그녀는 깊이 숨을 쉬며 고개를 숙였다.

"아, 이제 알겠소." 그가 말했다. "초대받지 않고 몰래 들어온 사람에게 당신들이 정해놓은 벌이 이것이겠군. 당신들은 그것보다 더 잔인한 벌을 생각해낼 수 없었겠지. 내게 그 벌을 면해줘요. 나를 사면해줘요. 내게 다른 벌을 내려줘요. 당신 없이 가라는 이 벌만 빼고.”

“당신, 정신 나갔군요. 나는 당신과 함께 떠날 수 없어요. 마찬가지로―다른 어떤 남자와도 떠날 수 없어요. 그리고 나를 따라오려고 하는 사람은 자신의 목숨뿐만 아니라 내 목숨도 잃게 할 거예요.”

프리돌린은 꼭 술에 취한 것 같았다. 그녀, 향기가 나는 그녀의 몸, 빨갛게 타오르는 그녀의 입술 때문만이 아니었다. 이 방의 분위기, 이곳에서 그를 감싸고 욕정을 자극하는 비밀스러운 분위기 때문만도 아니었다. 그는 이 밤의 모든 체험에 도취된 동시에 갈증을 느꼈다. 그는 그 체험들 중 어떤 것의 끝도 토지 못했다. 또 자기 자신에도, 자신의 대담함에도, 자기의 내면에 느껴지는 변화에도 도취되었고 갈증을 느꼈다. 그래서 그는 그녀의 머리를 휘감은 베일을 끌어내릴 것처럼 매만졌다.

그녀가 그의 손을 붙잡았다. “어느 날 밤이었어요. 그날 어떤 남자가 춤을 추다가 우리 중 한 여자의 이마에서 베일을 찢어내겠다는 엉뚱한 생각을 하게 되었어요. 그러자 사람들이 그 남자의 얼굴에서 가면을 벗겨내고 그 남자를 매질해 박으로 쫓아냈어요.”

“그럼, 그 여자는?”

“아름답고 젊은 아가씨에 대해 아마 당신도 읽었을 거예요…… 고작 몇 주 전의 일이에요. 그녀는 결혼식을 하루 앞두고 독극물을 마셨어요.”

그는 기억해냈다, 그 이름까지도. 그가 그 이름을 댔다. 후작 가문

출신으로 이탈리아 왕자와 약혼까지 했던 아가씨가 아니던가?

그녀가 고개를 끄덕였다.

갑자기 기사 복장의 사람이 나타났다. 사람들 중에서 가장 기품 있어 보였고 유일하게 하얀 옷을 걸치고 있었다. 그 남자는 정중하기는 했지만 명령하는 듯한 태도로 잠깐 몸을 숙여 인사하며, 프리돌린과 이야기를 나누던 여자에게 춤을 청했다. 프리돌린은 그녀가 잠깐 멈칫하는 것을 느꼈다. 그런데 어느새 그는 그녀를 껴안고 빙빙 돌며 그곳을 떠나, 조명이 밝은 옆방의 다른 남녀 쌍들에게 갔다.

프리돌린은 혼자 남겨졌다. 갑작스러운 쓸쓸함이 혹한처럼 그를 덮쳤다. 그는 주위를 둘러보았다. 이 순간에는 아무도 그를 신경 쓰지 않는 것 같았다. 어쩌면 지금이야말로 곤혹을 치르지 않고 이곳을 떠날 마지막 기회였다. 그럼에도 불구하고 무엇이 그를 눈에 띄지 않고 주목받지 않는다고 느낄 수 있는 구석에서 꼼짝 못하게 붙잡는 걸까. 불명예스럽고 약간 우스꽝스럽게 물러나는 것에 대한 부끄러움 때문일까. 신비한 여체의 향내가 여전히 그의 주위를 스치고 있건만, 몹시 괴롭게도 욕망을 채우지 못한 탓일까. 아니면 지금까지 일어난 모든 일이 어쩌면 그의 용기를 시험하기 위한 시련일 뿐이고, 그에게 상으로 아름다운 여자가 주어질지도 모른다는 기대 때문일까. 그 자신도 이유를 알지 못했다. 하지만 어쨌든 이러한 긴장을 더이상 견딜 수 없고, 온갖 위험을 무릅쓰고라도 이 상태에 종지부를 찍어야 한다는 사실만은 분명했다. 그가 어떤 작정을 하든, 그 대가로 목숨을 잃을 리는 없었다. 그는 바보들 속에, 어쩌면 무뢰한들 속에 있는지도 몰랐다. 악동들이나 범죄자들 속에 있는 게 아님은 확실했다. 그리고 그들

속에 들어가 스스로 침입자라고 고백하고, 자신을 신사답게 그들의 처분에 맡기자는 생각이 퍼뜩 떠올랐다. 이 밤은 오로지 그런 방식으로, 고상하게 타협하는 방식으로 끝나야 했다. 음울하고 슬프고 괴상하고 음란한 모험들이, 어느 것도 끝나지 않은 모험들이 비현실적으로 어수선하게 이어지는 것 이상의 의미를 이 밤이 지녀야 한다면 말이다. 그런데 그 모험들 중 어느 것도 그 끝을 보지 못했다. 그는 소리나게 깊이 숨을 쉬면서 마음의 준비를 했다.

바로 그 순간 그의 옆에서 속삭이는 소리가 났다. "암호!" 검은색 기사 복장의 사람이 갑자기 그에게 다가왔다. 프리돌린이 즉시 대답하지 못하자 그 남자는 다시 같은 질문을 했다. "덴마크." 프리돌린이 말했다.

"선생, 맞습니다. 하지만 그것은 이곳에 들어올 때의 암호입니다. 여쭤도 된다면, 집 안에서의 암호는?"

프리돌린은 입을 다물었다.

"외람됩니다만, 집 안에서의 암호를 말씀해주시지 않겠습니까?" 그 목소리가 칼처럼 날카롭게 들렸다.

프리돌린은 어깨를 움츠렸다. 그가 방 한가운데로 가서 손을 들어올리자 피아노 연주가 그치고 춤이 중단되었다. 각각 노란색과 빨간색 기사 복장을 한 두 남자가 다가왔다. "선생, 암호요?" 두 사람이 동시에 물었다.

"암호를 잊었소." 프리돌린은 헛웃음을 지으며 대꾸했다. 그는 자신이 아주 침착하다고 느꼈다.

"그거 불행한 일이네요." 노란 옷의 신사가 말했다. "당신이 암호를 잊었건 아예 몰랐건, 이곳에서는 마찬가지니까요."

남자 가면을 쓴 다른 사람들이 몰려들었고, 양쪽으로 통하는 문들이 닫혔다. 프리돌린은 혼자 수도복 차림으로 여러 색깔의 기사들 한가운데에 서 있었다.

"가면 벗겨!" 몇몇 사람이 동시에 외쳤다. 프리돌린은 마치 방어라도 하려는 듯 팔을 앞으로 뻗었다. 가면을 쓴 사람들 사이에서 혼자만 가면을 쓰지 않은 맨얼굴로 있다는 것이, 옷을 입은 사람들 속에서 갑자기 벌거벗는 것보다 수천 배나 끔찍하게 느껴졌다. 그래서 그는 단호한 목소리로 말했다. "여러분 가운데 저의 등장 때문에 명예가 훼손되었다고 느끼시는 분이 있다면, 저는 관례에 따라 명예 회복 요구에 응할 준비가 되어 있다고 선언하는 바입니다. 하지만 여러분, 제 가면만은 여러분 모두 함께 벗는 경우에만 벗겠습니다."

"이곳에서 중요한 것은 명예 회복이 아니라," 지금껏 입을 다물고 있던 빨간색 기사 복장의 남자가 말했다. "속죄요."

"가면 벗겨!" 낭랑하고 거만한 목소리의 또다른 사람이 명령조로 말했다. 프리돌린은 그 목소리가 장교의 명령투 같다고 느꼈다. "당신이 고대하는 말을 당신 가면이 아니라 얼굴에 대고 하겠소."

"난 가면을 벗지 않겠소." 프리돌린이 좀더 날카로운 어조로 말했다. "그리고 감히 나를 건드리는 자는 가만두지 않겠소."

갑자기 어떤 팔 하나가 가면을 벗겨내려는 듯 그의 얼굴을 향해 손을 뻗었다. 그때 느닷없이 문 하나가 열렸고, 거기에 한 여자가―프리돌린은 그녀가 누구인지 알아챌 수 있었다―서 있었다. 그녀는 그가 처음 보았을 때처럼 수녀 복장을 하고 있었다. 그녀 뒤쪽의 지나치게 밝은 방에는 다른 여자들이 보였다. 얼굴을 가리고 벌거벗은 채 말 없이 서로 꼭 달라붙어 있었다. 겁에 질린 무리의 모습이었다. 문은 곧바로 다시 닫혔다.

"그를 내버려둬요." 수녀 복장의 그녀가 말했다. "저는 그의 몸값을 치를 각오가 되어 있어요."

뭔가 엄청난 일이 일어난 듯 잠깐 깊은 침묵이 흐른 뒤, 프리돌린에게 맨 처음 암호를 대라고 요구했던 검은색 기사가 수녀에게 몸을 돌려 말했다. "그 일 때문에 무슨 고통을 감수해야 하는지는 알고 있겠지?"

"알아요."

방 안에 깊이 심호흡을 하는 듯한 소리가 퍼졌다.

"당신은 자유요." 기사가 프리들린에게 말했다. "즉시 이 저택을 떠나고, 여기 앞마당까지는 몰래 들어왔지만 더는 비밀을 캐지 않도록 조심하시오. 그 누군가에게 우리의 흔적을 밟게 한다면, 그게 성공하든 성공하지 않든―당신은 끝장날 거요."

프리돌린은 꼼짝 않고 서 있었다. "어떻게―이 여자가 내 몸값을 대신 치른단 말이오?" 그가 물었다.

아무런 대답이 없었다. 몇몇 사람의 팔이 문을 가리켰다. 그에게 지체 없이 떠나라는 신호였다.

프리돌린은 머리를 흔들었다. "여러분, 여러분 마음대로 나를 처벌하시오. 나는 다른 사람이 나 대신 대가를 치르는 것을 가만히 보고 있지는 않겠소."

"이 여자의 운명을," 검은색 기사가 이제 아주 부드러운 어조로 말했다. "당신은 더이상 바꾸지 못할 거요. 이곳에서 일단 약속했다면 번복은 없소."

수녀는 그 말을 확인해주려는 듯 천천히 고개를 끄덕였다. "가세요!" 그녀가 프리돌린에게 말했다.

"아니요." 프리돌린이 소리 높여 대답했다. "당신 없이 이곳을 떠난다면, 내게 삶은 더이상 가치가 없소. 당신이 어디에서 왔고 누구인지 나는 묻지 않겠소. 제가 모르는 여러분, 여러분이 이 사육제 코미디를 끝까지 하든 안 하든, 그게 여러분께 무슨 의미가 있겠소. 설령 이 사육제 코미디가 진지한 결말을 목표로 삼고 있다 하더라도 말이오. 여러분, 여러분이 누구든 여하간 이와는 다른 삶을 영위하고 있을 거요. 하지만 나는 코미디를 하지 않소. 이곳에서도 마찬가지요. 그리고 지금까지 어쩔 수 없이 그런 짓을 했다면, 이제부터는 그런 짓을 그만두겠소. 나는 이 가면놀이와는 더이상 상관없는 운명에 빠진 것 같소. 여러분에게 내 이름을 밝히겠소. 가면을 벗고 모든 결과를 책임지겠소."

"조심해요!" 수녀가 소리쳤다. "당신은 나를 구하지도 못하고 다칠 거예요! 가세요!" 그리고 다른 사람들을 향해 말했다. "여기 내가 있어요. 여기에서 난 당신들―모두의 것이에요!"

거무스름한 옷이 마술처럼 그녀의 몸에서 떨어져내렸다. 그녀는 빛나는 하얀 몸뚱이로 서서, 이마와 머리와 목덜미를 휘감은 베일을 향해 손을 뻗었다. 그리고 놀랍도록 능숙한 동작으로 베일을 벗겨냈다. 베일이 바닥에 내려앉았고, 검은 머리칼이 그녀의 어깨와 가슴과 허리 위로 흘러내렸다. 프리돌린은 그녀의 얼굴을 미처 보기도 전에, 완강한 팔들에 붙잡혀 문 쪽으로 끌려나갔다. 바로 그다음 순간 그는 현

관 대기실에 있었고, 그의 뒤에서 문들이 닫혔다. 가면을 쓴 하인이
그에게 모피 코트를 가져다주고 그가 옷 입는 것을 거들어주었다. 그
리고 대문이 열렸다. 그는 눈에 보이지 않는 힘에 떠밀려 쫓겨나듯 서
둘러 가다가 길거리에 멈춰 섰다. 그의 뒤를 비추던 불빛이 꺼졌다.
그는 주위를 둘러보았다. 창문들이 닫힌 채 조용히 서 있는 저택이 보
였다. 창문들에서는 희미한 빛조차 새어나오지 않았다. 이 모든 것을
기억에 정확히 새기기만 하면 돼, 그는 무엇보다도 이렇게 생각했다.
난 이 저택을 다시 찾아야 해. 그러면 다른 모든 게 분명해질 거야.

밤이 그를 감쌌다. 그가 있는 데서 약간 떨어진 저 위쪽에서, 그러
니까 마차가 그를 기다리기로 되어 있는 곳에서 칙칙하고 불그레한
등 하나가 불을 밝히고 있었다. 그가 부르기라도 한 것처럼, 골목길
깊숙한 곳에서 장례용 마차가 그의 앞으로 왔다. 하인 하나가 마차의
문을 열었다.

"나는 타고 갈 마차가 있소." 프리돌린이 말했다. 그 하인이 머리를
흔들었다. "그 마차가 떠났다면, 난 걸어서 시내로 돌아가겠소."

그 하인은 어떤 항변도 통하지 않는다는 듯 하인답지 않은 손짓으
로 대꾸했다. 마부의 원통형 모자가 밤하늘을 향해 우스꽝스럽게 우
뚝 솟아 있었다. 바람이 세차게 불었고, 하늘 위로 보랏빛 구름이 흘
러갔다. 프리돌린은 지금까지의 경험들에 비추어볼 때, 마차에 오르
는 것 외에는 선택의 여지가 없음을 알 수 있었다. 마차는 그를 태우
고 지체 없이 움직이기 시작했다.

프리돌린은 날이 밝자마자 온갖 위험을 무릅쓰고라도 이 진기한 사
건을 밝히는 일에 착수하겠다고 단단히 마음먹었다. 지금 이 순간 그

를 구한 대가를 치르고 있을, 이해할 수 없는 그 여자를 다시 찾지 못한다면 그의 삶은 이제 전혀 의미가 없을 것 같았다. 어떤 대가일지는 쉽게 추측할 수 있었다. 그런데 그녀는 왜 그를 위해 자신을 희생하려는 걸까? 희생한다고? 그녀는 정말 목전에 닥친 일, 그러니까 이제 자기에게 벌어질 일을 희생으로 여기는 그런 여자였을까? 그녀가 이런 모임에 참여해왔다면—그녀가 그 모임의 관례를 대단히 소상히 아는 것으로 보아 이런 일이 오늘 처음일 리는 없었다—기사들 중 한 명이나 그들 모두의 뜻에 따르는 게 그녀에게 뭐 대단한 일이겠는가? 그래, 그녀야말로 창녀가 아닐까? 그 여자들 모두 창녀가 아닐까? 창녀들이야. 의심의 여지가 없어. 설령 그녀들 모두 창녀의 삶인 바로 이런 생활 외에 그 어떤 제2의 삶, 말하자면 시민적인 삶을 영위하고 있다 해도 말이야. 그리고 어쩌면 그가 이제 막 경험한 모든 것이 그저 그를 데리고 한 비열한 장난은 아니었을까? 초대받지 않은 자가 그곳에 몰래 숨어드는 경우를 예견해 미리 준비하고, 어쩌면 사전 연습까지 한 장난이 아니었을까? 그런데 처음부터 그에게 경고했고 지금은 그를 대신해 대가를 치를 각오가 되어 있는 이 여자를 다시 생각하자니—그녀의 목소리, 그녀의 태도, 그녀의 벌거벗은 몸에서 풍기는 당당한 기품에는 거짓일 리 없는 그 무엇이 있었다. 아니면 그저 그의, 프리돌린의 갑작스러운 출현이 기적처럼 작용해 그녀를 변화시킨 것일까? 이 밤에 그에게 일어난 모든 일에 비추어—그는 이런 생각이 전혀 엉터리 같지 않았다—그는 이런 기적 역시 불가능하지 않다고 여겼다. 일상적인 상황에서라면 다른 이성에게 어떤 특별한 힘도 갖지 못하는 남자들에게서 이처럼 기이하고 저항할 수 없는 마력이 나오는 밤들이, 그런 시간들이 어쩌면 있는 게 아닐까? 그는 생각했다.

　마차는 계속 언덕을 올라갔다. 길을 제대로 갔다면 마차는 이미 오래전에 큰길로 접어들었어야 했다. 그를 어떻게 할 작정인가? 마차는 그를 어디로 데려가는가? 혹시 이 코미디가 아직도 진행되고 있는 것인가? 그리고 이번에는 어떤 종류일까? 혹시 이 기이한 사건의 해명? 다른 장소에서의 기분 좋은 재회? 시련을 명예롭게 견뎌낸 보상으로 비밀 모임에의 입회 허용? 수녀 복장의 빼어나게 아름다운 그녀를 방해받지 않고 소유하는 것? 마차의 창문은 닫혀 있었다. 프리돌린은 밖을 내다보려고 애썼다. 창문들은 불투명해서 밖이 보이지 않았다. 그는 좌우에 있는 창을 열려고 했다. 그러나 불가능했다. 그와 마부석 사이에 있는 유리벽도 마찬가지로 불투명했고 단단히 잠겨 있었다. 그는 유리창을 두드리고 소리치고 비명을 질렀지만 마차는 계속 달렸다. 그는 마차 좌우에 있는 문을 열려고 했다. 양쪽 문 모두 어떤 힘에도 밀리지 않았고, 그가 또다시 외치는 소리는 바퀴들이 삐걱거리는 소리에, 바람이 윙윙거리는 소리에 묻혀 사라졌다. 마차가 덜커덩거리기 시작하더니 산 아래로 달려내려가 속도가 점점 빨라졌다. 프리돌린은 불안과 공포에 사로잡혀 불투명한 창들 중 하나를 부수려고 했다. 그때 갑자기 마차가 멈춰 섰다. 기계로 작동시킨 것처럼 양쪽 문이 동시에 열렸다. 아이러니하게도 프리돌린에게 오른쪽과 왼쪽 문 중 하나를 고를 선택권이 주어진 것처럼 보였다. 그가 마차에서 뛰어내리자 마차의 문이 닫혔다. 마부는 프리돌린을 조금도 개의치 않았고, 마차는 그곳을 떠나 빈 들판을 지나쳐 밤의 어둠 속으로 달려갔다.

　하늘은 흐렸고 구름들은 쫓기듯 흘러갔으며 바람은 쌩쌩 불었다.

프리돌린은 주위를 창백하면서도 환하게 물들이는 눈 속에 서 있었다. 그는 수도복 위에 걸친 모피 코트를 열어젖히고 머리에 순례자 모자를 쓴 채 혼자 서 있었다. 비밀스러운 느낌은 들지 않았다. 조금 떨어진 곳에 넓은 길이 나 있었다. 흐릿하게 깜박이는 가로등 행렬이 시내로 가는 방향을 표시해주었다. 그러나 프리돌린은 길을 단축하려고 적당히 경사진 눈 덮인 들판을 지나 아래쪽으로 곧장 달렸다. 가능한 한 빨리 사람들이 있는 곳에 다다르기 위해서였다. 발이 완전히 젖어버린 그는 불빛이 거의 없는 좁은 골목길에 이르렀다. 그리고 먼저 강풍에 삐걱거리는 높다란 판자 울타리 사이를 걸어갔다. 다음 모퉁이를 돌자 드문드문 있는 작은 집들과 텅 빈 건축 부지가 번갈아 나타나는, 더 넓은 골목길이 나왔다. 어느 시계탑에서 새벽 세시를 알리는 종이 울렸다. 누군가가 프리돌린을 향해 왔다. 그는 짧은 재킷을 걸치고 두 손을 바지 주머니에 넣고 머리를 양어깨 사이에 웅크리고 모자를 이마 깊숙이 눌러쓰고 있었다. 프리돌린은 공격에 맞서는 듯한 자세를 취했는데, 부랑자처럼 어슬렁거리던 그가 웬일인지 갑자기 몸을 돌려 달아났다. 왜 그러지? 프리돌린은 자신에게 물었다. 그러고는 자신이 충분히 섬뜩하게 보일 수 있다는 생각이 들어, 순례자 모자를 벗고 외투의 단추를 채웠다. 외투 아래서 수도복이 발목까지 닿아 치렁치렁했다. 그는 다시 모퉁이를 돌았다. 시내 외곽의 큰길이 나왔다. 옷차림이 촌스러운 어떤 사람이 지나가며, 마치 사제에게 하듯 인사했다. 가로등 불빛이 모퉁이 집에 붙어 있는 표지판을 비췄다. 리프하르츠탈 거리—그렇다면 그 저택에서 그다지 멀리 떨어져 있지 않았다. 그가 그 저택에서 떠난 지는 채 한 시간도 안 되었다. 아주 잠깐,

그는 되돌아가 그 저택 근처에서 앞으로의 일을 기다려보고 싶은 유혹을 느꼈다. 그러나 곧바로 포기했다. 고약한 위험을 무릅쓴다 해도 수수께끼는 해결하지 못할 거라는 생각에서였다. 바로 이 순간 그 저택에서 벌어지고 있을 일들을 상상하자, 그의 마음은 분노와 절망과 수치심과 불안으로 가득 찼다. 프리돌린은 이런 심정을 견디기가 무척 어려웠다. 그래서 아까 부딪쳤던 부랑자가 자기를 덮치지 않은 것이 유감스럽기까지 했다. 갈비뼈 사이를 칼에 찔린 채 위험한 골목의 판자 울타리 옆에 누워 있지 않은 게 정말이지 애석하기까지 했다. 그랬더라면 끝을 보지 못한 유치한 모험들이 이어진 이 무의미한 밤이 어쩌면 의미 같은 것을 얻었을지 모르는데. 이제 막 집으로 돌아갈 참이었는데, 이렇게 집으로 돌아간다는 것이 정말 우습게 여겨졌다. 하지만 아직 잃은 것은 없었다. 내일도 날이었다. 그는 자신을 그 눈부신 나체로 도취시켰던 아름다운 여자를 다시 찾기 전까지는 쉬지 않겠다고 다짐했다. 그리고 이제야 처음으로 알베르티네를 생각했다. 그런데 그는 알베르티네 역시 새롭게 정복해야 할 것 같았다. 그가 지난 밤에 만난 다른 모든 여자들과, 그러니까 나체의 그 여자, 광대 복장의 여자아이, 마리안네, 좁은 골목길의 창녀와 바람을 피워 알베르티네를 배신하기 전에는 그녀가 다시 그의 것이 될 수 없고 또 그렇게 될 리도 없을 것 같았다. 그를 툭 치며 지나간 그 뻔뻔한 대학생도 찾아내어 칼로, 아니 차라리 권총으로 결투를 청해야 하지 않을까? 다른 사람의 목숨이 그에게 뭐 그리 대수이며, 그 자신의 목숨이 뭐 그리 중요하겠는가? 항상 단지 의무감 때문에, 희생 정신 때문에만 목숨을 걸어야 한단 말인가?! 결코 기분 때문에, 열정 때문에, 또는 그

낭 운명과 겨루기 위해서는 안 되고?

그리고 그는 어쩌면 몸에 이미 죽을병의 원인이 있을지 모른다는 생각이 다시 퍼뜩 들었다. 디프테리아에 걸린 아이가 얼굴에 대고 기침을 했다고 죽는다면 너무 어이없지 않을까? 어쩌면 그는 이미 병들었을지 모른다. 그의 몸에 열은 없나? 이 순간 그는 집의 침대에 누워 있는 게 아닐까—그가 몸소 겪었다고 믿는 그 모든 것이 정신 착란 외에 아무것도 아니지 않을까?!

프리돌린은 가능한 한 두 눈을 크게 뜨고 이마와 뺨을 문지르며 맥박을 재보았다. 빨라지지는 않았다. 모든 게 정상이었다. 그는 완전히 깨어 있었다.

그는 계속 시내 쪽으로 걸어갔다. 노점용 마차 몇 대가 그의 뒤를 따르더니 덜커덩거리며 옆을 지나갔다. 그는 때때로 초라한 차림의 사람들과 부딪쳤다. 그들에게 하루가 막 시작된 것이었다. 어느 카페의 창문 너머, 가스램프 불꽃이 깜박거리는 탁자에 목도리를 두른 뚱뚱한 사람이 앉아 손에 턱을 괸 채 잠들어 있었다. 집들은 여전히 어둠에 잠겨 있었다. 군데군데 창문에 불이 켜져 있었다. 프리돌린은 사람들이 서서히 깨어나고 있음을 느꼈다. 사람들이 침대에서 기지개를 켜고, 구차하고 힘든 하루를 준비하는 모습이 보이는 것 같았다. 그에게도 하루가 다가오고 있었지만 구차하거나 우중충하지는 않았다. 그는 이상하게 심장이 두근거렸고, 몇 시간 후면 하얀 가운을 입고 환자들의 침대 사이를 돌아다니리라는 것을 깨닫자 기뻤다. 다음 모퉁이에 말 한 필이 끄는 마차가 서 있었다. 마부는 마부석에 잠들어 있었다. 프리돌린은 그를 깨워 집 주소를 알려주고 마차에 올라탔다.

5

　프리돌린이 자기 집 계단에 올라섰을 때는 새벽 네시였다. 우선 진료실로 가서 옷장에 가면 복장을 꼼꼼하게 챙겨 넣고 잠갔다. 그리고 알베르티네를 깨우고 싶지 않아, 침실로 들어가기 전에 신발과 옷을 벗었다. 그는 침대 곁 탁상에 놓인 전등의 약한 불을 조심스레 켰다. 알베르티네는 팔베개한 채 조용히 누워 있었다. 입술은 반쯤 벌어져 있었고, 입술 주위에 고통스러운 그림자가 어려 있었다. 프리돌린이 미처 알지 못하는 얼굴이었다. 그가 그녀의 이마 위로 몸을 숙이자, 건드리기라도 한 것처럼 이마에 곧바로 주름이 잡혔다. 그녀의 표정이 이상야릇하게 일그러졌다. 그리고 갑자기, 여전히 잠든 상태에서, 그녀가 너무 날카로운 웃음을 터뜨려서 프리돌린은 깜짝 놀랐다. 그는 자기도 모르게 그녀의 이름을 불렀다. 그녀는 대답이라도 하듯 다시 웃었는데, 낯설고 섬뜩한 느낌마저 들었다. 프리돌린은 다시 큰 소리로 그녀를 불렀다. 이제 그녀는 눈을 힘겹게, 천천히, 크게 뜨고, 마치 그를 알아보지 못하는 양 응시했다.

"알베르티네!" 그가 세번째로 소리쳤다. 그녀는 그제야 정신이 든 것 같았다. 그녀의 눈에 방어, 공포, 그리고 경악의 표정이 나타났다. 그녀는 두 팔을 위로 뻗었다. 무의미했고 필사적인 듯한 동작이었다. 그녀의 입은 벌어져 있었다.

"당신, 무슨 일이야?" 프리돌린이 숨도 제대로 쉬지 못한 채 물었다. 그녀가 여전히 깜짝 놀란 것처럼 그를 응시하자, 그는 진정시키려는 듯 말을 덧붙였다. "알베르티네, 나요." 그녀는 깊이 숨을 내쉬며 미소를 지으려 애썼고, 두 팔을 이불 위에 내려놓은 다음, 먼 곳에서 울리는 듯한 목소리로 물었다. "벌써 아침이에요?"

"곧." 프리돌린이 대답했다. "네시가 지났소. 난 방금 집에 돌아왔어." 그녀는 침묵했다. 그가 말을 계속했다. "고문관은 죽었소. 내가 갔을 때 이미 죽어 있었어. 그리고 나는 물론—가족들만 남겨둘 수가 없었소."

그녀는 고개를 끄덕였지만, 그가 보기에는 그의 말을 거의 듣지 않았거나 이해하지 못한 것 같았고, 그를 관통하여 허공을 응시하는 듯했다. 그리고 그가 어젯밤에 경험한 것을 그녀가 틀림없이 알고 있을 것 같았다. 그런 생각이 든 바로 그 순간, 그 생각이 그 자신에게도 너무나 터무니없게 여겨졌지만 말이다. 그는 몸을 굽혀 그녀의 이마에 손을 댔다. 그녀는 가볍게 몸을 떨었다.

"당신, 무슨 일이야?" 그가 다시 물었다.

그녀는 천천히 고개를 저을 따름이었다. 그가 그녀의 머리를 어루만졌다. "알베르티네, 무슨 일이야?"

"꿈을 꾸었어요." 그녀가 멀리서 울리는 듯한 소리로 말했다.

"대체 무슨 꿈을 꾸었기에?" 그가 부드럽게 물었다.

"아, 너무 많아요. 제대로 기억할 수가 없어요."

"그래도 혹시."

"너무 혼란스럽고—난 피곤해요. 그리고 당신도 틀림없이 피곤할 텐데요?"

"알베르티네, 난 조금도 피곤하지 않소. 난 이제 못 잘 거요. 당신도 알잖소. 이렇게 늦게—바로 이런 새벽에—집에 올 때면, 곧장 책상에 앉는 게 내게는 정말 가장 현명한 일이라는 걸." 그가 말을 중단했다. "당신이 차라리 꿈 이야기를 해주지 않겠소?" 그는 약간 억지로 미소를 지었다.

그녀가 대답했다. "당신은 잠깐이라도 누워야 해요."

그는 잠시 머뭇거리더니, 그녀가 원하는 대로 그녀 곁에 몸을 쭉 뻗었다. 하지만 그는 그녀의 몸에 닿지 않으려고 조심했다. 우리 사이를 가르는 칼 한 자루, 하고 그는 생각하면서, 언젠가 이와 비슷한 상황에서 그가 반은 농담조로 내뱉었던 같은 종류의 말을 기억했다. 그들은 둘 다 말이 없었고, 눈을 뜬 채 누워 서로 그들의 친밀함, 그들의 거리감을 느꼈다. 잠시 후 그는 턱을 괴고, 마치 그녀 얼굴의 윤곽보다 더 많은 것을 볼 수 있기라도 한 듯 그녀를 오랫동안 관찰했다.

"당신의 꿈을!" 그가 갑자기 다시 한 번 말했다. 그녀는 마치 이런 요구를 기다렸던 것 같았다. 그녀가 그에게 손을 내밀었다. 그는 그

손을 잡았다. 그리고 늘 그랬듯 다정한 느낌이 들기보다는 정신이 딴 데 쏠려 멍하니, 그녀의 가느다란 손가락을 장난치듯이 움켜쥐었다. 그녀가 말하기 시작했다.

"뵈르터 호숫가에 있는 작은 빌라의 그 방을 아직 기억하나요? 우리가 약혼하던 여름에 내가 부모님과 지냈던 곳 말이에요."

그가 고개를 끄덕였다.

"꿈은 내가 그 방에 들어가는 것으로 시작되었어요. 내가 어디에서 왔는지는 모르겠어요. 여배우가 무대에 오르는 것 같았죠. 내가 아는 것은 부모님이 여행중이었고 날 혼자 남겨두었다는 것뿐이에요. 나는 그게 의아했어요. 그다음 날이 우리 결혼식이었으니까. 그런데 신부의 웨딩드레스도 아직 없었어요. 혹시 내가 착각한 걸까? 나는 살펴보려고 옷장을 열었죠. 웨딩드레스 대신 수많은 다른 옷들이 잔뜩 걸려 있더군요. 사실 무대의상들이었어요. 오페라 의상, 화려한 의상, 동양적인 의상. 결혼식 때 대체 어떤 옷을 입어야 한담? 나는 생각했어요. 그때 갑자기 옷장이 다시 닫혀버렸어요. 아니면 사라져버렸거나. 어떻게 된 건지 더이상은 모르겠어요. 방은 아주 밝았어요. 하지만 창문 밖은 깜깜한 밤이었죠…… 갑자기 당신이 방 앞에 서 있었어요. 갤리선 노예들이 노를 저어 당신을 그곳으로 데려온 거죠. 나는 그들이 막 어둠 속으로 사라지는 걸 봤어요. 당신은 금과 비단으로 된 무척 화려한 옷을 입었고, 은장식이 달린 단도를 옆에 차고 있었어요. 그리고 나를 창문에서 들어올렸어요. 나 역시 이제 공주처럼 화려하게 차려입었어요. 우리 둘 다 야외의 어스름 속에 서 있었죠. 그리고 근사한 잿빛 안개가 우리의 발목까지 닿았어요. 그곳은 아주 친숙한 지역이었어요. 그곳에 호수가 있었고, 우리 앞에는 산의 절경이 펼쳐졌죠. 별장들도 보였어요. 별장들은 마치 장난감 상자에서 나온 것처럼 거기 서 있었어요. 그러나 당신과 나 우리 둘, 우리는 떠다녔어요, 아니, 안개 위로 날아갔어요. 그리고 나는 그러니까 이것이 우리의 신혼여행이구나 하고 생각했어요. 하지만 우리는 금세 더이상 날지 못하게 되었어요. 우리는 숲길로 접어들었죠. 엘리자베트 언덕으로 올라가는 숲길이었어요. 그리고 갑자기 우리는 아주 높은 산속의 빈터 같은 곳에 이르게 되었어요. 삼면이 숲으로 둘러싸인 빈터였어요. 뒤쪽으로는 가파른 암석이 높이 솟아 있었어요. 우리 위쪽으로는 별이 총총한 하늘이 푸르고 아득하게 펼쳐져 있었어요. 현실에는 존재하지 않을 것 같았죠. 그것은 우리 신혼방의 천장이었어요. 당신은 나를 껴안고 몹시 사랑해주었어요."

"당신도 나를 그렇게 했기를." 프리돌린이 눈에 띄지 않는 심술궂은 미소를 지으며 말했다.

"내 생각에는, 훨씬 더 많이 사랑해주었을걸요." 알베르티네가 진지하게 대답했다. "하지만, 당신에게 이걸 어떻게 설명해야 하나 ─무척 열정적인 포옹에도 불구하고, 우리의 애무는 예정된 고난에 대한 예감 때문인 듯 몹시 우울한 느낌이었어요. 그때 갑자기 아침이 되었어요. 초원은 밝고 알록달록했고, 주변의 숲은 상쾌하게 이슬에 젖어 있었어요. 그리고 암벽 위에는 햇빛이 몸을 떨듯 비추고 있었고요. 우리 둘은 이제 다시 세상으로, 사람들 속으로 돌아가야 했어요. 서둘러야 했어요. 그런데 그때 뭔가 끔찍한 일이 생겼어요. 우리 옷이 다 없어져버린 거예요. 비할 바 없는 공포가 나를 사로잡았고, 타오르는 수치심에 속이 탔어요. 그와 동시에 당신에 대한 분노가 일었어요. 마치 당신 혼자 이 불행에 책임이 있는 것처럼 말이에요. 그리고 이 모든 것, 그러니까 공포와 수치심과 분노는 내가 지금껏 깨어 있을 때 느꼈던 그 어떤 감정과도 비교할 수 없을 정도로 격렬했어요. 그러나 자신의 책임을 통감한 당신은 우리가 입을 옷을 마련하려고 벌거벗은 상태 그대로 달려나갔어요. 당신이 사라지자 나는 기분이 무척 가벼워졌어요. 나는 당신이 딱하지도 않았고, 당신을 걱정하지도 않았어요. 오히려 홀로된 것이 그저 기뻐서, 행복에 겨워서 초원 여기저기를 뛰어다니며 노래를 불렀죠. 우리가 가장무도회에서 들었던 춤곡의 멜로디였어요. 내 목소리는 아름답게 울려퍼졌고, 나는 저 아래 도시에도 내 목소리가 들리기를 바랐어요. 나는 그 도시를 보지는 못했지만 알고 있었어요. 그 도시는 저 아래 깊숙한 곳에 있었고, 높은 담으로 둘러싸여 있었어요. 내가 도저히 묘사할 수 없을 정도로 대단히 환상적인 도시였어요. 동양적이지도 않았고, 딱히 고대 독일풍도 아니었어요. 그렇지만 한편으로는 동양적이었고 다른 한편으로는 고대 독일풍이었어요. 여하간 오래전에 영원히 가라앉은 도시였어요. 나는 갑자기 초원에서 태양의 광휘 속에 사지를 뻗고 누웠어요. 실제보다 훨씬 아름다운 모습으로 말이에요. 그리고 그렇게 누워 있는 동안, 숲에서 어떤 신사가, 어떤 젊은 남자가 밝고 현대적인 정장 차림으로 걸어나왔어요. 이제는 알 것 같은데, 그 남자는 내가 어제 당신에게 이야기해준 덴마크 남자와 비슷하게 생겼어요. 그 남자는 자기 길을 가고 있었고, 내 곁을 지나갈 때 매우 정중하게 인사했어요. 하지만 나를 더이상 거들떠보지 않고, 곧장 암벽 위로 올라가 암벽을 주의 깊게 관찰했어요. 마치 이 암벽을 어떻게 정복할 것인지 곰곰이 생각하는 것 같았죠. 그와 동시에 나는 당신도 보았어요. 당신은 가라앉은 도시에서 집집마다, 상점마다 돌아다니느라고 바빴어요. 또 아케이드에 나타났다가 금세 터키풍 시장 같은 데 나타났어요. 그리고 당신은 나를 위해 찾을 수 있는 가장 아름다운 물건들을 사들였어요. 옷, 속옷, 구두, 보석—이 모든 것을 당신은 노란색 작은 가죽 손가방에 집어넣었어요. 그 가방은 작은데도 물건이 다 들어갔어요. 하지만 당신은 내가 모르는 한 무리의 사람들에게 줄곧 쫓겨다녔어요. 내게는 그저 그들이 위협적으로 울부짖는 어렴풋한 소리만 들렸어요. 그리고 때마침 그 남자가 다시 나타났어요. 조금 전에 암벽 앞에 서 있던 덴마크 남자 말이에요. 그가 다시 숲에서 나와 내게 다가왔고—나는 그가 그사이에 온 세상을 돌아다녔다는 것을 알았어요. 그는 그전과는 다르게 보였어요. 그렇다 해도 그는 같은 남자였어요. 그는 처음 보았을 때와 마찬가지로 암벽 앞에 서 있다가 다시 사라졌어요. 그러고는 다시 숲에서 나왔다가 사라졌고, 다시 숲에서 나왔어요. 이런 일이 두 번—세 번—수백 번 반복되었어요. 항상 같은 남자이면서 항상 다른 남자였어요. 그 남자는 내 곁을 지나갈 때마다 인사했죠. 그러던 그가 마침내 내 앞에 멈춰 서서 나를 시험하듯 바라보았어요. 나는 유혹하듯이 웃었는데, 그렇게 웃어보기는 평생 처음이었죠. 그는 나를 향해 두 팔을 벌렸고, 나는 달아나려고 했어요. 하지만 그럴 수가 없었어요—그리고 그는 초원에 있는 내게로 쓰러졌어요."

알베르티네가 입을 다물었다. 프리돌린은 목이 말랐다. 그는 방의 어둠 속에서 알베르티네가 양손으로 얼굴을 가린 것 같은 자세를 취하고 있음을 알아챘다.

"기이한 꿈이군." 그가 말했다. "벌써 끝났소?" 그리고 그녀가 아니라고 부인하자 그가 말했다. "그럼, 이야기를 계속해보지."

"그게 그렇게 쉽지 않아요." 그녀가 다시 이야기하기 시작했다. "이런 일들은 원래 말로는 표현하기 힘들어요. 그러니까—나는 무수히 많은 낮과 밤을 체험하는 기분이었어요. 시간도 공간도 없었어요. 내가 있던 곳은 더이상 숲과 암석으로 둘러싸인 빈터가 아니었어요. 다채로운 꽃들로 눈부신, 끝없이 멀리 펼쳐진 평지였어요. 그 평지가 점차 사방으로 사라져 지평선이 되었어요. 나는 또한 오래전부터—오래전부터라니! 묘하네요—이 남자하고만 단둘이 초원에 있지 않게 되었어요. 하지만 나 말고 몇 쌍의 남녀가 거기 더 있었는지, 세 쌍이었는지 아니면 열 쌍 아니면 천 쌍이었는지, 내가 그들을 보았는지 못 보았는지, 내가 그 한 남자의 것이었는지 아니면 다른 사람들의 것이기도 했는지, 뭐라 말할 수가 없네요. 하지만 조금 전 꿈에서 느꼈던 경악과 수치의 감정이 맨정신에 상상할 수 있는 온갖 감정보다 훨씬 강렬한 것처럼, 내가 꿈속에서 느끼는 긴장 풀린 편안함과 자유와 행복도 우리가 의식하는 실존에는 존재하지 않는 게 확실해요. 그러면서도 나는 한순간도 당신에 대해 알려는 시도를 멈추지 않았어요. 그래요, 나는 당신을 보았어요. 나는 당신이 붙들리는 것을 보았어요. 군인들에게 말이에요. 그중에 성직자들도 있었던 것 같아요. 누군가가, 어마어마하게 큰 어떤 사람이 당신의 손을 묶었어요. 그리고 나는 당신이 사형에 처해지리라는 사실을 알았어요. 나는 아주 멀리서부터 그것을 알았지만, 연민도 전율도 일지 않았어요. 사람들이 당신을 마당으로, 성의 안뜰 같은 데로 데려갔어요. 그곳에서 당신은 양손이 뒤로 묶인 채 발가벗고 서 있었어요. 그리고 내가 다른 곳에 있으면서도 당신을 보고 있는 것처럼, 당신도 나를 보고 있었어요. 또한 나를 팔에 안은 그 남자와 다른 남녀 쌍들을 모두 보고 있었어요. 나를 둘러싼 나체의 끝없는 물결을 말이에요. 나와 나를 껴안고 있는 그 남자는 거기에서 나온 하나의 물결에 지나지 않은 것 같았어요. 이제 당신은 성의 안뜰에 서 있었고, 높다란 아치형 창문의 빨간 커튼 사이에서 왕관을 쓰고 보랏빛 망토를 걸친 어떤 여자가 나타났어요. 그 나라의 여제후였어요. 그녀는 엄하게 묻는 눈빛으로 당신을 내려다보았어요. 당신은 혼자 서 있었고 다른 사람들은, 그 수가 꽤 많았는데, 한쪽으로 물러나 벽에 기대어 있었어요. 나는 위험을 예고하는 중얼거림과 속삭임을 들었어요. 그때 여제후가 난간 위로 몸을 숙였어요. 그러자 조용해졌어요. 여제후는 당신에게 신호를 보냈어요. 위로 올라오라고 명령하는 듯했죠. 나는 여제후가 당신을 사면하기로 결심했음을 알았어요. 하지만 당신은 여제후의 눈빛을 알아채지 못했거나 알아채려 하지 않았어요. 그런데 당신은 갑자기, 양손은 여전히 묶인 채로, 그러나 검은색 외투로 몸을 감싼 채, 여제후와 마주 보고 섰어요. 그 어떤 아늑한 방 안이 아니라 탁 트인 옥외에서, 말하자면 공중에 뜬 채로 말이에요. 여제후는 양피지 한 장을, 당신의 사형선고문을 손에 들고 있었어요. 거기에는 당신의 죄목과 유죄판결 이유들도 기록되어 있었어요. 여제후가 당신에게 자기의 애인이 될 용의가 있는지—나는 그 말을 듣지는 못했지만 무슨 말을 하는지 알고 있었어요—물었어요. 그럴 경우, 당신은 사형을 면할 수 있었어요. 당신은 거절의 뜻으로 머리를 흔들었어요. 나는 놀라지 않았죠. 그러는 것이 아주 당연했고, 당신은 온갖 위험을 무릅쓰고라도 내게 영원히 신의를 지키는 것 외에는 달리 방도가 없었으니까요. 그러자 여제후는 어깨를 움찔하더니 허공에 대고 손짓했어요. 그러자 당신은 갑자기 어느 지하실에 있게 되었어요. 채찍을 휘두르는 사람들은 보이지 않았지만 채찍들이 당신을 내리쳤어요. 피가 시냇물처럼 당신의 몸을 타고 흘러내렸어요. 나는 피가 흘러내리는 것을 보았고 나의 잔혹함을 깨달았지만, 나의 잔혹함에 놀라지는 않았어요. 여제후가 당신에게 다가갔어요. 여제후의 머리가 풀려 벌거벗은 몸 주위로 흘러내렸어요. 여제후는 두 손에 왕관을 들고 당신에게 내밀었어요. 그리고 나는 그녀가 덴마크 해변의 여자아이임을 알아차렸죠. 당신은 그날 아침 해수욕장 방갈로의 테라스에서 그 여자아이가 벌거벗은 모습을 보았죠. 그녀는 한마디도 하지 않았어요. 그러나 여제후가 그곳에 있다는 것, 더욱이 침묵한다는 것의 의미는, 당신이 그녀의 남편이 되어 그 나라의 제후가 되지 않겠느냐고 묻는 것이었어요. 당신이 다시 거절하자 그녀는 갑자기 사라졌어요. 하지만 동시에 나는 당신을 못 박을 십자가가 세워지는 것을 보았죠. 아래쪽 성 안의 뜰이 아니라 온통 꽃으로 뒤덮인 끝없는 초원에 말이에요. 그곳에서 나는 다른 모든 연인들 사이에서 애인의 팔에 안겨 쉬고 있었죠. 나는 당신이 고풍스러운 골목길을 지나 경비병도 없이 혼자 그곳으로 걸어가는 것을 보았어요. 하지만 나는 당신의 길은 이미 정해져 있었고 도망은 불가능함을 알고 있었어요. 이제 당신은 숲의 오솔길을 따라 산으로 올라갔어요. 나는 긴장한 채 당신을 기다렸어요. 하지만 동정심은 전혀 없었어요. 당신의 몸은 길고 빨간 매질 자국으로 뒤덮여 있었어요. 피는 더이상 흐르지 않았어요. 당신은 점점 높이 올라갔어요. 당신이 올라갈수록 조붓한 길은 더 넓어졌고, 숲은 양쪽으로 물러났어요. 그리고 이제 당신은 잴 수 없을 만큼 아득히 먼 초원 가장자리에 서 있었어요. 그런데 당신이 내게 미소 지으며 눈으로 인사했어요. 마치 당신이 내 소원을 이루어주었고, 내가 필요로 하는 모든 것을 가져왔다고 알리려는 것 같았어요. 옷, 구두, 보석 말이에요. 하지만 나는 당신의 행동을 매우 어리석고 무의미하다고 여겼어요. 그래서 당신을 조롱하고 당신의 얼굴에 대고 조소하고 싶은 유혹이 일었어요. 당신이 나에 대한 신의를 지키느라 여제후의 손을 뿌리쳤고, 고문을 당했고, 이제 이곳까지 비틀거리며 올라와 결국 끔찍하게 죽임을 당하리라는 것 때문이었어요. 난 당신을 향해 달렸고, 당신의 발걸음도 점점 빨라졌어요. 나는 둥둥 떠다니기 시작했고, 당신도 공중을 날아다녔어요. 그런데 우리는 갑자기 서로의 시야에서 사라졌어요. 나는 우리가 서로 스쳐지나갔음을 알았어요. 나는 사람들이 당신을 십자가에 못 박는 동안, 당신이 적어도 내 웃음소리를 듣기를 바랐어요. 그래서 나는 웃음을 터뜨렸어요. 가능한 한 날카롭고 크게. 프리돌린, 나를 잠에서 깨운 게―그 웃음소리였어요.”

알베르티네는 입을 다물고 꼼짝 않고 있었다. 프리돌린 역시 움직이지 않았고 한마디도 하지 않았다. 이 순간에는 어떤 말도 시원찮고 거짓되고 비겁해 보일 것이었다. 그녀가 이야기를 계속하면 할수록, 그 자신의 체험들은 이제껏 진척을 보았던 만큼 더 우스꽝스럽고 아무것도 아닌 것처럼 보였다. 그래서 그 체험들을 끝까지 한 다음에 아내에게 사실대로 보고하고, 그럼으로써 그녀에게 보복하기로 다짐했다. 아내는 실제로도 그렇듯 꿈속에서도 신의 없고 잔인하고 배신을 일삼는 여자로 드러났다. 그리고 그는 이 순간만큼은 그녀를 예전에 사랑했던 것보다 더 깊이 증오한다고 믿었다.

그는 자신이 여태껏 그녀의 손가락을 양손으로 꼭 쥐고 있었음을 알아챘다. 또 아무리 아내를 증오하기로 작정했다 하더라도, 가늘고 서늘한, 그에게 이토록 친숙한 이 손가락에는 변함없는 애정을 다만 더 고통스럽게 느끼고 있음을 깨달았다. 그리고 자기도 모르게, 정말 자기 의지와는 다르게―이 친숙한 손을 놓아주기 전에 부드럽게 입술을 갖다 댔다.

알베르티네는 여전히 눈을 뜨지 못했다. 프리돌린은 그녀의 입과 이마와 얼굴 전체가 기쁘고 행복하고 천진난만한 표정으로 미소 짓는 것을 본 것 같았다. 그리고 알베르티네에게 몸을 숙여 그녀의 창백한 이마에 키스하고 싶은, 그 자신도 이해할 수 없는 충동을 느꼈다. 그러나 그는 감정을 억눌렀다. 지난 몇 시간 동안 마음을 뒤흔드는 사건들을 겪은 뒤 몰려드는 지독히 당연한 피로감이, 부부 침실의 미혹시키는 분위기에서 애정을 표현하고 싶은 갈망으로 탈바꿈했음을 인식했기 때문이다.

그러나 이 순간 그의 상황이 어떻든―몇 시간 후에 어떤 결론에 도달하든, 그의 급선무는 적어도 잠시 동안 잠과 망각 속으로 서둘러 피신하는 것이었다. 어머니가 죽은 날 밤에도 그는 잠을 잤다. 꿈도 꾸지 않고 깊이 잘 수 있었다. 그런데 이 밤에는 그러면 안 된단 말인가? 그는 이미 잠든 듯한 알베르티네 곁에 드러누웠다. 우리 사이를 가르는

228

칼 한 자루, 하고 그는 다시 생각했다. 우리는 불구대천의 원수처럼 여기에 나란히 누워 있군. 하지만 그것은 단지 말 한마디일 뿐이었다.

6

아침 일곱시, 하녀의 가벼운 노크 소리가 그를 깨웠다. 그는 재빨리 알베르티네를 바라보았다. 항상 그런 것은 아니지만 그녀도 때때로 이런 노크 소리에 잠을 깨곤 했다. 그러나 그녀는 오늘따라 미동도 없이, 꼼짝도 하지 않고 계속 잤다. 프리돌린은 재빨리 출근 준비를 마쳤다. 그는 집을 나서기 전에 어린 딸을 보려고 했다. 딸은 어린아이들이 그러듯 두 손을 꽉 움켜쥐고 작은 주먹을 만든 채 하얀 침대에 편안하게 누워 있었다. 그는 딸의 이마에 입을 맞추었다. 그리고 다시 한 번 발끝으로 살금살금 걸어 침실 문 쪽으로 갔다. 알베르티네는 여전히 자고 있었고, 그전과 마찬가지로 꼼짝도 하지 않았다. 그리고 나서 그는 집을 나섰다. 수도복과 순례자 모자를 검은색 진료 가방 속에 잘 챙겨 넣었다. 하루의 일정은 면밀하게, 다소 지나치다 싶을 만큼 꼼꼼하게 짜두었다. 맨 먼저 할 일은 아주 가까이 사는, 중병에 걸린 젊은 변호사를 방문하는 것이었다. 프리돌린은 꼼꼼하게 진찰했다. 상태가 약간 호전된 것을 확인하고 흡족해하며 기쁜 마음을 솔직하게 표현했다. 그리고 통상적인 처방이 담긴 예전 그대로의 처방전을 주었다. 그러고 나서 그는 어제저녁 나흐티갈이 피아노를 연주했던 건물 지하실로 지체 없이 갔다. 술집은 아직 문이 닫힌 채였다. 그런데 위층 카페에서 계산대를 담당하는 여종업원은 나흐티갈이 레오폴트 슈타트의 작은 호텔에 묵고 있다는 것을 알고 있었다. 프리돌린은 15분 뒤에 그 호텔 앞에 마차를 댔다. 말이 호텔이지 초라한 여관이나 다름없었다. 현관에 들어서자, 바람을 쏘이지 않은 눅눅한 이불 냄새, 질이 나쁜 기름 냄새, 치커리 뿌리로 만든 대용 커피 냄새가 났다. 언저리가 붉게 물든 교활한 눈으로 항상 경찰의 심문을 대비하고 있는, 인상이 매우 나쁜 수위가 흔쾌히 정보를 주었다. 나흐티갈 씨는 오늘 새벽 다섯시에 두 신사를 대동한 채 호텔 앞에 마차를 댔다, 그 신사들은 목도리를 칭칭 감아서 일부러 얼굴을 알아보지 못하게 한 것 같다, 나흐티갈이 방으로 가는 동안 그 신사들이 지난 4주간의 숙박비를 지불했다고 했다. 나흐티갈이 30분이 지나도 다시 나타나지 않자, 둘 중 한 신사가 직접 나흐티갈을 데리고 내려왔고, 이어서 세 사람은 북부역으로 마차를 몰고 갔다고 했다. 나흐티갈은 극도로 흥분한 듯한 인상이었다고 했다. 실제로—이렇게 신뢰감을 불러일으키는 신사분에게라면 사실을 있는 그대로 말씀드리지 못할 이유가 없다고 했다—나흐티갈은 수위에게 편지를 슬쩍 쥐여주려고 했다. 하지만 두 신사가 곧바로 제지했다. 나흐티갈 씨에게 오는 편지들은—그 신사들의 계속된 설명에 의하면—이 일의 전권을 위임받은 사람이 가지러 올 거라고 했다. 프리돌린은 인사를 했다. 호텔 문을 나설 때 손에 진료 가방이 들려 있어서 마음이 편했다. 그 덕분에 사람들이 그를 호텔 투숙객이 아니라 공무원으로 여길 테니까. 그렇다면 나흐티갈에 관한 한 당장은 할 일이 없었다. 나흐티갈을 대동한 사람들은 꽤나 조심스럽게 처신했고, 또 그럴 만한 이유가 있는 모양이었다.

프리돌린은 마차를 타고 가면 대여점으로 갔다. 기비저가 몸소 문을 열어주었다. "여기, 빌렸던 의상을 가져왔소." 프리돌린이 말했다. "그리고 대여료를 지불했으면 하는데." 기비저가 적당한 액수를 부르고, 돈을 받고, 커다란 장부에 기입한 뒤, 전혀 떠날 기색이 없는 프리돌린을 사무실 탁자에서 약간 놀란 표정으로 쳐다보았다.

"아직도 내가 여기 있는 것은," 프리돌린이 예심판사 같은 어조로 말했다. "댁의 따님 문제로 잠깐 이야기를 나누기 위해서요."

기비저 씨는 콧방울 주위를 약간 씰룩거렸다. 불쾌함, 조롱 또는 분노, 그중에서 무엇을 표현하는 것인지 제대로 분간할 수 없었다.

"손님, 무슨 말씀이신지?" 그가 마찬가지로 종잡을 수 없는 어조로 물었다.

"어제 말씀하셨잖아요." 프리돌린이 한쪽 손의 손가락을 펴서 사무용 탁자를 짚으며 말했다. "댁의 따님이 정신적으로 완전히 정상은 아니라고 말입니다. 우리가 따님과 마주쳤을 때의 상황에서는 실제로 그런 추측도 할 만했습니다. 그리고 내가 우연히 그 기이한 장면의 참여자 또는 적어도 관찰자가 되었으니, 기비저 씨, 의사에게 조언을 구하라고 권하고 싶습니다."

기비저는 유난히 긴 펜대를 손에서 이리저리 돌리면서, 뻔뻔스러운 눈길로 프리돌린을 훑어보았다.

"그러면 혹시 의사선생님께서 고맙게도 직접 진찰을 해주시겠다는 건가요?"

"부탁하건대, 내가 꺼내지 않은 어떤 말도," 프리돌린은 날카롭지만 약간 쉰 목소리로 대꾸했다. "입에 올리지 않았으면 합니다."

그 순간 내실로 통하는 문이 열렸고, 연미복 위에 외투를 열어젖힌 젊은 신사가 나왔다. 프리돌린은 그 남자가 다름 아닌 어젯밤 비밀재판 판사 복장을 한 사람 중 하나임을 곧바로 알아차렸다. 의심의 여지가 없었다. 광대 복장을 한 여자아이의 방에서 나오는 것이었다. 그는 프리돌린을 보고 당황한 것 같았다. 하지만 곧바로 다시 정신을 차리고 기비저에게 손짓으로 슬쩍 인사했다. 그런 다음 사무용 탁자에 있는 라이터로 담배 한 개비에 불을 붙였다. 그리고 그 집을 떠났다.

"아, 그렇군." 프리돌린이 경멸하듯이 입가를 씰룩거리고 혀에 쓴 맛을 느끼며 말을 꺼냈다.

"손님, 무슨 말씀인지?" 기비저가 아주 태연하게 물었다.

"기비저 씨, 그러니까 그걸 포기했군요." 프리돌린은 현관문에서부터 비밀재판 판사 복장의 남자가 나온 다른 문 쪽까지 거만하게 한번 쭉 둘러보았다. "경찰에게 알리는 것을 포기했군요."

"의사선생, 다른 방법으로 합의했소." 기비저가 냉정하게 말하고는 마치 접견이 끝났다는 듯 자리에서 일어났다. 프리돌린이 돌아가려고 몸을 돌리자, 기비저가 열의를 다해 문을 열어주며 동요 없는 표정으로 말했다. "의사선생께서 다시 필요하신 게 있다면…… 그게 꼭 수도복이 아니어도 됩니다."

프리돌린은 자기 뒤의 문을 탕 닫았다. 이 일은 이제 끝났어, 그는 이렇게 생각하며 분노를 느꼈다. 이런 감정은 그 자신이 보기에도 지나친 것 같았다. 그는 서둘러 계단을 내려갔다. 그리고 특별히 서두르지 않고 종합병원으로 가서는 우선 집으로 전화했다. 환자가 찾아왔는지, 우편물이 왔는지, 그 밖에 무슨 새로운 일이 있는지 물어보기 위해서였다. 하녀가 미처 대답을 다 끝내기도 전에, 알베르티네가 직접 전화를 받아 프리돌린에게 인사를 건넸다. 그녀는 하녀가 이미 한 말을 모두 반복한 다음, 자기는 방금 일어났고 딸아이와 함께 아침 식사를 하려던 참이라고 아주 자연스럽게 이야기했다. "아이에게 내 뽀뽀를 전해줘." 프리돌린이 말했다. "맛있게들 먹고."

그녀의 목소리가 그를 기쁘게 해주었고, 바로 그 때문에 그는 재빨리 전화를 끊었다. 원래 알베르티네가 오전에 무엇을 할 계획인지 물어보려고 했으나, 그게 그와 무슨 상관이겠는가? 겉으로 보이는 생활은 계속되겠지만, 그의 마음 깊은 곳에서 그는 그녀와 끝장을 냈다. 금발의 간호사가 그가 윗옷을 벗도록 도와주고 나서 하얀 의사 가운을 내밀었다. 그러면서 그녀는 그에게 살짝 미소를 지었다. 사람들이 그녀에게 관심이 있든 없든 그녀는 누구에게나 미소를 짓곤 했다.

그는 몇 분 뒤에 큰 병실에 있었다. 수석 의사는 자신이 공동 진찰 때문에 갑자기 자리를 비우게 되었으니, 대진의(代診醫)들이 자기 없이 회진을 돌았으면 한다는 전갈을 남겼다. 프리돌린은 학생들을 거느리고 병상을 차례로 다니며, 진찰을 하고 처방전을 쓰고 전공의들과 간호사들과 전문적인 사항을 논의했다. 그러면서 행복에 가까운 감정을 느꼈다. 갖가지 새로운 일들이 있었다. 철물공 카를 뢰델이 간밤에 사망했다. 사체 해부는 오후 네시 반에 예정되어 있었다. 여자 병실의 침대 하나가 비었지만 곧 다시 누군가의 차지가 되었다. 17번 침대의 여자는 외과로 이송해야 했다. 때때로 인사 문제도 거론되었다. 안과의사 신규 채용은 모레 결정될 예정이었다. 현재는 마르부르크 대학의 교수 휘겔만이 가장 유력했다. 그는 4년 전만 해도 슈텔바크에서 대진의로 있었다. 출세 한번 빠르군, 프리돌린은 생각했다. 난 대학 강사 자격증이 없으니까, 그것 때문이라도 과장 승진 대상으로 고려도 되지 않을 거야. 너무 늦었어. 그런데 왜 늦었다는 거지? 당장 다시 공부를 시작하거나, 이미 시작했던 많은 것을 더 열심히 다시 하면 될걸. 개인병원은 시간적 여유는 충분했다.

그는 푹스탈러 의사선생에게 응급실을 맡아달라고 부탁했다. 솔직히 말하면, 갈리친 산으로 가느니 차라리 이곳에 남고 싶었다. 그렇지만 가야만 했다. 그 자신에게는 그 일을 계속 추적해야 할 의무만 있는 게 아니었고 오늘 처리해야 할 일들도 많았다. 그래서 온갖 경우를 대비해 푹스탈러 의사선생에게 저녁 회진도 맡기기로 결정했다. 저기 맨 마지막 침대에 누워 있는, 폐첨 카타르에 걸렸다고 의심되는 어린 소녀가 그에게 미소를 보냈다. 최근에 진찰할 때 양쪽 가슴을 그의 뺨에 스스럼없이 갖다 댔던 바로 그 여자아이였다. 프리돌린은 그 여자아이의 시선에 불편한 심기를 드러냈다. 그리고 이마를 찌푸리며 몸을 돌렸다. 이 여자든 저 여자든 똑같군, 그는 씁쓸하게 생각했다. 알베르티네도 그런 여자들과 다를 바 없어. 그중에서도 최악의 여자야. 그녀와 헤어져야겠어. 다시 좋아질 수는 없을 거야.

그는 계단에서 외과 동료와 몇 마디를 주고받았다. 그런데 지난밤에 이곳으로 이송된 여자는 상태가 어떨까? 프리돌린은 수술이 꼭 필요하다고 생각하지 않았다. 그렇지만 조직 검사 결과를 자기에게 알려주겠느냐고 물었다.

"물론이죠, 선생님."

그는 길모퉁이에서 마차를 탔다. 그는 수첩을 들여다보며, 이제야 어디로 갈지 결정해야만 하는 척, 마부 앞에서 우스운 코미디를 연출했다. "오타크링 쪽으로 갑시다." 그러고 나서 말했다. "갈리친 산으로 향하는 길로 말이오. 어디서 멈춰야 할지는 내가 말해주겠소."

마차 안에서 갑자기 다시 괴롭고도 애타는 격앙된 감정이 그를 덮쳤다. 자신을 구해준 아름다운 여인을 지난 몇 시간 동안 거의 생각하지 않았다는, 죄의식에 가까운 감정이었다. 그 저택을 찾는 데 성공할까? 특별히 어려울 것 같지는 않았다. 문제는 다만 이것뿐이었다. 그다음에 무엇을 해야 하나? 경찰에 신고할까? 그것은 어쩌면 그를 위해 희생했거나 그럴 각오가 되어 있었던 그 여자에게 좋지 않은 결과를 가져올 수도 있었다. 아니면 사설탐정에게 물어보아야 할까? 그것은 꽤 어리석은 일이고, 자신의 격에도 맞지 않을 것 같았다. 하지만 그 밖에 그가 할 수 있는 일이 뭐가 있단 말인가? 그는 꼭 필요한 조사를 교묘하게 실행할 시간도 재능도 없었다. 비밀 사교 모임? 물론 그렇다. 비밀임이 틀림없었다. 한데 그들은 서로를 알고 있을까? 귀족들, 혹시 정말 궁중의 신사들일까? 그는 이와 같은 장난을 할 수 있을 것 같은 대공들을 떠올려보았다. 그리고 숙녀들은? 추측건대……유곽에서 끌어모았을 것이다. 그러나 결코 확실치는 않았다. 어쨌든 고르고 고른 물건이겠지. 하지만 그에게 목숨을 바친 그 여자는? 목숨을 바쳤다고? 그는 왜 매번 그게 정말 희생이었다고 생각하려는 걸까! 코미디였다. 말할 것도 없이 전부 하나의 코미디였다. 곤욕을 치르지 않고 거기에서 빠져나온 것은 그로서도 참으로 기뻐할 일이었다. 정말 그랬다. 그는 훌륭하게 처신했다. 기사 복장의 신사들은 그가 마구잡이 인간이 아님을 눈치챘을 것이다. 그리고 그녀도 분명 그 점을 알아차렸을 것이다. 어쩌면 이 모든 대공들보다, 아니 그들의 신분이 뭐든 그가 더 마음에 든 건지도 몰랐다.

길이 더 가팔라지는 지점인 리프하르츠탈 끝에 이르러 마차에서 내린 그는 신중을 기하기 위해 마차를 돌려보냈다. 하늘은 담청색이었고 흰 조각 구름들이 떠다녔으며, 태양은 봄날처럼 따사로웠다. 그는 뒤를 돌아보았다. 의심스러운 것은 보이지 않았다. 마차도 없었고 행인도 없었다. 그는 천천히 걸어 산을 올라갔다. 외투가 무겁게 느껴졌다. 그는 외투를 벗어 어깨에 걸쳤다. 샛길이 오른쪽으로 꺾이는 곳에 이르렀다. 그 샛길에 비밀스러운 그 저택이 있었다. 길을 잘못 들었을 리 없었다. 그 길은 내리막이었지만, 밤중에 마차를 타고 갈 때 느꼈던 것처럼 그렇게 가파르지는 않았다. 조용한 골목길이었다. 어떤 집 앞뜰에는 짚으로 꼼꼼히 싼 장미나무들이 있었다. 그 이웃집 앞뜰에는 유모차가 한 대 놓여 있었다. 파란색 털옷 차림의 사내아이가 이리저리 뛰놀고 있었고, 1층 창문에서는 어떤 젊은 여자가 사내아이를 웃으며 바라보고 있었다. 그곳을 지나자 공터가 나타났고, 그다음에 울타리로 둘러싸인, 잡초가 무성한 정원이 나왔다. 그리고 작은 빌라한 채, 그리고 잔디밭. 그러고 나서야, 의심의 여지가 없었다 ―그가 찾던 저택이었다. 그 저택은 결코 크거나 화려해 보이지 않았다. 나폴레옹 1세 제정 시대의 양식으로 수수하게 꾸며진 단층 빌라였는데, 수리한 지 그리 오래되지 않은 게 분명했다. 곳곳에 녹색 블라인드가 쳐져 있었다. 그 빌라에 사람이 살고 있음을 암시하는 것은 아무것도 없었다. 프리돌린은 주위를 둘러보았다. 골목길에서는 아무도 보이지 않았다. 다만 저 아래쪽에서 팔에 책을 낀 두 소년이 멀어져가고 있을 뿐이었다. 그는 정원 문 앞에 섰다. 이제 뭘 한담? 그냥 다시 돌아갈까? 그것은 정말 우스운 짓 같았다. 그는 전기 초인종을 찾았다. 문이 열리면 뭐라고 말해야 하나? 아주 간단히—이 예쁜 별장을 여름 동안 세놓을 수는 없는지요? 그런데 대문이 저절로 열리고, 단순한 아침 제복 차림의 늙은 하인이 나오더니 좁은 길을 천천히 걸어 정원 문까지 왔다. 하인은 손에 편지를 들고 있었다. 그는 프리돌린에게 격자막대기들 사이로 말없이 편지를 건네주었다. 프리돌린은 가슴이 두근거렸다.

"내게 주는 건가요?" 그는 더듬거리며 물었다. 하인은 고개를 끄덕이고는 몸을 돌려 걸어갔다. 그의 뒤에서 문이 닫혔다. 이게 무슨 뜻이지? 프리돌린은 자문했다. 혹시 그녀한테서? 이 집의 주인이 어쩌면 그녀일까? 그는 재빨리 다시 길을 올라갔다. 그제야 비로소 봉투에 자기 이름이 눈에 띄는 위엄 있는 필체로 적혀 있는 것을 보았다. 그는 길모퉁이에서 봉투를 열고 편지를 펼쳐서 읽었다. '아무런 소용없는 조사는 그만하시고, 이 말을 두번째 경고로 여기십시오. 우리는 당신을 위해, 더이상의 경고가 필요하지 않기를 바랍니다.' 그는 편지를 떨어뜨렸다.

238

이러한 통지는 모든 점에서 그를 실망시켰다. 어쨌든 그것은 그가 어리석게도 예상하고 있었던 것과는 달랐다. 그래도 어투는 이상하게 삼가는 면이 있었고, 전혀 독설이 없었다. 그런 어조 때문에, 이런 통지를 보낸 사람들도 결코 안심하고 있지 않음을 알 수 있었다.

두번째 경고라고? 어째서? 아, 그렇지. 지난밤에 첫번째 경고가 있었다. 그런데 왜 마지막 경고가 아니고 두번째일까? 그의 용기를 다시 시험하려는 건가? 그는 시험을 견뎌야 한단 말인가? 그리고 그들은 어디서 그의 이름을 알았을까? 그러나 그건 이상한 일이 아니었다. 나흐티갈에게 그의 이름을 대라고 강요했을 수도 있었다. 게다가─그는 자신이 방심했음을 알고 자기도 모르게 미소를 지었다─모피 코트 안감에 그의 이름 머리글자를 딴 모노그램과 정확한 주소가 수놓여 있었다.

그러나 그전에 비해 일이 더 진척되지 않았다 하더라도─그 편지는 왠지 모르게 그를 완전히 안심시켰다. 특히나 그는 그 여자가─그는 그녀의 운명을 걱정했다─아직은 살아 있으며, 신중하고 빈틈없이 조사한다면 그녀를 찾는 것이 오직 자신에게 달려 있다고 확신했다.

그는 약간 피곤했지만 이상하게도 구원받은 기분으로 집에 도착했다. 그렇지만 동시에 이런 기분을 거짓된 감정이라고 느꼈다. 알베르티네와 아이는 이미 점심을 먹었지만, 그가 식사하는 동안 함께 있어주었다. 어젯밤 꿈에서 그가 십자가에 못 박히도록 가만히 내버려두었던 그녀가 천사와 같은 눈빛을 하고서 가정주부이자 어머니답게 그를 마주 보고 앉아 있었다. 그는 놀랍게도 그녀에게 전혀 증오를 느끼지 못했다. 그는 맛있게 먹었고, 약간 흥분했지만 정말 유쾌했다. 그리고 오늘 직장에서 겪었던 사소한 일들, 특히 그가 알베르티네에게 늘 자세히 들려주곤 했던 의사들의 인사 문제에 대해 자기 식대로 아주 활기차게 말했다. 그는 휘겔만의 임명이 확실한 거나 다름없다고 이야기했다. 그리고 자신도 다시 좀더 전력을 다해 공부할 결심을 했다고 말했다. 알베르티네는 그의 그런 기분을 알고 있었다. 또 그런 기분이 그다지 오래가지 않는다는 것도. 가벼운 미소가 그녀의 의심을 드러냈다. 프리돌린이 자기 이야기에 열중하자, 알베르티네는 부드러운 손으로 그의 머리칼을 쓰다듬으며 그를 진정시켰다. 그는 깜짝 놀란 듯 몸을 살짝 움츠리더니 아이한테 몸을 돌렸다. 그럼으로써 그녀의 손이 이마에 닿는 불쾌한 느낌을 피했다. 그가 어린 딸을 품에 안고 무릎으로 그네를 태워주려고 하는데, 하녀가 환자 몇 명이 벌써부터 기다리고 있다고 전했다. 프리돌린은 해방되었다는 듯 자리에서 일어나, 알베르티네와 딸에게 햇볕이 좋은 아름다운 오후 시간을 산책하며 보내라고 덧붙이고는 진료실로 갔다.

그후 두 시간 동안 프리돌린은 기존 환자 여섯 명과 새 환자 두 명을 진찰해야 했다. 그는 환자 한 명 한 명에게 전념하여 진찰하고 메모하고 처방했다. 지난 이틀 밤을 거의 뜬눈으로 보냈는데도 놀라울 정도로 활기 넘치고 정신이 맑아서 기뻤다.

그는 진료를 마친 후 습관대로 아내와 아이를 다시 한 번 보러 갔다. 알베르티네는 방금 도착한 친정어머니를 맞이하고 있었고, 딸아이는 여자 가정교사와 함께 프랑스어를 공부하고 있는 것을 보자 흡족한 느낌이 없지 않았다. 그리고 층계에 이르러서야 비로소 그는 이 모든 질서, 이 모든 균형, 자기 삶의 이 모든 안정이 허상과 거짓을 의미할 뿐임을 다시 깨달았다.

오후 회진을 취소했지만, 그는 가만있지 못하고 병원으로 갔다. 병원에는 특히나 계획중인 공부와 관련하여 특별히 염두에 둔 환자가 둘이나 있었다. 잠깐이지만 그는 지금까지 했던 것보다 더 면밀하게 그 환자들의 사례를 살폈다. 그러고 나서도 시내에서 환자 한 명을 더 방문해야 했다. 그러다보니 슈라이포겔 골목에 있는 그 오래된 집 앞에 섰을 때는 저녁 일곱시경이었다. 그가 마리안네의 집 창문 쪽을 올려다보았을 때 처음으로, 그사이어 기억에서 완전히 희미해져버린 그녀의 모습이 다른 모든 여자들의 형상보다 훨씬 더 생생하게 떠올랐다. 이제—여기에서 그는 아쉬울 게 없었다. 특별히 애를 쓰지 않고도 그는 이곳에서 복수극을 시작할 수 있었다. 이곳에는 어떤 어려움도, 어떤 위험도 없었다. 그리고 그것—그것 앞에서 다른 사람들 같으면 아마도 무서워 물러났을 것이다—그러니까 신랑에 대한 배신이 그에게는 오히려 일종의 자극을 의미했다. 그래, 배신하고 기만하고 거짓말하고 코미디를 연출하는 거야. 여기저기서, 마리안네 앞에서, 알베르티네 앞에서, 그 훌륭한 뢰디거 박사 앞에서, 온 세상 앞에서 말이야. 일종의 이중적인 삶을 영위하는 거야. 한편으로는 유능하고 믿음직스럽고 전도유망한 의사이자 성실한 남편이자 가장이지만, 다른 한편으로는 방탕한 남자, 여자를 유혹하는 색마, 기분 내키는 대로 남자든 여자든 인간들을 데리고 장난치는 냉소주의자로 말이야. 지금 이 순간 그에게는 그것이 아주 근사해 보였다. 그리고 가장 근사한 것은, 알베르티네가 평온한 결혼생활과 가정생활의 안정 속에서 이미 오래전부터 자신이 안전하다고 망상하고 있을 때, 그는 냉정하게 미소 지으며 자신의 죄를 그녀에게 죄다 고백하는 것이었다. 꿈속에서 그에게 쓰라린 괴로움과 치욕스러운 굴욕을 안겨준 그녀에게 보복하기 위해서였다.

그는 현관에서 뢰디거 박사와 마주쳤다. 뢰디거 박사는 악의 없이 진심으로 손을 내밀어 악수를 청했다.

"마리안네 양은 잘 지내나요?" 프리돌린이 물었다. "좀 안정이 되었나요?"

뢰디거 박사는 어깨를 움찔했다.

"의사선생님, 그녀는 부친의 임종에 대해 충분히 오랫동안 마음의 준비를 했습니다. 다만 오늘 정오에 시신을 옮길 때—"

"아, 벌써 옮겼나요?"

뢰디거 박사가 고개를 끄덕였다. "내일 오후 세시에 장례식이 거행되거든요……"

프리돌린은 앞을 멍하니 바라보았다. "그렇다면—친척들이 마리안네 양 곁에 있겠군요?"

"이젠 없습니다." 뢰디거 박사가 대꾸했다. "지금은 그녀 혼자예요. 의사선생님, 선생님을 다시 보면 그녀는 분명히 기뻐할 겁니다. 내일 우리가 그녀를 뢰틀링으로 데려갈 겁니다. 제 어머니와 제가 말입니다." 그리고 프리돌린이 정중하게 묻는 듯한 눈빛을 하자 그가 말했다. "그곳에 제 부모님 소유의 작은 집이 있거든요. 의사선생님, 그럼 안녕히. 저는 아직 처리할 일이 많습니다. 하여간 이런 경우에는—뭔가 할 일이 있는 법이죠! 의사선생님, 제가 돌아왔을 때 위층에서 다시 뵙기를 바랍니다." 그리고 그는 이미 대문을 지나 길거리로 나섰다.

프리돌린은 잠깐 망설이더니 천천히 계단을 올라갔다. 그가 벨을 누르자 마리안네가 직접 문을 열어주었다. 그녀는 검은 상복을 입었고, 목에는 흑옥 목걸이를 하고 있었다. 그녀가 이 목걸이를 한 것을 그는 여태 본 적이 없었다. 그녀는 살짝 얼굴을 붉혔다.

"절 오래 기다리게 하시네요." 그녀가 희미하게 미소 지으며 말했다.

"마리안네 양, 미안합니다. 오늘은 특히 피곤한 하루였어요."

그는 그녀를 따라, 빈 침대가 놓여 있는 고인의 방을 지나 옆방으로 갔다. 그는 어제 그곳의 흰색 제복을 입은 장교 그림 아래서 고문관의 사망 진단서를 작성했다. 책상 위에 벌써 작은 램프를 켜놓았다. 방 안은 어슴푸레했다. 마리안네는 그에게 까만 가죽 의자를 가리켰고, 자신은 맞은편 책상에 앉았다.

"방금 현관에서 뢰디거 박사님을 만났습니다. 내일 벌써 시골로 가신다고요?"

마리안네는 그의 질문에서 느껴지는 냉정한 어조에 놀란 듯 그를 바라보았다. 그리고 그가 딱딱한 느낌마저 드는 목소리로 말을 계속하자 그녀의 어깨가 축 처졌다. "나는 그게 아주 현명한 결정이라고 생각합니다." 그리고 그는 좋은 공기와 새로운 환경이 그녀에게 얼마나 바람직하게 작용할지 객관적으로 설명했다.

그녀는 꼼짝 않고 앉아 있었다. 그녀의 두 뺨 위로 눈물이 흘러내렸다. 그는 그것을 보면서도 연민을 느끼지 않았다. 그보다는 오히려 초조해졌다. 그리고 그녀가 금세 다시 그의 발치에 엎드려 어제의 고백을 반복할지도 모른다는 생각이 그를 잔뜩 불안하게 만들었다. 그녀가 침묵하자 그가 무뚝뚝하게 일어났다. "마리안네 양, 유감입니다만—" 그가 시계를 보았다.

그녀는 고개를 들어 프리돌린을 바라보았다. 눈물이 계속 흘러내렸다. 그는 뭔가 좋은 말을 해주고 싶었지만 그럴 수가 없었다.

"며칠 동안은 시골에 머무르시겠죠." 그가 마지못해 말을 시작했다. "소식 주시기 바랍니다…… 또 뢰디거 박사님 말로는, 곧 결혼식을 올린다면서요. 미리 축하 인사를 드려도 괜찮겠죠."

그녀는 그의 축하 인사와 작별 인사를 전혀 듣지 못한 것처럼 꼼짝하지 않았다. 그가 그녀에게 손을 내밀었지만 그녀는 잡지 않았다. 거의 나무라는 듯한 어투로 그는 다시 말했다. "그럼, 건강 상태에 관해 소식 주시리라 믿고 기다리겠습니다. 마리안네 양, 잘 있어요." 그녀는 돌이 된 것처럼 그대로 앉아 있었다. 걸어가던 그는, 그녀에게 그를 불러 세울 마지막 기회를 주려는 듯 아주 잠깐 문에 멈춰 섰다. 그런데 그녀는 오히려 머리를 돌려 외면하는 것 같았다. 그는 등 뒤의 문을 닫았다. 복도에서 어떤 후회 같은 것이 느껴졌다. 그는 돌아갈까 잠깐 생각했지만, 그렇게 하는 것이 그 무엇보다 우스울 것 같았다.

한데 이제 무엇을 한담? 집으로 갈까? 아니면 어디로 가겠는가! 오늘은 더이상 아무것도 할 수가 없었다. 그러면 내일은? 무엇을? 그리고 어떻게? 그는 자신이 서투르고 무기력하다고 느꼈다. 모든 것이 그의 손에서 녹아 없어졌다. 이렇게 생각을 더듬으며 저녁의 길거리를 기계적으로 걸어가자니 모든 게 비현실적이 되었다. 심지어 그의 가정, 아내, 아이, 직업 그리고 자기 자신까지.

시청 탑의 시계가 일곱시 반을 알렸다. 몇 시인지는 중요하지 않았다. 그에게 시간은 남아돌 정도로 많았다. 그 무엇도, 그 누구도 그에게는 상관없었다. 그는 자신에게 약간 연민을 느꼈다. 결심 같은 것은 아니었지만, 마차를 타고 아무 기차역으로나 가서 여행을 떠나버릴까 하는 생각이 문득 떠올랐다. 어디든 상관없었다. 그를 아는 모든 사람 한테서 사라졌다가 그 어딘가 낯선 곳에 다시 나타나, 다른 새로운 사람으로서 새로운 삶을 시작하는 것을 상상해보았다. 특이한 환자들의 사례가 기억났다. 정신병리학 서적들을 통해 알게 된 사례들이었는데, 소위 이중적 실존에 관한 것이었다. 상태가 멀쩡한 어떤 사람이 아주 말짱한 상태로 갑자기 실종되었다 몇 달 또는 몇 년 뒤 다시 돌아왔는데, 그 시간 동안 자신이 어디 있었는지 기억해내지 못했다. 그런데 훗날, 그 어딘가 먼 나라에서 그와 만난 적이 있는 어떤 사람이 그를 알아보았다. 고향에 돌아온 그는 그것에 관해 전혀 몰랐다. 이런 일들은 물론 드물게 일어나기는 하지만 어쨌든 사실이었다. 그리고 이것보다는 그 정도가 약하겠지만 그런 일들을 경험한 사람도 상당수 있을지 모른다. 예컨대 꿈에서 깨어날 때? 물론 기억할 수 있다…… 하지만 완전히 잊어버리는 꿈도 있는 게 확실하다. 그 꿈은 어떤 수수께끼 같은 분위기와 불가사의한 혼미함 외에 다른 어떤 것도 남기지 않는다. 아니면 나중에야, 아주 나중에야 비로소 기억이 나서, 뭔가를 경험한 것인지 아니면 다만 꿈을 꾼 것인지 더는 모른다. 다만—다만—!

그는 그렇게 계속 걸었고 역시나 자기도 모르게 집 쪽으로 향하다가 꽤나 평판이 나쁜 어두운 골목 근처에 들어서게 되었다. 그 골목에서 그는, 만 하루도 지나지 않은 일이지만, 어떤 타락한 계집애를 따라 초라하지만 아늑한 그녀의 거처로 갔다. 타락했다고? 바로 그녀가? 그리고 바로 이 골목이 평판이 나쁘다고? 그런데 사람들은 얼마나 쉽게 말에 유혹되어 거리, 운명, 인간 들을 매번 타성에 젖은 습관대로 명명하고 판단하는가. 이 젊은 아가씨가 근본적으로는, 지난밤에 이상한 우연들로 인해 함께 있게 되었던 모든 여자들 중에서 가장 우아하고, 정말이지 가장 순수한 여자가 아니었을까? 그녀를 생각하자 그는 약간 감동을 느꼈다. 그리고 어제의 결심도 기억났다. 그는 재빨리 마음을 다잡고 가까운 가게에서 갖가지 먹을거리를 샀다. 그리고 작은 봉지를 들고 담벼락을 따라 걸어갈 때는, 자신이 지금 적어도 이성적인 행동을, 아마도 칭찬받을 행동을 하려는 중임을 의식하고 기쁨마저 느꼈다. 그렇지만 그는 현관으로 들어갈 때 옷깃을 높이 세웠고, 층계를 올라갈 때는 한꺼번에 몇 계단씩 올랐다. 이목을 끌고 싶지 않은 마음과 달리 초인종 소리가 날카롭게 그의 귀를 파고들었다. 그리고 인상이 나쁜 어떤 여자한테 미치 양이 집에 없다는 말을 들었을 때 그는 안도의 숨을 쉬었다. 그런데 그 여자가 집에 없는 미치를 대신해 작은 봉지를 받아들기도 전에, 아직은 젊고 밉상은 아닌 다른 여자가 목욕 가운 같은 것을 걸치고 현관에 나타나 말했다. "신사 분이 누구를 찾아오셨다고? 미치 양이라고요? 그 아가씨는 집에 그렇게 빨리 들어오지 못할 텐데."

나이 먹은 여자가 젊은 여자에게 입 다물라는 신호를 보냈다. 그러나 프리돌린은 어떤 식으로든 이미 예감했던 것을 간절히 확인받고 싶은 듯 간단하게 말했다. "그녀는 병원에 있죠, 그렇죠?"

"뭐, 신사 분께서 벌써 알고 계시다면야. 하지만 나는 건강해요. 아휴, 다행이지." 그녀는 기분 좋게 소리치더니 입을 반쯤 벌리고 풍만한 육체를 대담하게 뒤로 젖히면서 프리돌린 가까이 다가갔다. 그 바람에 목욕 가운이 풀어헤쳐졌다. 프리돌린은 거절하는 태도로 말했다. "나는 그냥 지나가는 길에 미치에게 뭔가 갖다주려고 올라왔을 뿐이오." 그는 자신이 갑자기 김나지움 학생처럼 느껴졌다. 그래서 다시 사무적인 어조로 물었다. "그녀는 대체 어느 과 병동에 있소?"

젊은 여자가 어떤 교수의 이름을 댔다. 프리돌린은 몇 년 전에 그 교수의 임상 병동에서 일반의로 일했다. 그 여자가 친절하게 덧붙였다. "그 봉투 이리 주세요. 제가 내일 그녀에게 가져다줄게요. 제가 먹어치우지 않을 테니 믿으셔도 돼요. 그리고 신사 분의 안부도 전해주고, 신사 분께서 그녀를 배신하지 않았다고 말해줄게요."

그와 동시에 그녀는 그에게 더 가까이 다가와 웃음을 지어 보였다. 그가 살짝 물러나자, 그녀는 그런 짓을 그만두고 위로하듯 말했다. "의사 말로는 6주, 늦어도 8주 후면 집에 돌아올 수 있대요."

프리돌린은 대문을 빠져나와 길거리에 들어섰을 때 목에 울음이 차오르는 것을 느꼈다. 하지만 감정이 북받쳐서가 아니라, 오히려 그의 신경들이 점차 말을 듣지 않아서임을 알고 있었다. 그는 기분 내키는 대로 걷기보다 일부러 더 빨리 활기차게 걷기 시작했다. 이 경험이 모든 일이 실패할 수밖에 없다는 다른 징조, 마지막 신호일까? 왜? 그가 너무도 큰 위험을 모면한 것은 어쨌든 좋은 징조일 수 있었다. 그리고 중요한 것은 바로 그것, 위험을 모면했다는 사실일까? 온갖 다른 일이 언제 그에게 닥칠지 모를 일이었다. 그는 어젯밤의 그 놀라운 여자에 대해 조사하는 것을 그만둘 생각이 추호도 없었다. 물론 이제 그럴 시기는 지나기도 했다. 그러나 조사를 어떤 식으로 계속해야 할지 꼼꼼히 생각해봐야 했다. 정말이지, 함께 상의할 수 있는 누군가가 있다면! 그러나 그는 지난밤의 모험들을 소상히 털어놓을 사람을 알지 못했다. 수년 전부터 아내 말고는 정말 친한 사람이 없었다. 그러나 이번에는 아내와 상의할 수 없었다. 이번만이 아니라 다른 어떤 경우에도 마찬가지였다. 왜냐하면 사람은 상상하고 싶은 대로 상상하기 때문이었다. 그래서 그녀는 어젯밤 꿈에서 그를 십자가에 못 박히게 내버려두었던 것이다.

이제야 그는 발걸음이 자기도 모르게 계속 집과 반대 방향으로 향하는 이유를 알았다. 지금은 알베르티네와 맞서 싸우고 싶지 않았고, 또 그럴 수도 없었다. 그 어디든 밖에서 저녁 식사를 한 다음, 병원에 가서 두 가지 사례를 살펴보는 게 가장 현명한 행동이었다. 결코 집에 가지 않겠어 ─"집에는!"─알베르티네가 완전히 잠들었다고 확신하기 전에는.

그는 시청 근처에 있는 비교적 조용한 고급 카페에 들어갔다. 그리고 저녁 식사 때 그를 기다리지 말라고 집에 전화했는데, 알베르티네를 바꿔주기 전에 얼른 끊었다. 그러고 나서 그는 창가에 앉아 커튼을 닫았다. 어떤 신사가 멀리 떨어진 구석에 막 자리를 잡았다. 어두운색 외투를 걸쳤는데 전혀 눈에 띄지 않는 옷차림이었다. 프리돌린은 오늘 하루 어디선가 이런 인상을 이미 본 적이 있음을 기억해냈다. 물론 우연일 수도 있었다. 그는 저녁신문을 손에 들고, 어젯밤에 다른 카페에서 그랬던 것처럼 여기저기 몇 줄을 읽어보았다. 정치적 사건들, 극장, 예술, 문학 등에 대한 기사, 크고 작은 온갖 사고들에 대한 기사가 있었다. 그가 한 번도 들어본 적 없는 미국의 어느 도시에서는 극장이 화재로 전소되었다. 굴뚝 청소 전문가 페터 코란트가 창 밖으로 몸을 내던져 자살했다. 굴뚝 청소부도 때때로 자살한다는 게 프리돌린에게는 왠지 이상하게 여겨졌다. 그는 자기도 모르게, 그 남자가 죽기 전에 몸을 말끔히 씻었는지 아니면 평소처럼 시커먼 상태로 허공 속으로 몸을 던졌는지 궁금했다. 오늘 새벽 시내의 어느 고급 호텔에서 한 여인이 음독자살을 했다. 며칠 전 D남작부인이라는 이름으로 그곳에 투숙한 숙녀였다. 눈에 띄게 예쁜 숙녀였다. 프리돌린은 곧바로 불길한 예감이 스치는 것을 느꼈다. 숙녀는 새벽 네시에 두 명의 신사를 대동하고 호텔에 도착했고, 그 신사들은 호텔 문에서 그녀와 헤어졌다. 바로 그 시간에 그도 집에 도착했다. 그리고 정오경에 숙녀는 의식을 잃은 채―신문 기사는 이랬다―심한 중독 증세를 보이며 침대에서 발견되었다…… 눈에 띄게 예쁜 젊은 숙녀라…… 하지만 눈에 띄게 예쁜 숙녀는 많았다…… D남작부인, 아니 D남작부인이라는 이름으로 그 호텔에 투숙한 숙녀와, 그가 염두에 두고 있는 어떤 다른 여자가 동일 인물이라고 가정할 이유는 없었다. 그런데도―그는 가슴이 두근거렸고, 그의 손에서 신문은 덜덜 떨렸다. 시내의 고급 호텔에서라는데…… 어느 호텔일까? 왜 그렇게 비밀투성이일까? 왜 그렇게 비밀을 지켜주는 걸까?……

　그는 신문을 내려놓았고 그와 동시에 멀리 떨어진 구석에 앉은 신사가 신문을, 삽화가 실린 커다란 신문을 마치 커튼을 치듯 얼굴 앞으로 끌어당기는 것을 보았다. 프리돌린도 곧바로 다시 신문을 손에 들었다. 바로 그 순간 그는 D남작부인이 어젯밤의 그 여자 외에 다른 사람일 리 없음을 깨달았다…… 시내의 고급 호텔이라…… 생각나는 호텔은 그리 많지 않았다. D남작부인에게 어울릴 법한 곳이라……
이제 될 대로 되라지. 흔적을 추적하는 수밖에 없었다. 그는 종업원을
불러 계산을 하고 걸어갔다. 그는 문가에서 구석에 앉은 수상한 신사
를 다시 한 번 보려고 몸을 돌렸다. 하지만 신사는 이상하게도 이미
사라지고 없었다……

심한 중독이라…… 하지만 그녀는 살아 있었다…… 사람들이 그
녀를 발견한 순간에는 살아 있었다. 그리고 사람들이 그녀를 구해내
지 않았다고 가정해볼 이유는 없었다. 그녀가 살았든 죽었든, 어쨌
든―난 그녀를 찾을 거야. 그리고 그녀가 죽었든 살았든―무슨 일이
있어도―그녀를 볼 거야. 난 그녀를 볼 거야. 세상의 그 누구도 그녀
를 보지 못하게 그를 막을 수 없었다. 그 때문에, 정말 그를 위해 목숨
을 버린 그녀를 말이다. 이 숙녀가 그녀가 맞다면 그가―그 한 사람
만―그녀의 죽음에 책임이 있었다. 그렇다, 그녀였다. 새벽 네시에
두 명의 신사를 대동하고 호텔에 도착했다고! 그로부터 몇 시간 후에
나흐티갈을 기차역으로 데려간 그자들일 수 있었다. 그자들, 그 신사
들에게는 특별히 깨끗한 양심이라고는 없었다.

그는 시청 앞의 크고 넓은 광장에 서서 사방을 둘러보았다. 몇몇 사
람들만 시야에 들어왔다. 그들 중에 카페에서 나온 그 수상한 신사는
없었다. 그리고 설령 있다 하더라도―그 신사들은 행동을 삼갈 것이
었다. 유리한 쪽은 그였다. 서둘러 가던 그는 환상(環狀)도로에서 마
차를 잡아타고 먼저 브리스틀 호텔로 가자고 했다. 그리고 마치 그럴
권한이나 자격이라도 있는 것처럼, 오늘 아침에 음독자살했다는, D
남작부인이라는 여자가 이 호텔에 묵었느냐고 수위에게 물었다. 수위

는 놀라는 것 같지 않았다. 프리돌린을 경찰관이나 공무원 정도로 여기는 모양이었다. 수위는 매번 공손하게 대답했다. 그 슬픈 사건은 여기가 아니라 에르츠헤르초크 카를 호텔에서 일어났다고 했다……

프리돌린은 즉시 수위가 말해준 호텔로 마차를 타고 갔다. 그리고 그곳에서 D남작부인은 발견된 직후 종합병원으로 이송되었다는 소식을 들었다. 프리돌린은 자살을 기도한 것을 어떻게 발견했는지 물었다. 새벽 네시가 되어서야 호텔에 도착한 숙녀를 호텔 측이 서둘러 정오에 살펴보러 가야 할 무슨 이유라도 있었을까? 이유는 아주 간단했다. 두 신사(그러니까 또다시 그 두 신사가!)가 오전 열한시에 그녀의 안부를 물었던 것이다. 계속 전화해도 숙녀가 응답이 없자 청소부가 방문을 두드렸다. 그런데도 아무런 기척이 없었다. 문이 안에서 잠겨 있어서 문을 부수는 수밖에 없었다. 남작부인이 의식을 잃고 침대에 누워 있는 것을 발견하고는 곧바로 인명구조대와 경찰에 알렸다.

"그럼 두 신사는?" 프리돌린이 날카롭게 물었다. 자신이 마치 비밀경찰이 된 기분이었다.

그렇다, 물론 이상하게 생각할 여지가 있었다. 그 신사들은 그사이에 흔적도 남기지 않고 감쪽같이 사라진 것이었다. 게다가 그 숙녀는 호텔 숙박부에 두비스키 남작부인이라고 적었는데, 결코 그 남작부인일 리 없다고 했다. 그녀는 이 호텔에 처음 투숙했는데, 이런 성을 가진 집안은 존재하지 않았고 어쨌거나 귀족 가문은 아니었다.

프리돌린은 정보를 주어서 고맙다고 인사하고 부랴부랴 그곳을 떠났다. 그쪽으로 다가오던 호텔 지배인 중 한 명이 언짢은 표정으로 무슨 일인가 하고 그를 훑어보기 시작했기 때문이다. 그는 다시 마차에 올라타 병원으로 가자고 했다. 그는 몇 분 후 접수처에서 두비스키 남작부인이라는 여자가 내과 제2병동으로 이송되었을 뿐만 아니라, 의료진의 온갖 노력에도 불구하고 오후 다섯시에―의식을 다시 찾지 못한 채―숨을 거두었음을 알게 되었다.

프리돌린은 숨을 깊이 들이쉬었다, 아니, 그랬다고 생각했는데, 그에게서 새어나온 것은 무거운 한숨 소리였다. 당직 근무중인 직원이 의아해하며 그를 쳐다보았다. 프리돌린은 마음을 다시 가라앉혔다. 그리고 정중하게 인사하고는 곧바로 밖으로 나갔다. 병원의 정원에는 사람이 거의 없었다. 청색과 흰색 줄무늬 가운을 입고 하얀 두건을 쓴 간호사 한 명이 인근 가로수 길의 가로등 아래를 걷고 있었다. "죽었어." 프리돌린이 혼잣말을 했다. 그 숙녀가 그녀가 맞다면. 하지만 그 숙녀가 그녀가 아니라면? 그녀가 아직 살아 있다면 어떻게 찾지?

신원이 확인되지 않은 그 여자의 시체는 이 순간 어디 있을까, 이 질문에 그는 쉽게 대답할 수 있었다. 그녀는 죽은 지 겨우 몇 시간밖에 안 되었으니 분명히 이곳에서 불과 몇백 걸음 떨어져 있는 시체실에 있을 것이다. 시간은 꽤 늦었지만 의사인 그가 그곳에 들어가는 것은 물론 어렵지 않았다. 그런데―그는 그곳에서 무엇을 하려는 건가? 그는 오로지 그녀의 몸만 보았을 따름이었다. 그녀의 얼굴은 전혀 보지 못했다. 어젯밤 무도회장을 떠날 때, 아니 좀더 정확히 말하자면 홀에서 쫓겨났을 때, 그저 그녀의 얼굴에서 얼핏 깜박이는 눈빛만 보았을 뿐이다. 그런데도 그는 지금까지 이런 정황을 전혀 고려하지 않았다. 그래서 그는 신문 기사를 읽고 나서부터 얼굴도 모르는 자살한 여자가 알베르티네처럼 생겼다고 상상하게 되었다. 그렇다. 그의 아내가 그가 찾고 있는 여자의 모습으로 끊임없이 눈앞에 어른거린 것이다. 그는 이 사실을 깨닫고 처음으로 몸서리가 났다. 그리고 그는 다시 한 번 자신에게 물었다. 시체실에서 대체 무엇을 하려는 거지? 그는 오늘, 내일―몇 년 뒤, 언제 어디서, 어떤 경우든―살아 있는 그녀를 다시 찾는다면, 그녀의 걸음걸이, 그녀의 몸가짐, 특히 그녀의 목소리로 그녀를 틀림없이 알아볼 수 있다고 확신했다. 하지만 지금은 몸만 볼 수 있었다. 죽은 여자의 몸과 얼굴, 이제는 흐려진 눈 외에는 본 적 없는 얼굴을 말이다. 그렇다―그는 이 눈을 알고 있었다. 그리고 그가 홀에서 쫓겨나기 직전에 갑자기 풀어져 그녀의 벌거벗은 몸을 가려준 머리카락도. 그녀인지 아닌지 확실히 알아보는 데 이것으로 충분할까?

그는 낯익은 뜰을 지나 망설이듯 느릿느릿 병리해부학 연구소를 향해 갔다. 문은 잠겨 있지 않았으니 벨을 누를 필요가 없었다. 조명이 약한 복도를 지나갈 때 돌바닥이 울렸다. 고향처럼 친숙한 온갖 화학약품 냄새가 건물 고유의 냄새를 압도하며 프리돌린을 감쌌다. 그는 조직학 연구실의 문을 두드렸다. 조교가 아직 일하고 있을 것 같았다. "들어오세요"라는 약간 퉁명스러운 말에 프리돌린은 불을 화려하게 밝힌, 천장이 높은 방으로 들어갔다. 프리돌린이 예상한 대로, 방 한 가운데서 옛 동창이자 연구소 조교인 아들러 박사가 현미경에서 막 눈을 떼며 의자에서 몸을 일으켰다.

"오, 이 친구." 아들러 박사가 여전히 내키지는 않지만 놀란 표정으로 그에게 인사했다. "이렇게 뜻밖의 시간에 나를 찾아주다니, 이 무슨 영광인가?"

"방해해서 미안하네." 프리돌린이 말했다. "일에 한창 열중하고 있는데."

"물론이지." 아들러가 학창 시절부터 독특했던 날카로운 어조로 대답했다. 그리고 좀더 가벼운 어조로 덧붙였다. "일에 빠진 게 아니면, 한밤중에 이 신성한 방에서 할 게 뭐가 있겠나? 하지만 자네가 날 방해한 것은 물론 아닐세. 내가 뭘 도와줄까?"

프리돌린이 곧바로 대답하지 않자 그가 말했다. "자네들이 오늘 우리에게 내려보낸 애디슨병 사망자한테는 아직 손도 대지 못했네. 저 위에 그대로 있어. 부검은 내일 아침 여덟시 반이야."

프리돌린이 그것 때문이 아니라는 몸짓을 하자 그가 말을 이었다. "아, 그래—늑막 종양! 그런데—조직 검사를 해보니 악성 육종이 확실하네. 그러니까 그것 때문이라면 자네들도 속 썩을 필요가 없어."

프리돌린은 다시 고개를 저었다. "직무상의 용건 때문에 온 게 아냐."

"그래, 그럼 더 좋고." 아들러가 말했다. "잠을 자야 할 시간에 이곳까지 내려온 건 양심의 가책 때문이겠지. 난 진작 그렇게 생각했어."

"양심의 가책까지는 아니더라도, 적어도 양심과는 관계가 있지." 프리돌린이 대꾸했다.

"오, 그래!"

"간단히 말하면," 그는 사심 없으면서도 무미건조한 어조로 말하려고 애썼다. "어떤 여자에 대한 정보를 얻고 싶어. 오늘 저녁 제2병동에서 모르핀 중독으로 죽은 여자인데, 지금 저쪽 시체실에 있을 거야. 두비스키 남작부인이라고 하던데." 그리고 그는 말을 더 빨리 했다.

"두비스키 남작부인이라고 불리는 여자가 내가 몇 년 전에 잠시 알고 지내던 사람 같거든. 내 추측이 맞는지 궁금해서."

"수이키디움(Suicidium)?" 아들러가 라틴어로 물었다.

프리돌린이 고개를 끄덕였다. "그래, 자살이야." 그는 이 일에 다시 사적인 성격이 부여되기를 바라는 듯, 의학용어를 독일어로 번역해 대답했다.

아들러는 익살맞게 쳐든 검지로 프리돌린을 가리켰다. "각하에 대한 불행한 사랑?"

프리돌린은 약간 화를 내며 이를 부인했다. "이 두비스키 남작부인의 자살은 나와 개인적으로 조금도 관련이 없어."

"제발, 제발 진정해. 경솔하게 굴지 않을게. 우리 당장 시신을 확인해보자고. 내가 알기로는 오늘 저녁 법의학 쪽에서 어떤 요구도 없었거든. 그러니까 어쨌든—"

법적 부검, 이 단어가 프리돌린의 뇌리를 스쳤다. 이번이 그런 경우일 수도 있어. 그녀가 과연 스스로 목숨을 끊었는지 누가 알겠어? 그는 다시 두 신사를 떠올렸다. 그들은 그녀가 자살을 기도했음을 알고 나서 갑자기 호텔에서 사라져버렸다. 이 문제는 어쩌면 일급 범죄 사건으로 발전할 수도 있어. 그러면 그가—프리돌린이—증인으로 소환되지 않을까? 그가 자진해서 법정에 출두해야 할 의무가 있는 것은 아닐까?

그는 아들러를 따라 복도를 지나, 반쯤 열려 있는 맞은편 문으로 갔다. 양팔 촛대처럼 생긴 가스램프에서 약하게 타오르고 있는 불꽃이 천장이 높고 삭막한 공간을 비춰주었다. 열두 개 내지 열네 개의 시체

작업대 중에서 사체가 놓여 있는 작업대는 몇 개뿐이었다. 어떤 사체는 알몸이었고, 어떤 사체는 아마포로 덮여 있었다. 프리돌린은 문 바로 옆에 있는 첫번째 작업대로 가서 사체의 머리에서부터 천을 조심스럽게 들어냈다. 아들러 박사의 회중전등에서 갑자기 번쩍이는 불빛이 내리비쳤다. 프리돌린은 회색 수염이 난 누런 남자 얼굴을 보고 즉시 아마포를 덮었다. 다음 작업대에는 깡마른 젊은이가 알몸으로 누워 있었다. 다른 작업대에 있던 아들러 박사가 말했다. "예순에서 일흔 살 사이의 여자인데, 이 여자는 아니겠지."

프리돌린은 갑자기 홀린 듯 시체실 끝으로 걸어갔다. 여자의 사체가 그를 향해 창백하게 빛을 발하고 있었다. 머리는 옆으로 돌려져 있었다. 길게 땋은 검은 머리가 바닥까지 흘러내렸다. 프리돌린은 사체의 머리를 똑바로 해주려고 자기도 모르게 손을 뻗었다가 두려움이 생겨 다시 머뭇거렸다. 두려움은 의사인 그에게 생소한 감정이었다. 아들러 박사가 프리돌린 쪽으로 걸어와 자기 뒤쪽을 가리키며 말했다. "모든 시신을 다 봐야 하는 것은 아니겠지. 그럼 이 여자는?" 그는 전등으로 여자의 머리를 비추었다. 프리돌린은 두려움을 이겨내며 양손으로 여자의 머리를 붙잡고 살짝 들어올렸다. 눈꺼풀이 반쯤 감긴 하얀 얼굴은 프리돌린을 빤히 쳐다보는 듯했다. 아래턱은 힘없이 처져 있었고, 위로 올라간 가느다란 윗입술 때문에 푸르스름한 잇몸과 가지런하고 하얀 치아가 보였다. 이 얼굴이 그 언젠가 한 번은, 혹시 어제는 아름다웠을까—프리돌린은 그렇다고 말할 수 없을 것이다. 그것은 완전히 텅 빈, 공허한 얼굴이었다. 죽은 얼굴이었다. 그 얼굴은 서른여덟 살 된 여자의 것일 수도, 열여덟 살 된 여자의 것일 수도 있었다.

"이 여자가 맞아?" 아들러 박사가 물었다.

프리돌린은 자기의 꿰뚫는 듯한 눈빛이 빳빳하게 굳은 이목구비에서 답을 캐낼 수 있기라도 한 것처럼, 자기도 모르게 더 깊숙이 몸을 숙였다. 설령 이것이 정말로 그녀의 얼굴이라 해도, 그는 그녀의 눈을 알고 있었다. 어제 그토록 삶을 열망하며 자신을 향해 빛을 발하던 바로 그 눈을. 그가 그것을 모르겠는가, 모를 수 있겠는가―그것을 혹시 전혀 모른 척하겠는가. 그는 머리를 작업대 위에 다시 부드럽게 내려놓고, 회중전등 불빛이 비추는 대로 죽은 몸을 쭉 훑어보았다. 이게 그녀의 몸일까? 아름답고 젊고 생기발랄하던, 어제만 해도 그가 그토록 고통스럽게 열망하던 육체일까? 그는 주름 잡힌 노르께한 목을, 작지만 약간 늘어진 양쪽 가슴을 보았다. 부패가 이미 시작된 듯, 양쪽 가슴 사이 창백한 살갗 아래에서 가슴뼈가 끔찍할 정도로 또렷하게 드러났다. 흐릿한 갈색빛이 나는 둥그스름한 하복부도 보였다. 그는 이제 비밀도 의미도 없게 된 거뭇거뭇한 어두운 곳에서부터, 미끈하게 빠진 양쪽 허벅지가 아무렇지도 않게 벌어지는 것을 보았다. 약간 바깥쪽으로 돌아가 있는 무릎의 불룩한 부분, 정강이뼈의 날카로운 모서리, 안쪽으로 휜 발가락과 날씬한 발도 보였다. 회중전등 불빛이 이 여자의 온몸을 차근차근 비추다가 그보다 훨씬 빠른 속도로 거꾸로 되돌아 나아가자, 이 모든 것이 차례로 다시 재빨리 어둠 속에 잠겼다. 그러다 마침내 불빛이 가볍게 떨면서 창백한 얼굴 위에 머물렀다. 자기도 모르게, 정말이지 눈에 보이지 않는 힘에 강제로 이끌린 듯, 프리돌린은 양손으로 죽은 여인의 이마와 뺨과 어깨와 팔을 어루만졌다. 그리고 마치 사랑의 유희를 하듯 죽은 여자의 손가락에 깍지를 꼈다. 그녀의 손가락은 뻣뻣하게 굳어 있긴 했지만, 움직여보려고, 그의 손가락을 잡으려고 애쓰는 것처럼 보였다. 정말이지 반쯤 감긴 눈꺼풀 아래 생기 없는 아득한 눈빛이 그의 눈길을 찾아 헤매는 것 같았다. 그는 마법에 홀린 듯 몸을 숙였다.

그때 갑자기 그의 뒤에서 속삭이는 소리가 났다. "대체 뭐 하는 거야?"

프리돌린은 황급히 정신을 차렸다. 그는 죽은 여인의 손에서 깍지를 푼 다음, 그녀의 가느다란 손목을 움켜쥐고 얼음처럼 차가운 팔을 몸통 옆에 소심하다고 할 정도로 조심조심 내려놓았다. 그러자 지금, 바로 이 순간에야 비로소 이 여자가 죽은 것처럼 느껴졌다. 그런 다음 그는 몸을 돌려 문 쪽으로 걸어가 발소리가 쿵쿵 울리는 복도를 지나, 아까 떠나왔던 연구실로 되돌아갔다. 아들러 박사는 아무 말 없이 그의 뒤를 따라 들어가 문을 닫았다.

프리돌린은 세면대로 갔다. "써도 되지?" 그는 세척액과 비누로 손을 꼼꼼하게 씻었다. 그사이 아들러 박사는 중단했던 작업을 지체 없이 다시 시작하려는 듯 보였다. 그는 작업에 필요한 조명을 다시 켜고, 조절 나사를 돌려가며 현미경을 들여다보았다. 작별 인사를 하려고 프리돌린이 다가갔을 때, 아들러 박사는 이미 일에 완전히 몰두해 있었다.

"표본 한번 볼래?" 그가 물었다.

"왜?" 프리돌린이 넋이 나간 표정으로 물었다.

"그냥, 너의 양심의 가책을 덜어주려고." 아들러 박사가 이렇게 대꾸했다. 프리돌린의 방문에 사적인 목적이 아니라 의학적이고 학문적인 목적만 있다고 여기는 것 같았다.

"잘 보여?" 프리돌린이 현미경을 들여다보자 그가 물었다. "이를테면 상당히 새로운 염색 방법이거든."

프리돌린은 현미경에서 눈을 떼지 않은 채 고개를 끄덕였다. "정말 이상적이군." 그가 말했다. "빛깔이 화려한 그림이라고 할 수 있겠어."

그리고 그는 새로운 기술에 관한 여러 가지 세세한 점들을 물어보았다.

아들러 박사는 그가 원하는 대로 설명을 해주었다. 프리돌린은 이 새로운 방법이 자기가 조만간 착수하려는 작업에 도움이 될 것 같다는 견해를 밝혔다. 그는 내일이나 모레 다시 와서 다른 설명을 들어도 되겠느냐고 물었다.

"언제든지 기꺼이 도와줄게." 아들러 박사는 발소리가 쿵쿵 울리는 돌바닥을 지나 문까지 프리돌린을 배웅했다. 그사이에 문이 잠겨버려서 자기 열쇠로 열어주었다.

"더 있을 건가?" 프리돌린이 물었다.

"물론이지." 아들러 박사가 대꾸했다. "지금이야말로 일하기 가장 좋은 시간이야—자정에서 새벽까지 말이야. 적어도 방해물들한테서 꽤나 자유롭거든."

"그렇군—" 프리돌린은 미안한 듯 살짝 미소를 지으며 말했다.

아들러 박사는 달래주려는 듯 프리돌린의 팔에 손을 얹고는 약간 조심스럽게 물었다. "그러니까—그 여자가 맞았어?"

프리돌린은 한순간 머뭇거리더니 말없이 고개를 끄덕였다. 그는 이런 긍정이 어쩌면 거짓을 의미할 수도 있음을 미처 의식하지 못했다. 지금 저 시체실에 누워 있는 여자가 스물네 시간 전에 나흐티갈이 연주한 격렬한 피아노 소리에 맞춰 그의 팔에 안겼던 바로 그 알몸의 여자인지, 이 죽은 여자가 그 어떤 다른 여자, 모르는 여자, 그가 이전에 결코 만난 적 없는 전혀 생소한 여자인지 그는 알고 있었으니까. 설령 그가 찾아다녔고 열망했으며 어쩌면 한 시간 동안 사랑했던 그 여자가 아직 살아 있다 하더라도, 그리고 그 여자가 그런 삶을 계속 살고 있다 하더라도—저기 뒤쪽의 아치형 시체실에 가물가물 타는 가스램프 불빛을 받으며 누워 있는 것은, 다른 허망한 그림자들 속에 있는 하나의 그림자였다. 그 그림자는 다른 그림자들처럼 어둡고 의미도 비밀도 없었다. 그것이 그에게 의미하는 것은, 돌이킬 수 없이 썩어 없어지도록 정해진 지난밤의 창백한 시체였다. 그것 외에 다른 어떤 것도 의미할 수 없었다.

7

그는 인적 없는 깜깜한 골목길을 지나 서둘러 집으로 향했다. 그리고 스물네 시간 전과 마찬가지로 진료실에서 옷을 벗었다. 그리고 몇 분 후, 가능한 한 조용히 부부 침실에 발을 들여놓았다.

그는 알베르티네의 편안하고 고른 숨소리를 들으며, 부드러운 베개 위에 드러난 그녀의 머리 윤곽을 보았다. 정말 예기치 않게 애정의 감정이, 심지어 안온함이 그의 가슴에 스며들었다. 그는 그녀에게 곧, 아마도 내일이 될 것 같은데, 지난밤의 사건을 이야기해주기로 마음 먹었다. 그렇지만 그가 체험한 모든 것이 마치 하나의 꿈이었던 것처럼 말할 생각이었다. 그리고 그녀가 그의 모험들을 전혀 아무것도 아니라고 느끼고 또 그렇게 이해할 때 그 모험들이 현실이었다고 고백할 작정이었다. 현실이었나? 그는 자신에게 물어보았다. 그 순간, 알베르티네의 얼굴 아주 가까이에 놓인 그의 베개 위에 거무스름한 것이, 윤곽이 뚜렷한 무언가가 있는 것을 알아챘다. 마치 그늘진 인간 얼굴의 윤곽 같았다. 바로 다음 순간 그는 이미 무슨 일이 일어났는지 깨닫고, 베개 쪽으로 손을 뻗어 가면을 집어들었다. 그가 전날 밤에 썼던 가면이었다. 오늘 아침에 짐을 꾸릴 때 미처 모르는 사이에 미끄러져 떨어졌던 것을 하녀나 알베르티네가 발견한 모양이었다. 이것을 발견한 알베르티네가 갖가지 짐작을 하고, 추측건대 실제로 일어났던 것보다 훨씬 나쁜 것을 상상했으리라는 것을 그는 믿어 의심치 않았다. 그렇지만 그녀가 그에게 이것을 암시하는 방식, 이제는 수수께끼처럼 알 수 없는 남편의 얼굴이라도 되는 양 어두운 가면을 자기 옆 베개에 놓아두겠다는 발상은 은근한 경고와 동시에 기꺼이 용서하겠다는 각오를 표현한 듯 장난스럽고도 오만하기까지 했다. 그것은 프리돌린에게 그녀가—그녀 자신이 꿈속에서 한 짓을 기억할 테니—무슨 일이 일어나든 너무 힘들게 여기지는 않을 거라는 기대를 갖게 했다. 그러나 프리돌린은 돌연 힘이 쭉 빠져 가면을 바닥에 떨어뜨렸고, 스스로도 아주 뜻밖에 큰 소리로 고통스럽게 흐느껴 울더니 침대 옆에 쓰러져 방석에 얼굴을 파묻고 소리 죽여 울었다.

몇 초 후에 그는 부드러운 손 하나가 자기의 머리를 쓰다듬는 것을 느꼈다. 그는 머리를 들었다. 그의 마음 깊은 데서 소리가 새어나왔다. "당신에게 전부 다 이야기할게."

그녀는 처음에 거절하는 것처럼 살짝 손을 들어올렸다. 그는 그녀의 손을 잡아 자기 손에 꼭 쥐고, 마치 묻는 듯, 동시에 애원하는 듯 그녀를 올려다보았다. 그녀는 그에게 고개를 끄덕였고, 그는 말하기 시작했다.

프리돌린의 이야기가 끝났을 때, 아침이 커튼을 뚫고 회색빛으로 밝아오기 시작했다. 알베르티네가 호기심 때문에 참지 못하고 질문함으로써 그의 이야기를 중단시킨 일은 단 한 번도 없었다. 그녀는 그가 아무것도 숨기려 하지 않고 숨길 수도 없다는 사실에 기분이 좋았다. 그녀는 팔베개를 하고 편안히 누워 있었다. 프리돌린이 진작 이야기를 끝냈는데도 그녀는 오랫동안 말이 없었다. 드디어—그는 그녀 옆에 몸을 길게 뻗고 누워 있었다—그가 그녀 위로 몸을 숙였다. 그녀의 얼굴에는 움직임이 없었다. 두 눈은 크고 밝았다. 그 눈에도 이제 아침이 열리는 것 같았다. 그는 그녀의 얼굴을 들여다보며 의심스럽게, 동시에 희망에 가득 차서 물었다. "알베르티네, 우리 어떻게 해야 하지?"

그녀는 미소를 지었다. 그리고 잠깐 머뭇거리더니 대답했다. "운명에 감사해야 할 것 같은데요. 우리가 온갖 모험에서 무사히 빠져나왔으니. 현실에서의 모험과 꿈속에서의 모험에서 말이에요."

"당신도 그걸 정말 확신하오?" 그가 물었다.

"확신해요. 하룻밤의 현실은 물론이고, 어떤 한 인생 전체의 현실조차 바로 그 인간의 가장 내적인 진실을 의미하지는 않는다는 것을 나는 아니까요."

"그리고 어떤 꿈도," 그가 조용히 한숨을 쉬었다. "완전히 꿈은 아니야."

그녀는 그의 머리를 두 손으로 감싸 깊은 애정으로 자기의 가슴에 갖다 댔다. "우리 이제 정말 깨어나 있는 거죠." 그녀가 말했다. "앞으로 오래도록."

영원히, 그는 이 말을 덧붙이려고 했다. 그러나 그가 그 말을 미처 내뱉기도 전에, 그녀가 그의 입술에 손가락을 가져다 댔다. 그리고 그녀는 혼잣말하듯 속삭였다. "결코 미래를 놓고 묻는 게 아닌데."

두 사람은 이렇게 말없이, 둘 다 설핏 잠이 들긴 했지만 꿈은 꾸지 않고 가까이 누워 있었다. 마침내 여느 아침처럼 일곱시에 방문을 두드리는 소리가 났다. 그리고 길거리에서 들려오는 익숙한 소음, 커튼의 틈새를 통해 스며드는 무적의 강한 햇빛, 옆에서 들려오는 아이의 낭랑한 웃음소리와 함께 새로운 하루가 시작되었다.

에로스의 모험과 포기

슈니츨러의 생애

아르투어 슈니츨러는 1862년 오스트리아의 수도 빈에서 인후과 의사의 아들로 태어났다. 김나지움을 졸업한 뒤, 빈 대학에서 의학을 공부하여 1885년에 의학박사 학위를 받았다. 1885년부터 1888년까지 빈 시립 종합병원의 대진 전문의이자 일반의로 근무하고 1893년 부친이 사망할 때까지 외래 인후과에서 부친의 조수로 일했다. 1880년 잡지 『자유로운 파발꾼』에 「무희의 연가」를 발표하여 문학계에 데뷔했고, 이어서 여러 잡지와 신문에 시와 단편들을 발표했다.

슈니츨러는 1890년부터 후고 폰 호프만스탈, 리하르트 베어호프만 등과 함께 세기말 빈의 모더니즘 형성에 기여한 '청년 빈파(Das Junge Wien)'를 대표하는 인물이었고, 지크문트 프로이트와도 잘 알고 지냈다.

그는 또한 세기 전환기에 오스트리아·헝가리제국의 사회를 비판한 가장 중요한 인물 중 한 명이다. 오스트리아 군대의 명예에 관한 불문율을 문제시한 『구스틀 소위』를 출간하여 예비역 군의관이라는 장교 지위를 박탈당하기도 했다.

1차 세계대전 발발과 함께 슈니츨러의 작품들에 대한 관심이 줄어들었다. 이것은 그가 소수의 오스트리아 지식인 중 한 명으로서 전쟁 선동에 열광하지 않았다는 점과 연관된다. 1921년 〈윤무〉의 초연 후, 음란한 작품으로 공적 분노를 야기했다며 소송이 제기되었다. 그러자 슈니츨러는 〈윤무〉 공연을 철회시켰다. 그 뒤로는 육체적, 심리적 문제들 때문에 점점 고립되었다. 말년에는 특히 세기 전환기를 살아가는 개인의 운명을 심리학적 관점에서 묘사하는 단편들을 썼다.

1921년 아내와 이혼하고 자녀를 혼자 키웠는데, 1928년에 딸이 자살하자 큰 충격을 받았다. 20세기 초에 가장 영향력 있는 독일 작가의 반열에 오른 슈니츨러는, 1931년 10월 21일 뇌출혈로 69세를 일기로 세상을 떠났다. 그의 무덤은 빈 중앙공동묘지에 있다.

슈니츨러의 작품 세계

오스트리아의 극작가이자 소설가인 슈니츨러는 '청년 빈파'의 대표적 작가다. 19세기 말에 오스트리아·헝가리제국은 점점 강대해지는 비스마르크의 독일제국에 밀려 미래가 불투명했지만, 빈은 전통을 지닌 옛 수도 특유의 색채를 여전히 잃지 않은 도시였다. 슈니츨러는 주로 빈에서 영위되는 세기말적인 애욕의 세계를 정신분석 방법을 사용해 묘사했다.

당시 빈에서는 정신분석학자 지크문트 프로이트, 음악가 구스타프 말러, 화가 구스타프 클림트 등과 같은 저명한 문화예술인들이 활동하고 있었다. 슈니츨러는 또한 호프만스탈, 펠릭스 잘텐, 베어호프만, 헤르만 바르 등의 문인들과도 교류하며 문학계를 대표하는 대열에 들어섰다. 직업상의 이유도 있었지만 인간의 심리와 최면술에 흥미를 가졌고 프로이트와도 교유했다. 이로써 그는 인간 내면을 심리적으로 탁월하게 해부하는 작품들을 쓸 수 있었고, 프로이트로부터 심층 심리의 탐구자라는 칭송을 받기도 했다.

세기 전환기의 빈 시민계급이 영위하는 삶을 해부하는 것으로 유명한 슈니츨러는, 특히 등장인물들의 심리적 사건들에 주목하는 드라마와 산문(주로 단편)을 썼다. 독자는 슈니츨러의 작품들에 나오는 인물들의 내면을 통찰함과 동시에 이런 인물들과 그들의 정신생활을 결정하는 사회의 모습을 보게 된다.

슈니츨러의 작품들은 대체로 세기 전환기의 빈에서 전개된다. 수많은 단편과 드라마에서는 특히 빈의 향토색이 물씬 묻어난다. 등장인물들은 장교와 의사, 예술가와 저널리스트, 배우와 대충대충 살아가는 댄디, 변두리의 귀여운 소녀 등 그 당시 빈 사회에서 흔히 볼 수 있는 전형적인 인물들이다.

슈니츨러는 간통, 비밀스러운 사건, 난봉꾼 등과 같은 소재를 자주 다루었다. 그가 관심을 둔 것은 인간의 병적인 심적 상태가 아니라, 평범한 보통 인간들의 내면에서 벌어지는 사건들이다. 그는 그들이 갖고 있는 삶에 대한 거짓된 환상도 문제 삼는다. 나약한 시민들이 삶에 대해 거짓된 환상을 품는 것은 금지령과 규정, 성적인 터부와 명예에 관한 불문율 때문이다.

심리 분석가인 프로이트처럼 슈니츨러도 그 당시 시민사회와 그 사회의 도덕이 숨기고 있는 터부(섹슈얼리티, 죽음)를 화제로 꺼낸다. 그러나 프로이트와 달리 슈니츨러에게서는 이 시민사회와 평범한 시민들의 본질이 무의식적인 것으로가 아니라, 가령 주인공의 내적 독백에서처럼 반의식적인 것으로 드러난다. 특히 노벨레『구스틀 소위』로 독일문학에 내적 독백이 도입된다. 이 특별한 관점 덕분에 독자는 등장인물들의 내적 갈등을 더 깊이, 더 직접적으로 통찰할 수 있게 되었다. 이 서술 형태는『엘제 양』에서도 계속된다.

슈니츨러는 또한 독일문학에서 위대한 일기 작가 중 한 명이다. 사망하기 이틀 전까지 무려 17년 동안이나 꼼꼼하게 일기를 썼다. 그 일기는 사후인 1981년에 출간되었다.

슈니츨러의『꿈의 노벨레』는 스탠리 큐브릭의 영화〈아이즈 와이드 셧〉(1999)의 원작이다. 영화라는 매체가 슈니츨러의 작품에 주목한 것은 이보다 훨씬 전이었다. 1914년 영화화된 첫번째 작품『연애 유희』는 큰 성공을 거두었다. 유명한 영화예술가들이 그의 작품에 나오는 소재를 자주 사용한다.

바우에른펠트상, 프란츠 그릴파르처상, 라이문트상, 빈 폴크스테아터상 등을 수상한 슈니츨러의 주요 작품으로는「아나톨」「연애 유희」「윤무」「초록 앵무새」「베아트리체의 베일」「외로운 길」등의 희곡과「죽어감」「구스틀 소위」「카사노바의 귀향」「엘제 양」「꿈의 노벨레」

등의 노벨레, 그리고「자유로운 곳으로의 길」「테레제, 어떤 여자의 일생」과 같은 소설이 있다.

「카사노바의 귀향」

이 노벨레는 쉰세 살의 카사노바가 고향 베네치아로의 귀환을 눈앞에 두고 만토바 근교의 영지에서 보내는 2박 3일, 베네치아로 가는 이틀 밤낮의 여정, 베네치아에서 맞이하는 첫날을 그리고 있다.

슈니츨러는 이 작품에서 노년에 들어선 카사노바의 탈신화화를 정체성 상실에 초점을 맞춰 집중적으로 다룬다. 주인공의 정체성 상실은 인간적·도덕적·사회적 몰락으로 표현된다. 인간의 늙어가는 과정은 다름 아닌 불멸의 남성성이라는 신화를 대변하는 카사노바를 통해 특히 인상적으로 묘사된다. 이 노벨레에서는 늙어간다는 것에 대한 상심이 다각도로 나타나고 심리학적으로 성찰된다.

앙시앵레짐*의 마지막 시대를 산 카사노바(1725~1798)는 구속되지 않는 자유정신과 세속적 쾌락주의 때문에 19세기 말 인상주의가 표방하는 삶의 구상을 보여주는 전형으로 해석되었다. 불안과 자기만족에 사로잡힌 세기 전환기 시민들은 카사노바에게서 자신들과 반대되는 모습을 보고, 그를 부르주아적인 주체관과 삶의 질서를 거짓으로 폭로하고 구속 없는 삶을 사는 전형적인 인물로 이해한 것이다. 이

---

* 1789년 프랑스혁명 때 타도의 대상이 된 정치·경제·사회의 구체제.

로써 카사노바는 세기 전환기에 여성 편력의 대가로서 자유롭고 즉흥
적이면서도 화려하게 모험의 삶을 사는, 불멸의 남성성을 보여주는
화신으로 신화화된다.

　그러나 이 노벨레에서는 영원한 젊음의 상징이 된 카사노바의 모습
이 배경에 머문다. 그보다는 오히려 늙고 자신에 대해 성찰하고 내적
으로 낙담하고 영락하여 실존의 위기에 처하는 카사노바가 노벨레의
주된 골격을 형성한다. 주인공 카사노바는 활력이 넘쳤던 과거를 자
꾸 상기함으로써 이 위기를 벗어나려 하지만, 끝내는 에로스적 합일
의 기만적인 연출로 자신의 신화를 완전히 망치고 만다.

　쉰세 살의 카사노바가 다가오는 노년에 대한 불안과 고향 베네치아
에 대한 그리움을 보여주는 것으로 시작되는 노벨레에서, 먼 세상으
로 나가고 싶어했던 예전의 충동은 고향을 그리워하는 향수로 바뀐
다. 이는 세상을 주유하며 모험을 펼치던 불멸의 남성성이라는 신화
적 주인공과는 사뭇 거리가 먼 모습이다.

　노년의 시작이라는 생물학적·인간적 몰락이 상징적으로 먼저 나온
뒤에 카사노바의 정치적·사회적 몰락이 계속 그려진다. 자신의 귀향
을 허락해달라고 비굴한 느낌이 들 정도로 청원하고, 과거에 탄압받
은 이유가 되었던 자유사상을 포기하고 계몽주의자 볼테르에 대한 반
박문을 통해 기존 질서에 순응하는 자신을 입증하려 애쓰는 모습 등
이 이를 여실히 보여준다. 노년의 시작이 카사노바에게는 곧 인생의
위기와 신화의 붕괴를 의미함을 알 수 있다.

　이 노벨레에는 늙어가는 영락한 모험가 카사노바와 대결하는, 젊음
을 상징하는 인물들이 등장한다. 카사노바는 올리보의 조카딸 마르콜

리나에게서 특히 자신과는 대립되는 젊음을 보고, 더이상 성적 매력이 없는 늙은 자신을 확인한다. 그녀는 완벽하고 자연스럽고 자의식이 강하고 지적이고 감각적이며 인습에서 벗어나 자유로우면서도 사회적인 인물이다. 그녀는 카사노바의 성적 판타지와 접근 시도를 거부하고 그를 스스로 파멸하게 만든다. 카사노바라는 저명한 이름에도, 그의 매혹적이고 탐욕스러운 눈길에도 별 관심을 보이지 않기 때문이다.

그러자 카사노바는 자신의 젊음을 기만적으로 연출해 마르콜리나의 사랑을 얻고자 한다. 빌린 외투를 걸치고 젊은 남자 로렌치인 척하여 마르콜리나와 성적 합일을 이루는 사기극을 벌이는 것이다. 노년의 좌절 때문에 도덕적으로 영락한 주인공이 감행하는 속임수는 일단 성공하는 것처럼 보이지만, 그 성취감은 발각과 동시에 굴욕과 자기 파멸에 대한 갈망으로 바뀐다.

로렌치는 수치스러운 거래가 이루어진 후 카사노바에게 결투를 요청한다. 카사노바는 벌거벗은 모습이 젊은 신처럼 멋진 로렌치에게서 자신의 다른 자아를 본다. 로렌치와의 대결은 카사노바가 자신의 젊음과 맞서는 것을 상징한다.

결투에서 늙은 모험가 카사노바는 로렌치에게 치명적인 일격을 가한다. 하지만 이것으로 자신의 적수만 죽인 게 아니다. 상징적으로는 자신의 신화와 정체성의 근거가 되는 그 자신의 일부도 죽인 것이다. 그에게는 다른 정체성 복안(腹案)이 없기 때문이다. 이 장면에서는 죽은 자만 영속성을 얻는다. 카사노바에게 생명을 빼앗긴 로렌치는 그 결과 영원히 젊은 상태로 남게 되고, 카사노바는 그곳에서 도망친다.

드디어 도착한 베네치아는 이미 그의 신화가 유지되는 장소가 아니다. 카사노바는 이제 자신을 부정한다. 자유정신의 상징이었던 카사노바가, 보수적으로 바뀐 고향에서 자유정신에 맞서는 첩자로 복무할 준비가 된 것이다. 카페 콰드리에 모인 젊은 사람들은 그가 젊었을 때와 마찬가지로 순응적이지 않고 사고가 자유롭다. 그들은 카사노바에 대해 더이상 알지 못하고, 예전에는 대단히 인기 있었던 베네치아 옥사에서의 모험적인 탈옥 이야기에도 관심이 없다. 카사노바의 신화로의 복귀는 이제 불가능하다. 하지만 이 경험은 카사노바에게서 실존적인 새로운 성찰로 이어지지 못한다. 『카사노바의 회상록』의 작가로서 문학적으로 영원히 남은 역사적 카사노바와는 달리, 이 노벨레의 주인공 카사노바에게는 미래가 없다. 슈니츨러는 몰락의 지점에서 카사노바를 꿈도 꾸지 않고 아무것도 느끼지 못하게 한 채 그저 잠들게 한다. 노년의 정체성 혼란을 겪은 카사노바가 이제 미래 없는 타협으로 베네치아에 안주하는 것으로 노벨레는 끝난다.

실제 역사를 볼 때 카사노바는 베네치아 10인 위원회의 사면에 따라 1774년 49세의 나이에 베네치아로 귀향한다. 이 노벨레에서 카사노바의 나이가 53세라는 것은, 슈니츨러가 카사노바에 관한 작품들을 쓰기 시작한 나이가 53세라는 점에서 빈의 시민사회에서 도박과 낭비와 여성 편력을 일삼았던 작가 자신의 삶과 연관된다고 하겠다.

「꿈의 노벨레」

슈니츨러가 이 작품을 쓸 때 붙였던 제목은 '이중 노벨레(Doppelnovelle)'였다. 노벨레(Novelle)는 하나의 갈등 구조를 정점까지 고조시키는 드라마적 구조를 갖는 산문이나 운문을 말한다. 이처럼 '노벨레'라는 명칭이 제목에 붙은 것은 극적인 단일 구조를 갖기 때문이다. 이 작품에서는 두 개의 구조, 즉 프리돌린의 꿈 같은 현실과 알베르티네의 현실 같은 꿈이 각각 정점을 향해 에로스의 모험을 고조시키는 이중 구조를 갖는다.

프리돌린과 알베르티네는 언뜻 무척 금실 좋은 부부로 보인다. 하지만 전날 밤에 경험한 가장무도회는 두 사람의 부부 관계가 살얼음판처럼 얼마나 위태로운지 보여주는 단초가 된다. 가장무도회에 대한 기억은 숨겨진 욕망에 관해 더 진지한 대화를 유도하고 잠재된 갈등을 드러나게 한다. 두 사람은 성적 욕구와 도덕적 편견 사이에서 동요하다가 자의 반 타의 반 솔직해져서, "갈망해본 적은 없지만, 운명이라는 이해할 수 없는 바람 때문에 언젠가, 비록 꿈속에서라도 닿을지 모를" 비밀스러운 영역들에 대해 이야기를 나눈다.

부부는 지난여름 덴마크에서 각자 겪은 심리적 일탈의 체험을 고백한다. 그러나 그 체험을 대하는 태도는 서로 아주 다르다. 덴마크 장교에게 성적으로 끌린 아내는 결혼과 가정과 미래를 포기하겠다는 단호한 결의를 보이는 반면, 해변 산책 도중 알몸의 소녀에게 매혹당한 남편은 실신할 것 같은 무력감을 느끼고 머뭇거린다.

남편의 용기 없는 태도를 보고 알베르티네는 약혼 때의 일을 떠올린다. 그녀는 진정으로 에로스적 합일을 기대했기에, 프리돌린이 결혼이라는 시민적 성 질서에 편입하기 위해 감각적 욕구의 실현을 유예했다고 비난한다. 자존심에 상처를 입은 그는 결혼생활 밖에서 아내의 기대에 부응할 수 있는 남자임을 입증하려 한다. 열정적으로 행한 간통이 역설적으로 결혼으로의 행복한 귀환을 위한 유일한 보증처럼 보인다. 대담한 남자의 역할을 수행해야 남편으로서도 충분히 인정받을 수 있다고 여겨지기 때문이다.

이제부터 프리돌린의 남성성 시험이 시작되며, 꿈 같은 현실이 전개된다. 마리안네의 사랑 고백, 대학생과의 충돌, 창녀의 제안, 가면 대여업자 기비저의 딸의 유혹 등 몇 가지 단계를 거친 뒤, 그는 마지막으로 반시민적인 세계이자 성적 일탈의 비밀 구역인 가장무도회에 발을 들여놓는다. 이 체험은 그의 존재를 입증할 수 있는 결정적인 시험이 된다. 외진 저택에 입장하는 데 필요한 암호 '덴마크'가 이미 이것을 암시한다. 이 낱말은 그가 처한 결혼과 정체성 위기의 연원과도 같다. 덴마크는 그가 알베르티네에게 기만당한 남편이자 알몸의 소녀에게서 무력감을 느낀 남자로서 이중적인 좌절을 체험한 곳이기 때문이다.

꿈 같은 현실을 체험하는 비밀 구역에서의 가장무도회는 조화와 혼돈, 종교적인 것과 세속적인 것, 정신의 고양과 욕망이라는 이중적인 층위를 보여준다. 비밀 모임의 회원이 아닌 게 들통 나서 위험에 처한 그를 생면부지의 여자가 구해준다. 자기 대신 희생될 여자를 두고 그는 가장무도회장을 떠난다.

반면에 프리돌린의 귀가 후에 알베르티네가 묘사하는 꿈속 체험은 끝을 보지 못한 그의 모험들과는 명확히 구분된다. 그의 모험과는 달리, 사회적 강제들로부터 완전히 벗어난 것처럼 보이는 그녀의 꿈에서는 에로스적 소망들이 성취된다.

약혼 때 소망했던 것처럼, 인습적인 결혼식이 필요하지 않은 에로스적 합일이 밖의 자연에서 이루어진다. 또한 덴마크 남자가 등장한다. 프리돌린이 결혼을 상징하는 높은 담으로 둘러싸인 도시에서 아내를 위해 분주하게 돌아다니는 동안, 알베르티네는 에로스적 욕망의 절정에 도달하고 끝없는 자연과 시간 속에서 에로스적 탈경계의 판타지를 즐긴다. 더이상 경악과 수치심을 느끼지 않고 긴장이 풀린 편안함과 자유를 만끽하는 것이다.

여제후의 모습으로 등장한 덴마크 해변의 소녀는 프리돌린에게 애인이 되어달라고 청한다. 그러나 그는 죽음의 위협에도 불구하고 아내와의 신의를 지킨다. 하지만 알베르티네는 충실한 남편의 역할에만 머무는 그를 경멸하며, 여제후가 그를 십자가에 못 박게 하는 것을 바라보기만 한다.

알베르티네의 에로스적 소망이 성취되는 꿈은 비록 꿈일지라도 너무나 생생해 현실 같다. 꿈에서일지언정 그녀가 프리돌린을 겁쟁이라고 조롱하고 그가 십자가에 못 박혀 죽게 내버려두었다는 것이 그의 복수심을 일깨운다. 그는 지난밤에 중단한 모험을 끝까지 체험하고 난 뒤에 아내에게 고백할 계획을 세우고, 다음 날 그 장소들을 일일이 다시 찾는다. 하지만 꿈 같던 현실은 이미 사라지고 없었다.

그는 그저 위험을 모면하며 사는 것이 중요하고, 새로운 삶을 위한 어떤 시도도 불가능함을 인식한다. 체념은 에로스적 모험의 마지막 단계가 된다. 이 여정에서는 그에게 안전함을 제공하는 가정과 낡은 시민적 질서로 되돌아가는 길을 찾는 것만이 중요하다. 그는 지난밤에 자신을 위해 목숨을 희생하려 한 여자의 신원을 확인하려고 한다. 신문에서 어느 남작부인의 자살에 대한 기사를 읽을 때 그는 가면을 쓴 여자의 얼굴을 알베르티네의 얼굴로 대체하기 시작한다. 그리고 아내가 그의 모든 감각적 열망의 목표 지점이 된다. 그는 순응적인 낮과 다른 거친 밤을 즐기려는 모험을 시도하지만 결혼생활의 질서라는 통상적인 궤도로 다시 유도되고 마는 것이다.

현실 같은 꿈과 꿈처럼 사라지는 현실에서 따로따로 에로스의 모험을 추구했던 부부는 끝에 화해한다. 두 사람의 꿈과 현실에서의 에로스는 부부의 사회적 안정 욕구에 자리를 내준다. 에로스의 포기로 결혼 위기가 극복되는 것이다.

부부의 에로스적 관계가 시민적인 가정 이야기로 가려진다는 것이 노벨레의 순환적 구조에서 분명히 표현된다. 노벨레는 시작뿐만 아니라 끝도 소시민적인 전원시의 모습을 그린다. 프리돌린과 알베르티네가 혼외 유혹의 경험 후에 혼란스러운 에로스를 억압하는 결혼생활을 계속하겠다는 타협에 이른다면, 노벨레 처음에 동화를 읽었던 딸은, 끝부분에서 '아이의 낭랑한 웃음소리'로 다시 얻은 가정의 행복이라는 가상을 강화시켜준다. 노벨레의 끝 장면에서 부부는 꿈을 꾸지 않고 가까이 누워 있다. 이것은 다만 외관상 되찾은 친밀함을 의미한다. 꿈이 없다는 것은 부정적인 의미에서 환멸의 징후로 이해될 수 있기 때문이다. 부부 둘 다 정신과 육체를 포함한 사랑인 에로스의 충족에 대한 꿈과 이제 최종적으로 작별한 것이다.

영화 〈아이즈 와이드 셧〉의 원작으로 알려진 「꿈의 노벨레」는 대단히 화목한 가정을 보여주는 것으로 시작되지만, 남편과 아내의 내밀한 심리적 위기를 각자의 이야기를 통해 보여준다. 아내의 현실 같은 꿈과 남편의 꿈 같은 현실에 대한 이야기를 골격으로 하여, 이 노벨레는 제도적인 결혼에 뿌리를 내리는 것으로는 부부 관계가 사랑의 내적인 결속에 이르지 못하고 얼마나 깨지기 쉬운지 알게 해준다.

모명숙

1862년	5월 15일 오스트리아 빈에서 의학박사이자 교수인 아버지 요한 슈니츨러와 어머니 루이제 슈니츨러의 아들로 태어남.
1871년	빈의 김나지움에 입학.
1879년	빈에서 의학 공부를 시작함.
1880년	잡지 『자유로운 파발꾼』에 「무희의 연가」를 발표하여 문학계에 데뷔함.
1882년	빈 위수병원에서 1년간 자원병으로 복무함.
1885년	빈 의과대학에서 박사학위를 받고, 종합병원 대진 전문의로 일함.
1886년	정신과 일반의가 됨. 올가 바이스닉스와 친분을 쌓음. 문학잡지에 정기적으로 글을 발표함.
1887년	빈에서 잡지 『국제임상조망』의 편집을 맡기 시작함.
1888년	베를린과 런던으로 연구 여행을 감.
1889년	여배우 마리 글뤼머와의 관계가 시작됨.
1890년	빈에서 후고 폰 호프만스탈, 펠릭스 잘텐, 리하르트 베어호프만, 헤르만 바르 등과 친분을 쌓고, 바르와 함께 일명 '청년 빈파' 모임에 가입함.
1893년	빈 종합병원에서 부친의 조수로 일하다가 부친 사망 후 개인병원을 개업함. 단막극 총서 『아나톨*Anatol*』 출간.
1894년	성악 교사 마리 라인하르트와 처음 만남. 덴마크 문학비평가이자 철학자이며 작가인 게오르크 브란데스와 서신 교환을 시작함. 노벨레 『죽어감*Sterben*』 출간.

1895년   베를린의 독일극장 책임자인 오토 브람과 서신 교환을 시
         작함. 연극 〈연애 유희*Liebelei*〉가 빈의 부르크테아터에서
         초연됨.

1896년   연극비평가 알프레트 케르와 알게 됨. 북유럽을 여행하던
         중 헨리크 입센을 방문함. 희곡 『연애 유희』 출간.

1898년   희곡 『초록 앵무새*Der grüne Kakadu*』 출간. 오스트리아,
         스위스, 북이탈리아 등지로 자전거 여행을 함.

1899년   희곡 『베아트리체의 베일*Der Schleier der Beatrice*』 출간.
         마리 라인하르트 사망. 훗날 아내가 되는 여배우 올가 구스
         만과 만남.

1900년   노벨레 『구스틀 소위*Leutnant Gustl*』 출간. 희곡 『윤무
         Reigen』를 비매용으로 자비 출간함.

1901년   『구스틀 소위』 출간으로 장교 지위를 박탈당함.

1902년   아들 하인리히가 태어남. 카를 크라우스와 처음으로 접촉
         하고, 연극연출가 오토 브람과 함께 아그네텐도르프에 있
         는 게르하르트 하웁트만의 집을 방문함.

1903년   올가 구스만과 결혼함. 연극 〈윤무〉가 뮌헨에서 부분 초연
         됨. 바우에른펠트상을 수상함.

1904년   희곡 『외로운 길*Der einsame Weg*』이 출간되고, 베를린의
         독일극장에서 초연됨. 독일에서 『윤무』 판매가 금지됨.

1905년   희곡 『베른하르디 교수*Professor Bernhardi*』 집필을 시작함.

1908년   소설 『자유로운 곳으로의 길*Der Weg ins Freie*』 출간. 그릴
         파르처상을 수상함. 희곡 『광활한 대지*Das weite Land*』 집
         필을 시작함.

1909년   희곡 『백작 딸 미치 또는 가정의 날*Komtesse Mizzi oder
         Der Familientag*』이 출간되고 빈의 폴크스테아터에서 초
         연됨. 딸 릴리가 태어남.

1910년   〈아나톨〉이 빈의 독일국민극장과 베를린의 레싱극장에서
           동시에 초연됨.

1911년   어머니 사망. 『광활한 대지』가 출간되고 베를린의 레싱극
           장, 브레슬라우의 로베극장, 뮌헨의 레지덴츠극장, 함부르
           크의 독일극장, 프라하의 독일국립극장, 라이프치히의 구
           시립극장, 하노버의 샤우부르크, 보훔의 시립극장, 빈의 부
           르크테아터에서 초연됨.

1912년   『베른하르디 교수』가 출간되고 베를린 소극장에서 초연됨.
           빈에서는 검열 때문에 초연이 금지됨. 쉰 살 생일을 맞이하
           여 전집 출간.

1913년   단편 『베아테 부인과 그 아들 *Frau Beate und ihr Sohn*』 출간.

1914년   라이문트상을 수상함.

1917년   노벨레 『카사노바의 귀향 *Casanovas Heimfahrt*』 출간.

1918년   〈베른하르디 교수〉가 빈의 폴크스테아터에서 초연됨.

1920년   〈윤무〉가 베를린 소극장에서 초연됨. 빈 폴크스테아터상을
           수상함.

1921년   이혼하고 두 자녀의 양육을 맡음. 〈윤무〉의 베를린 공연 금
           지로 스캔들이 생김. 음란한 작품으로 공적 분노를 야기했
           다는 이유로 배우 막시밀리안 슬라데크와 게르트루트 아이
           솔트가 고소당한 소위 '윤무 소송'에서 두 배우가 무죄 선고
           를 받음. 이 작품이 공연된 후 빈과 뮌헨에서 독일민족주
           의·가톨릭주의·반유대주의자들의 조직적인 소요가 발생하
           자 슈니츨러가 다른 공연을 금지시킴.

1922년   지크문트 프로이트와 처음으로 만나 긴 시간을 보냄. 예순
           살 생일에 즈음하여 전집 증보판 출간.

1923년   오스트리아 펜클럽 초대 회장이 됨.

1924년   노벨레 『엘제 양 *Fräulein Else*』 출간.

1926년	프로이트와 마지막으로 만남. 노벨레『꿈의 노벨레*Traum-novelle*』출간.

1926년　프로이트와 마지막으로 만남. 노벨레『꿈의 노벨레*Traumnovelle*』출간.

1927년　노벨레『새벽의 유희*Spiel im Morgengrauen*』출간.

1928년　딸 릴리가 자살함. 소설『테레제, 어떤 여자의 일생*Therese, Chronik eines Frauenlebens*』출간.

1931년　9월 21일 뇌출혈로 사망. 빈 중앙공동묘지에 안장됨.

문학동네 세계문학전집 발간에 부쳐

　세계문학은 국민문학 혹은 지역문학을 떠나 존재하는 문학이 아니지만 그것들의 총합도 아니다. 세계문학이라는 용어에는 그 나름의 언어와 전통을 갖고 있는 국민문학이나 지역문학의 존재를 인정하면서 그것을 넘어서는 문학의 보편적 질서에 대한 관념이 새겨져 있다. 그 용어를 처음 고안한 19세기 유럽인들은 유럽문학을 중심으로 그 질서를 구축했지만 풍부한 국민문학의 전통을 가지고 있는 현대의 문학 강국들은 나름의 방식으로 세계문학을 이해하면서 정전(正典)의 목록을 작성하고 또 수정한다.

　한국에서도 세계문학 관념은 우리 사회와 문화의 변화 속에서 거듭 수정돼왔다. 어느 시기에는 제국 일본의 교양주의를 반영한 세계문학 관념이, 어느 시기에는 제3세계 민족주의에 동조한 세계문학 관념이 출현했고, 그러한 관념을 실천한 전집물이 출판됐다. 21세기 한국에 새로운 세계문학전집이 필요하다는 것은 명백하다. 우리의 지성과 감성의 기준에 부합하는 세계문학을 다시 구상할 때가 되었다.

　문학동네 세계문학전집은 범세계적으로 통용되는 고전에 대한 상식을 존중하면서도 지난 반세기 동안 해외 주요 언어권에서 창작과 연구의 진전에 따라 일어난 정전의 변동을 고려하여 편성되었다. 그래서 불멸의 명작은 물론 동시대 세계의 중요한 정치·문화적 실천에 영감을 준 새로운 작품들을 두루 포함시켰다.

　창립 이후 지금까지 한국문학 및 번역문학 출판에서 가장 전문적이고 생산적인 그룹을 대표해온 문학동네가 그간 축적한 문학 출판 경험을 바탕으로 새로운 세계문학전집을 펴낸다. 인류가 무지와 몽매의 어둠 속을 방황하면서도 끝내 길을 잃지 않은 것은 세계문학사의 하늘에 떠 있는 빛나는 별들이 길잡이가 되어주었기 때문이다. 우리가 자부심과 사명감 속에서 그리게 될 이 새로운 별자리가 독자들의 관심과 애정에 힘입어 우리 모두의 뿌듯한 자산이 되기를 소망한다.

문학동네 세계문학전집 편집위원
민은경, 박유하, 변현태, 송병선, 이재룡, 홍길표, 남진우, 황종연

세계문학전집 057
카사노바의 귀향·꿈의 노벨레

1판 1쇄 2010년 12월 10일
1판 5쇄 2024년   2월 26일

지은이 아르투어 슈니츨러 | 옮긴이 모명숙

책임편집 고우리 | 편집 이현미 오동규 | 독자모니터 유은영
디자인 송윤형 한충현 김민하 최미영 | 저작권 박지영 형소진 최은진 서연주 오서영
마케팅 정민호 서지화 한민아 이민경 안남영 왕지경 황승현 김혜원 김하연 김예진
브랜딩 함유지 함근아 고보미 박민재 김희숙 박다솔 조다현 정승민 배진성
제작 강신은 김동욱 이순호 | 제작처 영신사

펴낸곳 (주)문학동네 | 펴낸이 김소영
출판등록 1993년 10월 22일 제2003-000045호
주소 10881 경기도 파주시 회동길 210
전자우편 editor@munhak.com | 대표전화 031)955-8888 | 팩스 031)955-8855
문의전화 031)955-1927(마케팅), 031)955-1916(편집)
문학동네카페 http://cafe.naver.com/mhdn
인스타그램 @munhakdongne | 트위터 @munhakdongne
북클럽문학동네 http://bookclubmunhak.com

ISBN 978-89-546-1313-2 04850
     978-89-546-0901-2 (세트)

잘못된 책은 구입하신 서점에서 교환해드립니다.
기타 교환 문의 031) 955-2661, 3580

www.munhak.com

● 문학동네 세계문학전집은 계속 출간됩니다